위험한 룸메이트

위험한 룸메이트 3

절세검도미녀 N세대 연애 소설

초판 1쇄 찍은 날 § 2003년 9월 9일
초판 1쇄 펴낸 날 § 2003년 9월 19일

지은이 § 절세검도미녀
펴낸이 § 서경석

편집장 § 문혜영
편집책임 § 이종민
마케팅 § 정필 · 강양원 · 이선구 · 김규진 · 홍현경

펴낸곳 § 도서출판 청어람
등록번호 § 제1081-1-89호
등록일자 § 1999. 5. 31
어람번호 § 제4-0021호

주소 § 경기도 부천시 원미구 심곡1동 350-1 남성B/D 3F (우) 420-011
전화 § 032-656-4452 팩스 § 032-656-4453
http://www.chungeoram.com
E-mail § eoram99@chollian.net

값 9,000원

ISBN 89-5505-798-9 (SET)
ISBN 89-5505-810-1 04810

절세검도미녀 N세대 연애 소설

위험한
룸메이트 3

도서출판

청어람

C O N T E N T S

안 녕 ...

제9장 안녕…

교련이가 계속 뻣뻣하게 굳어 있자 명희라는 여자애가 교련이를 향해 조심스럽게 입을 열었다.

"…너무 그렇게 긴장하지 말아요. 신규를 다시 빼앗는다든지… 그럴 일은 절대 없으니까요."

"아… 그, 그런 거 아니에요."

말은 그렇게 하지만 잔뜩 굳은 인상이 교련이가 긴장하고 있음을 알게 해준다.

"친구로조차 남을 수 없을 만큼 깨끗이 끝나 버린 사이니까… 그러니까 걱정 마요."

"아, 네."

다행이라는 듯 교련이도 긴 한숨을 내쉬고 그 모습에 내가 더 애가 탄다. 내가 저 기분을 알기에. 하지만 교련이가 명희라는 여자애한테 꿀릴 것도 없고. ——;; 내가 진도희한테 꿀리듯 그런 건 일절 없으니까 신규가 마음을 바꿔먹는 일은 없겠지.

"너희들도 적당히 마시고 들어가~ 아직 학생인데 이게 뭐냐? ㅎㅎㅎ"

밝게 웃으며 얘기를 하자 천우도 장난스레 말한다.

"하이고~ 그러는 너는 퍽도 어른이다, 야~"

"ㅋㅋㅋ 나야 학교를 안 다니니까 상관없지."

"ㅎㅎㅎ 자랑이냐? 학생답지 않은 건 니가 더하지~"

그렇게 명희라는 애와 우리 녀석들은 자기들끼리의 즐거운 대화를 나누었다. 교련이와 나는 가시방석에 앉은 듯 굳어서 애꿎은 술만 들이부었다. 그래… 결국… 취.했.다. ——;;

교련이는 신규 병원에 가겠다며 택시를 타고 휘익 가버렸다. 명희라는 여자애도 애들에게 연락처를 건네주며 다음에 보자는 말을 남기고 스르륵 사라져 버렸다. 그래, 나만 곤드레만드레 취해서 추한 꼴을 보이고 있었다. 그 여자애가 갈 때까지 단 한 마디도 하지 못했던 게 분했는지 나는 술김에 주절주절 떠들고 말았다.

"뭐야, 저 여자애는? 뭔데 그렇게 친하게 말해? 앙? @_@"

녀석들 모두 멍한 표정이다.

"너희두른~ 이쁜 뇨자들만 왜 마니 아냐 마리야. @ㅁ@(곤드레만드레~)"

천우 녀석도, 강유 녀석도 나를 보면서 어이없어하고 그런 내 모습에 보혁이는 피식 웃어버린다.

"너거들, 잘생교따 이고냐? @ㅁ@ 앙? 흠냐리……."

천우 녀석이 안 되겠다는 듯 말한다.

"야야~ 암소 취했다. 그만 가자."

"ㅋㅋ 진짜 귀엽다니까~ 그래, 다들 들어가 봐라. 나도 울 집 가야지~"

강유는 내 어깨를 한 번 살짝 토닥이고는 먼저 나간다.

"@ㅁ@ 어쭈~ 쳤냐? 야야~ 어딜 가~ 한 잔 바더~ 자자~"

따라가려는 나를 잡아 앉히는 천우.

"야야, 암소, 정신 차려. 뭐 하는 거야."

"어? 하늘비 주인이네~ @ㅁ@ 헤헤! 한잔하까? 앙?"

"-_-; 돌겠네. 보혁아, 우리도 그만 가자."

"ㅋㅋ… ㅋㅋㅋㅋㅋㅋ"

@ㅁ@ 술김이지만 난 보혁이가 웃는 걸 보았다. 보혁이가… 보혁이가 저렇게 웃다니……. 내 모습이 그렇게 웃긴가? 천우도 보혁이가 웃는 모습을 보고 놀란 모양이다.

"헐! 보, 보혁아."

"ㅎㅎㅎㅎㅎㅎㅎㅎ"

"@ㅁ@ 딸꾹. 딸꾹."

난 놀란 표정으로 연신 딸꾹질만 해대고 있었다.

"보혁아, 너……."

"ㅋㅋㅋ 귀여워. 너무 귀엽다. 안 그러냐, 천우야?"

"…자식. 그걸 이제 알았냐?"

"아니, 전부터 알았지만 이런 건 처음이라서……. ㅎㅎ 후ㅅ 그래, 그만 가자."

보혁이가 나를 살짝 일으켜 준다. >//< 행복한 이 두근거림. 계산을 한 후 천우와 나, 보혁이, 이렇게 셋은 택시에 몸을 실었다.

어떻게 기숙사까지 왔는지… 어떻게 내가 옷을 갈아입고 잤는지… 전.혀. 기억없다. 다음날, 깨질 듯한 두통에 휩싸여 일어나자 천우와 보혁이가 재밌다는 표정으로 나를 바라보고 있었다.

"0//0 아, 안녕? 잘 잤니?"

어색하게 인사를 건네자 이내 천우는 참고 있던 웃음을 터뜨린다.

"으하하하하! 아하하하하! 암소 너 진짜… ㅋㅋㅋ 어제 얼마나 웃겼는 줄 아냐?"

오랜만에 듣는 천우의 저 호탕한 웃음소리. 근데 어째 나는 민망해진다.

"〉//〈 아… 저기 어제는… 기억이 잘……."

따뜻한 우리 보혁이의 음성도 들려온다.

"됐어. 억지로 기억해 낼 거 없어. 실수한 거 없으니까. 얼른 학교 갈 준비 해~ 오늘 마치고 같이 신규 병원에 가자."

난 도망치듯 얼른 침대에서 내려와 화장실로 향했다. 창피해서 빨개진 얼굴을 물로 헹궈내며 어제 일을 떠올리려 노력했지만 무리다. ㅜㅜ 내가 보혁이 앞에서 대체 무슨 추태를 부린 거야? 술이 웬수지, 웬수야. 으이그!

교실에 도착할 때까지 천우는 낄낄대고, 보혁이도 어쩐지 미소가 살짝 머금어져 있다. 내가 어제 그렇게 웃었나? ——;; 쩝. 하루 종일 보혁이 옆에서 민망해 죽는 줄 알았다. 수업을 마치고 보혁이가 천우를 불러오겠다며 먼저 교실을 나갔다. 그러자 도희가 내 곁으로 다가온다. 착해진 건지 착해진 척하는 건지… 아직 파악이 안 된 나는 은근히 불안해진다.

"소아랑, 나랑 얘기 좀 할 수 있을까?"

"어? 지, 지금??"

"응. 바쁘면… 할 수 없구. 잠깐이면 되는데 안 될까?"

"…잠깐… 이면 되는 거지?"

"응. 옥상에서 기다리고 있을게."

그렇게 말하고 나가는 도희. 어쩐지 불안한 감도 들지만 안 가기도 그렇고. 보혁이한테 얘기해 볼까? 고민하고 있는 사이 보혁이와 천우가 내게 오는 게 보인다.

"암소~ 속은 어때? 수업 시간에 오바이트하진 않았겠지?"

천우 녀석이 내 얼굴을 보자 어제 일이 떠올라서 웃긴가 보다.

"오바이트 안 했다 모!!"

"ㅋㅋㅋㅋ 그러게 마시지도 못하는 술을 왜 홀짝홀짝 마시냐~ 바보~"

"너희가 그 명훤지 뭔지 하는 여자랑 놀았잖아! 교련이랑 나는 왕따였다구!"

"그래서 질투했구나? ^^"

"지, 질투라니!! 그냥 기분 나빴다 머!"

"ㅋㅋ 그런 걸 질투라고 하는 거야."

"성천우 너~"

"ㅎㅎ 단순암소~ ㅋㅋ 소가 머리 나쁘다는 게 사실이구나? 으하하하!"

"야, 너 거기 안 서!!"

천우 녀석을 잡기 위해 온 교실을 방방 뛰어다니는 나다. 보혁이 앞에서 이게 무슨 추태인가? ——;; 하지만 밝아 보이는 내 모습이 좋았던 탓일까? 보혁이는 그저 미소를 머금고 있다. 다행이다, 이제 더 이상 천우와 내 사이를 오해하지 않아서. 또 천우도 이제 날 편하게 대해주는 것 같아서.

천우 녀석과 장난치느라 도희와의 약속을 까맣게 잊은 채 신규 병원으로 향했다. 병원에 도착해서 병실로 들어서려는데 문 앞에서 넋을 놓고 서 있는 교련이가 보인다. 우리 셋이 교련이에게 바짝 다가갈 때까지 눈치 채지 못하는 걸로 보아 뭔가를 깊게 생각하고 있는 것 같다. 교련이가 멍해진 이유를 알 수 있었다. 살짝 열린 문틈으로 어제 본 명희라는 여자가 신규 곁에 있는 게 보였다. 교련이의 손에는 예쁘게 정리한 꽃병이 들려 있었다. 그렇게 굳어진 채 명희와 신규의 모습을 바라보고 있었다. 천우가 조심스럽게 교련이를 불러본다.

"저기… 교련아?"

자신의 이름을 부르는 소리에 놀란 듯 돌아보는 교련. 우리 셋을 보고는 이내 어색한 웃음을 지어 보인다.

"어… 왔어?"

내가 걱정이 되어서 물었다.

"안 들어가고 여기서 뭐 해?"

"아, 꽃병에 물 담아오는 사이… 손님이 왔나 봐. 그래서 방해 될까 봐……."

"니가 왜 방해가 된다는 거야? 어서 들어가자."

나름대로 깡을 선보이며 교련이를 끌어당기자 교련이도 쉽게 이끌려 병실 안으로 들어갔다. 물론 보혁이와 천우도 같이 들어왔다. 우리가 들어오자 명희는 아무렇지 않은 듯 웃으며 인사를 건넨다.

"어머나? 다들 왔네. 우연인지 필연인지 우리 할머니가 입원하셨거든. 근데 보니까 옆방이 신규 방이더라구. 그래서 잠시 들렀지."

그렇게 말하는데 화를 낼 수도 없는 거고……. 내가 더 속이 타지만 교련이는 쓴웃음을 지어 보이며 명희의 인사에 답한다.

"아, 그래요?"

"우리 동갑인데 그냥 말 놓는 게 어때? 서로 편하잖아."

——;; 그럼 앞으로도 계속 만날 거란 얘긴가? 서로 편하게 지낼 이유가 뭐 있담? 안 만나면 그만인데. 명희 니가 신규 만나러 안 오면 교련이랑 마주칠 일도 없잖아… 라고 말해고 싶다.

"그래… 그러는 게 좋겠네."

항상 장난기 어린 신규의 표정이 오늘은 왠지 심각해 보일 정도로 굳어 있다. 어디가 안 좋은 건지 아니면 명희라는 여자애 때문인지……. 보혁이와 천우도 그저 말없이 병실을 지키고 섰다. 갑갑해진 나는 혼자 병실을 나와 복도를 걸었다. 보혁이가 따라오는 것 같다.

"소아랑, 어디 가?"

"어? 아, 그냥… 병실 안이 좀 답답해서."

보혁이가 말없이 내 옆으로 다가와 같이 걸어준다. 심장 떨리게시리. 용기를 내서 살짝 보혁이의 팔짱을 껴봤다. >//< 옴마얏~ 너무 좋아. 보혁이가 나를 내려다보며 살짝 미소 지어준다. 인간

이 너무 잘생긴 것 같다. 지나가는 간호사 언니들은 나 따위는 아랑곳하지 않고 보혁이를 보면서 얼굴 빨개져 멍한 표정으로 지나간다. 어딜 봐욧!! 보혁이는 내 꾸예욧!!

　병원 건물을 빠져나와 근처 공원 벤치에 앉아 음료수를 마시며 보혁이와 대화를 시작했다.

　"신규 표정… 참 안 좋더라. 그치? ^^;;"

　"…안 좋을 수밖에."

　"왜? 많이 아파서 그런가?"

　"아프겠지. 몸도, 마음도……."

　"무슨 뜻이야?"

　"명희라는 여자애… 교련이랑 닮았다는 생각 안 해봤어?"

　"엇? 그 생각 했었어. 어제 첨 봤을 때 참 많이 닮았다고 생각했어. 기분 탓인가 하고 넘겨 버렸지만."

　"신규 녀석, 겉으로는 장난기 많고 밝은 척 잘 웃지만 명희 못 잊어서 많이 아파하던 놈이야."

　"왠지… 그럴 것 같았어."

　"하루가 멀다 하고 싸웠어, 그 둘. 싸우면서 정든다고 하지만 둘은 그게 너무 힘들고 지쳤었나 봐. 결국 명희가 먼저 이별을 선언했고 둘 다 아파했지. 신규도, 명희도 서로 못 잊어서 많이 힘들었을 거야. 그리고 명희는 연락이 끊겨서 잘 모르지만, 신규 녀석은 항상 우리랑 같이 있었으니까 우리가 그 녀석 맘을 모를 리 없지. 괜히 마음에도 없는 이 여자, 저 여자 만나면서 즐거운 듯 웃고."

"역시 사람의 웃음 속엔 항상 무언가 숨겨져 있는 것 같아."

"그건 무슨 의미지?"

"강유도 항상 웃기만 해서 밝은 줄 알았는데 나름대로 상처가 많았잖아. 신규도 예외는 아닌 것 같아서."

"그래. 잊지 못해서 힘겨워하다가 교련이를 본 거야. 사실 나도 교련이 처음 봤을 때 조금 놀랐어. 명희랑 참 비슷한 스타일이라고 생각했거든. 처음에 교련이가 나한테 접근했을 때 왠지 명희를 보는 것 같은 느낌도 자주 들었지."

잊고 있던 지난 기억이 아련히 떠올랐다. 보혁이가 좋다고 악착같이 쫓아다니던 교련이. 그러다 정원에서 보혁이가 교련이에게 키스하는 걸 난 봤었지. 어찌나 충격이었는지. 잊은 줄 알았는데 보혁이의 말에 그때 그 장면이 다시 떠오르고 말았다. 질투할 틈도 없이 보혁이의 말이 이어졌다.

"신규는 교련이를 좋아하면서 명희라고 느끼고 싶었던 거야. 성격까지도 무지 비슷하니까 말이야. 가끔 교련이한테 묻어나는 명희의 느낌 때문에 신규 녀석은 더 더욱 잊기 힘들었을 거야. 한심하기 짝이 없지."

갑자기 교련이가 불쌍하단 생각에 눈물이 왈칵 나려 했다. 신규가 얄밉단 생각을 하다가도 왠지 아플 신규 마음을 생각하게 된다. 멍하게 교련이 걱정을 하고 있는데 보혁이의 폰이 울린다. 살짝 폴더를 열어 받는 보혁이.

"여보세요? 네… 네… 네?? 뭐, 뭐라구요??"

보혁이가 저렇게 당황하는 모습은 처음 보는 것 같다. 대체 무슨 일이 있는 걸까? 난 궁금해 미치겠다는 듯한 표정으로 보혁이의 통화가 끝나길 기다리고 있었다.

"아… 알겠습니다. 지금 가겠습니다."

등줄기로 식은땀이 주루룩 흘러내렸다. 신규한테 무슨 일이 있는 걸까?

"저기… 보혁아, 왜 그래? 신규 어디 아프대??"

"아니. 너 교련이한테 가 있어라."

"대체 왜 그래? 무슨 일인데?"

"나 잠시 학교 좀 다녀와야겠어."

"학교는 왜??"

"숨긴다고 모를 일이 아니군."

"대체 왜 그래? 무슨 일이야?"

"도희가… 도희가……."

"도희가… 왜?"

"옥상에서… 뛰어내렸대."

"뭐, 뭐, 뭐라구?!"

눈물이 채 떨어지기도 전에 보혁이는 얼른 혁이에 몸을 실었고 교련이에게 가 있으라는 보혁이의 말을 듣지 않고 같이 가겠다고 우겼다.

학교에 도착하자 수많은 사람들이 웅성웅성 몰려 뭔가 심각해 보이는 분위기를 내뿜고 있었다. 그곳으로 바짝 오토바이를 세우고 서둘러 내린 후 사람들 사이를 비집고 들어갔다. 그러자 구급차 안으로 실려 들어가는 도희가 보인다. 이건… 꿈이다. 분명히 꿈일 거야. 이런 게 어딨어? 말도 안 돼. 말도 안 된다구!! 하얀 천으로 온몸이 덮여 있는 도희. 이내 오른팔이 침대 밑으로 툭 떨어졌는데 그 하얀 손에 분홍색 종이가 쥐어져 있었다. 나 혼자 그걸 발견하고 서둘러 다가갔다.

"잠시만요!! 잠시만 기다려요!!"

나는 조심스럽게 도희의 손에 있는 분홍색 쪽지를 빼냈다. 그리고 천천히… 심하게 떨리는 손을 제대로 진정시키지 못한 채 부들부들 떨면서 종이를 펼쳤다.

사랑하는 보혁이에게……

보혁아, 안녕? 나야, 도희. 내가 직접 전해주면 안 받을 것 같아서, 내가 얘기하자고 하면 또 피해 버릴 것 같아서 소아랑한테 전해달라고 했어.

우선 너한테도, 아랑이한테도 미안하다는 말을 하고 싶어. 본심은 그게 아닌데 다정해 보이는 너희 둘 모습에 질투가 났어. 난 너한테 그럴

게 질투만 하고 상처만 줬으면서 내가 당하니까 못 참아서 못되게 굴었던 것… 용서해 줄래? 만약에 용서할 수 없다면 난 편히 눈감지 못할 거야.

그 어떤 방법을 써도 니가 내 곁에 돌아올 수 없다는 걸 깨달았어. 날 보는 니 눈은 더 이상 내 것이 아님을 깨달은 지 오랜데… 바보같이 아니라고 부정하고 싶었어. 아랑이한테 이미 온 마음을 뺏겨 버린 거 다 알면서도… 그러면서도 인정하기 싫었어. 바보같이……. 자존심 다 버리고 매달려도… 독하게 굴어도… 나한테 올 수 없을 거라는 거 다 알면서도… 그러면서도…….

보혁아, 길지 않은 시간이었지만 니가 날 사랑해 준 시간을 소중히 생각하고 있었어. 내가 그렇게도 다른 남자들을 만나고 널 아프게 했던 건 자격지심이었는지 몰라. 내가 이렇게 잘났다~ 하고 광고하지 않으면 널 다른 여자한테 뺏길 것 같았어. 인기 많은 여자 친구 둬서 니가 날 자랑스럽게 생각하게 하고 싶었어. 그게 틀린 방법이라고 생각하면서도… 그러면 너한테 상처가 된다는 걸 알면서도… 널 어떻게든 내 안에 가둬두려고만 했던 것 같아. 정말 미안해. 나답지 않다, 그치? 헤헤.

소아랑이랑 행복하게 잘 지내. 어차피 난 몸이 약해서 오래 살 운명이 아니었잖아. 나의 기억 아주 조금도 남겨두지 말고 그저 아랑이를 사랑하는 데만 집중했으면 좋겠어. 한평생 남자가 여자를 사랑하면서 후회없도록. 그 사랑이 부디 나이길 바랬던 욕심은 이제 버릴 테니까… 그러니까… 제발… 제발 행복한 사랑하길 바래……. 마지막으로 보혁아… 너무… 너무… 내 온 마음을 다 해서… 널… 사랑했어…….

죽을 만큼 아프도록 널 지켜볼 도희가…….

편지를 다 읽자마자 온몸이 사시나무 떨듯 부들부들 떨리는 채로 그 자리에 굳어버렸다. 눈물만 땅으로 떨어져 내리고… 이내 도희를 실은 구급차가 어디론가 출발한다.

보혁이… 그래, 보혁이는……. 그제야 보혁이를 돌아보았다. 보혁이의 은빛 머리칼이 보혁이의 얼굴을 덮고 있어서 표정을 볼 수가 없다. 땅을 향해 고개를 떨구고 있는 보혁이의 표정이… 상상조차 되지 않는다.

그런 보혁이의 모습을 보면서 세상에 태어나 처음으로 이렇게까지 나쁜 생각을 하게 됐다. 이 편지… 보혁이가 보면 안 된다. 보혁이가 받을 충격과 또… 또 내가 도희와의 약속을 지켰다면… 그랬다면 일이 이렇게 되지 않았을 수도 있었을 테니……. 죄책감까지 밀려와 난 얼른 그 편지를 주머니 속에 넣어버렸다……. 멍한 눈빛으로 그 자리에 그렇게 굳어 심장이 미친 듯이 뛰고 있었다. 나… 나 진짜 나쁜 짓 하고 있는 건지도 몰라. 하지만… 하지만 이 편지를 보혁이한테 보여줄 순 없어. 절대 그럴 순 없다구……. 내가 어떻게 보혁이와 이뤄졌는데… 이렇게 되기까지 얼마나 힘들었는데… 그런데… 그런데 또 이런 일이 터졌으니까… 보혁이가 이 편지를 보면 나랑 사귀기 힘들어져. 그래, 충격이 너

무 클 거야. 내가 나쁜 게 아니야… 그런 거 아니야……. 보혁이를
위함이야. 보혁이를 위해서 안 보여주는 거야……. 미안해, 도희
야……. 이게 다 보혁이를 위함이야. 미안해…….

보혁이가 먼저 천천히 내 곁으로 다가온다. 그리곤 조심스럽게
입을 연다. 그 목소리에 깜짝 놀랐지만 침을 꼴깍 삼키며 진정하
려 애를 썼다.

"도희… 이렇게까지 할 줄은 몰랐어."

"으응. 나… 나 때문이야. ㅜㅜ"

"너 때문이라니? 그런 거 아니니까 그런 소리 하지 마!"

"아니야. 처음부터 내가 널 좋아하지 않았더라면……."

"그렇게 따지면 내 탓이야. 내가 널 선택했으니까."

"그, 그렇지만… 그렇지만 도희가……."

"됐어, 그만 해. 이미 이렇게 되어버린 이상 누구의 탓도 할 수
없어."

"자꾸만… 자꾸만 죄책감이 들어."

"그건 나도 마찬가지야. 어떻게 보면 이 모든 게 내 탓이야."

그렇지 않아, 보혁아… 그렇지 않아. 내가 도희와의 약속만 지
켰어도 이렇게 되지 않았을 거야. 편지를 보지 않아도 이렇게 자
책하는 보혁인데… 편지까지 봤다가는 정말 절망에 빠져 버리고
말 거야. 모든 게 자기 탓이라고 생각하며 보혁인 끙끙 앓을 거
야. 분명 그럴 거야. 안 그래도 힘든 보혁인데… 그래, 그러니

까… 절대 편지를 보여줄 수 없어. 그래, 절대 보여줘선 안 되는 거야.

하지만 나… 정말 이러는 게 잘하는 걸까? 이럴 땐… 이럴 땐 누군가에게 의지하고 싶어. 나 지금 잘하는 거냐고 묻고 싶어. 하지만… 하지만 이런 일을 누구에게 어떻게 말하냐구……. 내가 옳다고 해줄 사람이 있을까? 내가 숨기고 있다는 사실을 알면 모두들 비난하려 나서지 않을까? 너무나 혼란스럽고 내 자신이 초라해진다.

보혁이는 바람을 쐬러 가야겠다며 혁이를 타고 사라졌다. 나도 기숙사로 돌아왔다. 눈물만 하염없이 흘러내리고 죄책감에 휩싸여 정말 미칠 지경이었다. 그때 누군가 문을 열고 들어왔다. 그 사람은 다름 아닌 천우였다.

"처… 천우야……. ㅜㅜ 흐… 흐윽!!"

난 천우를 보자마자 울음부터 터뜨렸다.

"내 그럴 줄 알았어. 너 또 혼자 끙끙대고 울고 있을 줄 알았다구. 얘기 들었어, 도희 소식."

"천우야… 어떡해. 도희 어떡해? 엉엉……."

"어쩔 수… 없잖아. 이렇게 되어버린 거 다시 되돌릴 순 없다구. 죽은 사람 살리는 약이 있는 것도 아니고……. 어차피 이렇게 되어버린 거… 넌 또 너랑 보혁이가 이루어져서 도희가 비관해서 자살한 거라고 생각하지? 그러면서 죄책감에 빠져서 더 슬픈 거지? 니가 그렇지. 그럴 줄 알았다, 이 울보야."

"흑… 그, 그치만… 사실인걸. 그게 사실이잖아."

"언제까지나 죄책감에 빠져 살 순 없잖아. 나도… 나도 도희와 친했던 시절이 있었고 소꿉친구로서 정말 마음이 아파. 사실 믿기지도 않고. 그렇지만… 니가 그것 때문에 이러고 있는 모습 보면 더 마음이 아파. 그러니까 제발 기운 내."

"흑… 처, 천우야……. 엉엉~"

천우는 조심스럽게 내 옆으로 다가와 앉는다. 그리곤 살짝 감싸 안아준다. 그 품이 얼마나 따뜻하고 안심이 되던지, 왠지 이럴 때는 보혁이보다 천우가 세상으로부터 날 지켜줄 것만 같다. 왜 그렇게 편안한 느낌이 들던지… 마음껏 천우 품에서 울었다.

"…바보."

"흑흑… 엉엉……."

너무나도 포근하고 따뜻한 천우 품에서 한참 울다가 도희의 편지가 생각났다. 보혁이에게 전해주지 않았단 사실을 천우에게 말해 볼까? 하는 생각이 든다. 내가 일부러 보혁이에게 편지를 주지 않았다는 사실을 들으면 천우는 어떤 반응을 보일까? 내가 잘못한 거라고 꾸짖을까, 아니면 잘했다면 내 편에 서줄까? 한참 고민하며 울다 지쳐 그대로 잠들었나 보다.

잠이 든 게 실수였을까? 꿈에서 하얀 소복을 입은 도희가 나타나 나를 쫓아다니며 괴롭혔다. 오른손엔 분홍색 편지를 든 채로 밤새도록 나를 쫓아다니는 악몽에 시달려 벌떡 잠에서 깨어났다. 식은땀이 이마에 송골송골 맺혀 있고 등줄기로 오싹한 느낌이 흘러내렸다. 난 어느새 보혁이 침대에 편안히 눕혀져 있었고, 옆을 보니 천우도 자신의 침대에 누워 자고 있었다. 너무너무 불안하고 무서웠다. 보혁이는 지금도 도희 생각에 마음이 심란해 들어오지 않은 모양이다. 다시 잠이 드는 게 두려웠다. 또 다시 그런 악몽에 시달릴 것만 같았기 때문이다. 난 이기적이게도 내가 무섭다는 생각에 천우를 흔들어 깨우기 시작했다.

"천우야… 천우야……."

내가 몇 번 흔들자 천우는 뒤척이는가 싶더니 이내 눈을 뜨곤 다소 놀란 표정으로 눈을 비비더니 몸을 일으키며 입을 열었다.

"왜 그래? 잠이 안 와?"

"…저기… 저기……."

"왜 그래?"

"나… 나 무서워."

"뭐??"

"도희가… 도희가 자꾸만 꿈에 나타나."

"도희… 가?"

"응… 너무… 무서워."

"도희가 죽은 게 니 탓이라고 생각하니까 그렇지. 제발 그런 생각 하지 말라니까. 이미 죽은 사람 보면서 그런 생각 한다고 도희가 살아나는 게 아니잖아.”

“그치만… 그렇지만… 그런 게 아니라 실은…….”

“실은 뭐?”

“실은… 실은 어제 말이야, 보혁이가 학교 마치고 병원에 가자고 했었어.”

“그런데?”

“그런데 학교 수업 마치자마자 보혁이가 잠시 교실을 나갔고, 그사이에 도희가 옥상에서 좀 보자고 하더라구……. 할 얘기가 있다고 잠깐이면 된다면서…….”

내 말을 들은 천우는 무척이나 놀라는 눈치였지만 나를 위해 표현을 자제하는 듯했다.

“뭐?? 그, 그래서??”

“솔직히 난 불안했어. 그동안 도희한테 당한 게 있어서 선뜻 가기가 겁이 났어. 혹시나 또 애들을 모아서 날 괴롭히진 않을까, 무슨 꿍꿍이가 있는 게 아닐까 하고……. 혼자서 도희에 대한 의심을 품고 있었지.”

“그래서 갔어?”

“아니, 간다고 말은 했는데 불안한 마음에 고민하고 있었어. 보혁이한테 말해 볼까 하는 생각도 했구. 그러다 너랑 보혁이가 왔고 너랑 장난치는 사이 도희 일을 그만… 잊어버렸어.”

“헐! 그, 그랬군.”

"그리고는 보혁이랑 너랑 신규 병원에 갔잖아. 명희란 애랑 교련이랑 신규, 셋이서 심각해 보이길래 답답해서 병원에서 나왔는데 보혁이도 나오더라구. 공원에 앉아서 보혁이랑 이런저런 얘기하다가 갑자기 보혁이가 폰을 받더니 놀라서 학교에 가봐야 한다잖아. 도희가… 도희가 옥상에서 떨어졌다고. 흑! 그래서… 그래서……."

"울지 마, 바보야. 약속 깜빡할 수도 있지 그런 걸 가지고……."

"그치만… 그치만 그게 다가 아닌걸? 그게 다가 아니란 말이야……."

"그럼 또… 뭐가 있는데?"

"보혁이와 내가 도착했을 땐 이미 도희는 싸늘한 시체가 되어서… 구급차에 실려가기 직전이었어. 하얀 천으로 덮여 있는데 도희 손에 분홍색 편지가 쥐어져 있는 걸 발견했어. 그건… 도희가 마지막으로 보혁이에게 남기는 편지였어. 도희는 어제 그 편지를 대신 전해달라고 하기 위해 나를 부른 거였어."

"그… 그럴 수가……."

"난… 난 도희의 마지막 부탁을 철저하게 무시해 버린 거야. 그래놓고 보혁이가 그 편지를 보게 될까 봐… 그럴까 봐 얼른 그 편지를 숨겨 버렸어. 도희가 꿈에 나타나 나를 괴롭히는 건 당연해. 흑! 내가 나쁜 거야. 내가 나빴어. 하지만… 하지만 보혁이에게 편지를… 보여주고 싶지 않았어. 난……."

가만히 내 애기를 들어주던 천우. 어느새 나를 포근하게 감싸 안아준다. 그리곤 따뜻한 음성으로 말한다.

"괜찮아. 괜찮아. 잘했어~ 니가 나쁜 거 아니야. 그 편지를 보면 보혁이가 도희에 대한 미안한 감정에 휩싸여 상처받을까 봐 그래서… 그래서 보여주고 싶지 않던 거잖아. 나쁜 뜻으로 보여주지 않은 건 아니잖아? 그치? 그러니까 됐어."

"하지만… 도희가 죽어가면서 마지막으로 보혁이에게 주는 편진데… 그런데……."

"도희가 미워서, 단순히 보혁이를 독차지하기 위해서 편지를 안 보여주려 한 거라면 아마 찢어버렸을 거야. 하지만 도희에게 미안한 마음과 보혁이가 상처받지 않길 바라는 마음에서 단순히 숨겨놓은 거잖아. 그러니까 됐어. 괜찮아."

"흑… 천우야, 나… 나 정말 나쁜 거 아닌 걸까?"

"그럼~ 잘한 거야. 나라도 그랬을 거야. 그러니까 울지 마."

"흐흑! 천우야… 엉엉."

"바보… 그렇게 울지 말란 말이야. 나도 마음 아프잖아."

"미안해… 미안해, 천우야……."

"미안하면 울지 말라고, 이 바보야. 그나저나 그 편지… 어떻게 했어?"

난 주머니를 뒤져 도희가 남긴 분홍색 편지를 천우에게 건네주었다. 그러자 천우는 조심스럽게 그 편지를 펴서 읽어보았다. 이

내 천우의 눈망울이 옅게 흔들리고 있었다. 잠시 후 천우가 편지를 다시 접더니 입을 열었다.

"이 편지는 내가 가지고 있을게. 때가 되면 내가 보혁이에게 전해주던지 할게. 알아서 잘할 테니까 넌 죄책감에 휩싸이지 말고… 편안하게 생각해. 여기 편지 보니까 보혁이랑 너랑 잘되길 바란다고, 진심으로 그러길 빈다고 적어놨네. 그 약속이나 지켜줘. 그럼 된 거야."

"흐윽… 도희한테… 너무나 미안해. 미안해 죽겠어."

"죽으면 안 되지~ 도희 외롭다고 너까지 하늘로 가면 보혁인 어쩌냐? 그리고… 난 어쩌냐……."

"흐윽… 고마워. 고마워, 천우야. 항상… 언제나 늘 내 편이 되어줘서… 정말 너무 고마워."

"바보… 넌 정말 머리가 나쁜 것 같아. 내가 언젠가 널 보혁이에게 보내야겠다고 처음 결심했을 때 너한테 그랬잖아. 항상 니편이 되어줄 거라고. 기억 안 나? 그리고 보혁 놈 때문에 자꾸 우는 널 보고 마음 아파서 다시 내 여자로 만들어야겠다고 다짐한 날 그랬잖아. 난 다른 누구보다 널 먼저 믿을 거라고… 보혁이 그 자식처럼 널 울게 하지 않을 자신 있다고. 그렇게 말했던 것… 기억 안 나지? 하여간 기억력 하고는~ 피식~ 바보."

"고마워… 정말 고마워. 그러고 보니 언뜻 기억난다 모~ 치이."

"ㅎㅎ 언뜻이라도 기억하니 고마운걸? 온통 니 머리 속에 보혁이로만 가득 차 있을 줄 알았더니……."

"만약 그랬다면… 보혁이랑 너 사이에서 고민하다 강유랑 사귀는 일은 없었을 거야. 나도 널 참 많이 좋아한다고 생각했었어. 정말… 이야."

"하하하! 그, 그랬냐? 난 왜 몰랐지? 에이~ 니가 그런 고민 하는 줄 알았다면 확 잡아버릴걸. 아쉽다, 쩝! 농담이고~ 지나간 일인데 뭐. 좋은… 친구하기로 했잖아. 그래서 난 여전히 지금도 니 편이고… 그러니까 기운 내~"

"고, 고마워……."

"그러고 보니 나 같은 놈이 또 있었지? 강유 녀석… 그놈도 속이 까맣게 탔겠구나. ㅋㅋㅋ"

"ㅜ//ㅜ 미안해."

"어허! 미안하다고 하지 말라니깐. 그러면 그럴수록 강유나 나나 비참해지는 거라구~ 강유 팬이나 내 팬들한테 실례다, 너~"

"0//0 웅, 안 그럴게."

"하하… 바보."

천우가 항상 나를 향해 지어주는 이 맑은 미소 때문에 언제나 난 천우 곁에서 편해지고 기대고 싶어지는지도 몰라. 강유의 미소를 볼 때면 어느새 기분이 좋아지고… 천우의 이런 따뜻한 모습에 항상 기대고 싶은 마음이 들고… 보혁이랑 있을 땐 항상 긴장의

연속이지만. 어쩌면 나… 이렇게 좋은 친구들을 알게 된 것만으로도 커다란 행운을 거머쥔 게 아닐까? 아무리 힘든 일이 있어도 항상 내 편이 되어주는 천우를 보자 왠지 마음 한구석이 찡해졌다.

"근데 천우야… 나 무서워서 못 자겠어."

"너 잘 때까지 옆에서 지켜줄게."

"치이~ 자면 꿈속에 나타나는데 잘 때까지 지켜주면 뭐 해! 바보오~"

"그럼… 꿈에서도 항상 곁에 있을게."

"뭐?"

"그냥 마음으로. ^^;"

"-_-; 뭐야, 그게……. 싱겁기는."

"ㅎㅎ 나 싱거운 거 하루 이틀인가? 어쨌든 자~ 자다가 또 악몽 꾸면 일어나면 되지 뭐."

"-_- 참으로 놀라운 대책이다~"

"ㅎㅎ 고마워. 어쨌든 빨리 자~ 자는 동안에라도 잊으라구, 이 바보야(꿈속에서든 그 어디에서든… 언제나 널 지키고 있을 테니까. 그러니까 그런 불안한 눈으로 날 보지 마, 이 바보야)."

"알았어, 나 잘 테니까 자장가 불러줘."

"-ㅁ- 자, 자장가?"

"응. ^^"

시끄럽다며 얼른 자라고 핀잔을 줄 줄 알았는데 천우는 가만히 나를 침대에 눕히더니 내 앞머리를 뒤로 쓸어 올려주며 천천히 노래를 부르기 시작했다.

"Whenever sang my songs~ On the stage~ on my own Whenever said my words~ Whishing they would be heard~ I saw you smiling at me~ Was it real or just my fantasy~"

너무나 부드럽고 감미로운 목소리로 발라드 팝송을 부르는 천우를 보며 처음엔 너무 놀랐는데 점점 그 부드러운 목소리에 도취되어 잠이 들었다. 잠이 들면서 생각했다. 천우야, 너 노래 굉장히 잘하는구나. 일어나면 노래 제목 꼭 물어볼게. 고마워, 천우야.

아침에 눈을 떴을 땐 정말 깜짝 놀랐다. 천우가 내 손을 꼭 붙잡은 채로 내 배 위에 엎드려 잠들어 있었기 때문이다. 밤새도록 악몽에 시달리다 혹시나 내가 깰까 봐 잠도 제대로 못하고 이러고 있었던 거야. 그러다 자기도 모르게 잠든 거야. 바보 천우… 이 바보. 어째서 널 선택하지 않은 나 같은 것한테 이렇게까지 잘해주는 거니? 자존심도 없어? 하지만… 하지만 난 그런 널 보면서 은근히 더 기대길 바라는 것 같아. 나 이기적이야. 미안해, 천우야. 미안해. 나도 모르게 유난히 까만 천우의 머리칼을 조심스럽게 쓸어 넘겼다. 그 바람에 천우가 놀라 잠에서 깬다.

"0//0 까, 깜짝이야……."

"0//0 어, 언제 일어났냐?"

둘 다 얼굴이 빨개져서 가관이다. 서로 잠시 어색해하며 얼굴을 붉히고 내가 그 어색함을 없애기 위해 재빨리 입을 열었다.

"저, 저기… 어, 어제는 정말 고마웠어."

"니가 나한테 고마웠던 일이 어디 한두 개냐? 이제 그 말 지겹다, 야~"

"-_-; 어, 그래. 그나저나 어제 불러줬던 노래 제목이 뭐야?"

"0//0 내, 내가 언제 노래 불러줬다고 그래!!"

"노래 되게 잘하던데? 너 가수 해도 되겠더라. 깜짝 놀랐어~ 진짜로 노래를 불러줄 줄은 몰랐거든~"

"난 노래 부른 적 없어~ 절대 없어. ——;;"

"아무리 내가 바보 소리 들었어도 노래 부른 적 없는 사람한테 칭찬하고 있겠냐? -_-; 너 날 너무 바보 취급한다~"

"시, 시끄러. 아무튼 노래 얘기 하지 마. 쑥스러우니깐."

"싫어. 앞으로 자주 불러달라고 할래. ^^ 너무너무 듣기 좋았어. 제목이 뭐야?"

"누가 자주 불러준대? 어젠 하도 니가 무서워하니까 불러준 것뿐이야. 그리고 제목 알아서 뭐 하게?"

"mp3로 다운받아서 자주 들으려구. 너무 좋더라. ^^"

"다 좋은데 그 노래 들으면서 내 생각은 하지 말길 바란다. 창피하거든~"

천우 녀석답지 않게 창피해하는 모습이 어찌나 귀엽던지 자꾸만 놀리고 싶어진다. 하지만 더 이상 천우를 괴롭히다간 얼굴 빨개져서 어디론가 가버릴 것 같아 그만 하기로 했다. 지금은… 아직은… 혼자 있고 싶지 않으니까……. 혼자 있으면 자꾸만 죄책감에 빠져 힘들어질 것 같다. 난 제목을 가르쳐 달라고 천우에게 떼썼다. 그러자 천우가 마지못해 입을 열었다.

"-_-; 나참~ 그 노래는 파이널판타지에 나오는 노래야. 제목은 Eyes On Me야."

"우와~ 그렇구나. 노래 참 좋더라. 다운받아서 매일 들어야지. ^^ 헤헤."

천우와 음식도 시켜먹고, 장난도 치고, TV도 보면서 외롭지 않은 시간을 보내려 애를 썼다. 그날 그렇게 천우는 하루 종일 내 곁에서 불안해할 나를 지켜주고 있었던 것이다. 보혁이는 폰도 받지 않고 기숙사로 돌아올 기미조차 보이지 않는다. 혹시나 해서 교련이에게 전화를 걸어보았지만 신규에게도 가지 않은 모양이다. 도희 일로 보혁이의 마음에 얼마나 큰 상처가 남았을지… 정말 상상조차 되지 않는다. 예전에 그렇게 좋아하던 여자인데……. 아무리 잊었다 해도 항상 곁에 있다가 갑자기… 아, 생각하기 싫다. 생각하면 할수록 나만 슬퍼지고 혼란스러워져. 이대로 보혁이에게 헤어지자는 말을 하게 될지도 몰라.

한참 혼자만의 생각에 빠져 있는데 순간 내가 우울해 보였는지

TV를 보며 팝콘을 입에 밀어 넣던 천우가 살짝 입을 열었다.

"심심한데 강유 부를까?"

"뭐? 가, 강유?"

"응. 심심하잖아. 그 자식이야 경비 아저씨 몰래 기숙사 들어오
는 게 취미 아니냐~"

"^^;; 그야 그렇지만……."

"있어봐. 내가 연락할게. ㅋㅋ 분명 좋다고 달려올 거다~"

재밌다는 표정으로 연신 폰을 눌러대는 천우. 원만하게 통화를
마치고 입가에 씨익 미소를 지어 보인다. 정말 나 따위만 바라보
고 있기엔 너무 아까운 킹카 천우, 이 바보 녀석.

"뭐래? 온대??"

"어~ 지금 당장 오겠대~"

"강유가 그렇지 뭐. 대책없는 녀석."

"ㅎㅎ 뭐 어때~ 재밌으면 된 거지."

천우와 난 강유가 오기를 기다리며 TV 시청을 하고 있었다.

1시간 정도 지났을까? 아니, 1시간도 채 되지 않은 것 같은데
누군가 갑자기 기숙사 방문을 열면서 들어왔다.

"0ㅁ0 아, 깜짝이야!"

천우와 내가 동시에 놀라 소리치자 강유가 그 예쁜 미소를 환하
게 보이며 입을 연다.

"ㅎㅎ 도착! ^0^ 나 보고 시퍼찌?? 헤헤."

천우가 어이없다는 듯 나보다 먼저 입을 연다.

"-_-; 보고 싶은 건 둘째 치고… 뭐냐, 그 손에 쥐어진 봉지들은?"

"아아~ 이고? 헤헤 뭘까?? 이게 뭐지? 이게 왜 내 손에 들려있지? ^^; 이상하네? 뭘까?"

능청스럽게 비닐 봉지를 무겁게 흔들며 웃고 있는 강유를 향해 내가 입을 열었다.

"=ㅁ= 그거 술 아냐?"

"ˆ0ˆ ㅎㅎㅎㅎ 빙고! 술이야~ 4명이 실컷 마시려구 사 가지고 왔지."

"저기… 너랑 천우랑 나… 3명인데……. -_-;"

"아닌데? 어라? 지훈이 어디 갔지? 같이 왔는데~"

천우와 내가 동시에 놀라 소리쳤다.

"뭐? 지훈이??"

강유가 우리의 놀란 표정을 애써 뒤로한 채 기숙사 방문을 다시 휙 열자 지훈이가 싸늘한 표정으로 서 있었다.

"ㅎㅎ 지훈아, 안 들어오고 왜 거기 서 있어~ 빨랑 들어와. ㅋㅋ"

"-_-+ 문을 쾅! 열더니 들어가서 쾅! 닫은 인간이 누군지 생각해 보시지."

"ˆ^ˆa 내가 그랬나? ㅎㅎ 미안~ 어쨌든 빨리 들어와."

강유가 그렇게 말하자 지훈은 한 발 방 안으로 들어오더니 이리 저리 둘러본다. 그리곤 내 옆으로 다가와 털썩 앉더니 한마디 조용히 내던진다.

"하이! 내 남매."

"뭐? 아… 아, 안녕?"

강유도 천우 옆으로 자리를 잡더니 급기야 술판을 벌이기 시작한다. 기숙사 사감한테 걸리면 우린 퇴학먹을 거얌. -_-; 지훈과 사이가 나쁜 건 천우가 아니라 보혁이기에 천우와 지훈 사이는 그다지 어색해 보이지 않았다. 나름대로 친한 척 서로의 안부를 묻기도 하고 이런저런 대화를 나누는데 왠지 그 모습이 난 다행스러웠다. 어쩌면 이제 진짜 나와 남매가 될지도 모르는 지훈인데 보혁이 외에 또 다른 누군가가 지훈과 사이가 안 좋다면 나도 힘들어질 것 같은 생각을 해서였다. 어쨌든 못 마시는 술을 강유 녀석에게 열심히 배우는 중이다. 모두들 술을 조금씩 마시며 이런저런 대화를 주고받는다. 유난히 말도 없고 차갑고 싸가지의 극치를 달리던 지훈이가 입을 열었다.

"도희… 그 여자애 소식 들었는데… 신보혁 그 자식은 어디 갔지?"

"…맞아. 지훈이랑 나랑 그 소식 듣고 얼마나 놀랐는데……. 정말 깜짝 놀랐어."

강유가 그렇게 받아치자 천우는 나지막한 음성으로 대답했다.

"어제 이후로 보혁이는 들어오지 않았어."

그러자 지훈이가 나를 살짝 쳐다보며 입을 열었다.

"옛 애인이 죽었다고 현재 애인을 두고 너무 방황을 하는 것
도… 실례 아닌가?"

그 말에 나도 모르게 대꾸해 버렸다.

"괜찮아! 이, 이해할 수 있어. 아픈 건 아픈 거니까……."

"열녀났구만."

"…할 수 없잖아. 굳이 옛날 애인이라고 하지 않더라도 소꿉친
구니까. 그러니까……."

"그런 걸로 스스로 위로하고 있다니… 나름대로 똑똑하군."

"…그런 거 아니야. 난 진심으로 보혁이를 이해하고……."

"아아 ~ 그래 실컷 이해하라고. 안 말릴 테니."

내가 아무 말도 못하고 표정만 굳히자 천우가 거들고 나선다.

"이지훈… 그런 식으로 말하지 마. 마음 아픈 건 암소도 마찬가
지야."

"암소? ㅋㅋ 그래, 언젠가 강유 저놈한테 그 별명 듣고 웃은 적
이 있는 것 같다. 최근 들어 웃어본 기억이 없는데 말이야. 덕분에
즐거웠지."

여전히 눈만은 싸늘한 지훈이다. 천우도 그 이상 말을 잇지 않
는다. 강유 녀석이 혼자 홀짝홀짝 마셔대는가 싶더니 이내 반쯤
풀린 눈으로 입에 미소를 가득 머금고 입을 연다.

"ㅎㅎ 다들 분위기가 왜 이래? 친구 잃어서 마음 아픈 건 다 마찬가지라고~ 그러니까 자자, 마시고 모두들 훌훌 털어버리자구. ^0^ 소아랑, 마셔~"

"^^;; 아… 응. 나 잘 못 마시는데…….."

"태어날 때부터 술 잘 먹으면서 태어난 사람 없어~"

"-_- 그, 그런 뜻이 아니잖아. 강유 너 벌써 취한 거야?"

"남자 체면에 설마 소아랑 너보다 먼저 취하겠어? 빨리 마셔~ 마셔라, 마셔~ @ㅁ@"

"-_-; 취한 것 같은데…….."

하는 수 없이 강유가 비틀비틀 따라주는 술을 받아 마셨다. 아니, 근데 이 녀석이 내가 잔을 비우면 바로 채워주고… 비우면 또다시 바로 채워주고… 안 마시고 쉬려 하면 몰아붙이니 나~ 이거 참……. 급기야 나도 알딸딸한 상태가 되어버렸고 천우는 내가 걱정이 되었는지 강유를 말리기 시작한다.

"야, 민강유~ 그만 해. 아랑이 취하는 것 같아."

"천우야~ 원래 여자들은 약간 취해서 코맹맹이 소리로 애교 떠는 게 귀여운 거야~"

"민강유… 너 그거 아냐?"

"뭘??"

"오늘따라 너 더 밝게 웃고 있는 거… 아니, 애써 웃고 있는 척하고 있다는 거. 날 속일 생각이야?"

"…밝게 웃지 않으면… 울어야 하잖아."

강유의 미소가 모두 눈물인 것 같아서… 그래서 마음이 찡해져 왔다. 술도 좀 취했겠다 감정이 쉽게 올라온다. 역시 강유도… 도 희를 잃어서 아픈 거야. 너무나 마음이 아픈 거야. 보혁이는 대체 어떤 마음으로… 어디에 있을까. 보혁아……. 눈물을 떨구며 술에 취해 마구 울고 있는데 갑자기 기숙사 문이 열리고 보혁이의 은빛 머리칼이 눈물에 번져 흐릿한 시야에 보여졌다. 지금 이 난장판이 술자리와… 지훈까지… 같이 있는데……. 보혁이는 난장판이 된 방을 스윽 훑어보더니 이내 특유의 그 낮은 음성으로 입을 뗐다.

"이지훈, 간이 부었구나?"

"피식~ 그래, 술을 좀 먹었더니 간이 붓는 건 사실이지. 알콜 은 간에 직접적인 영향을 주거든."

"개그라고 하는 거냐?"

"재미없으면 관두고."

"당장 나가. 기숙사 안에서 소란 피우고 싶지 않으니까."

금방이라도 싸울 것 같은 눈을 하고 있는 보혁이와 지훈. 1분 1 초가 공포스러웠다. 그때 강유가 웃으며 둘을 말린다.

"^-^ 보혁아~ 왜 이렇게 늦었어~ 우리 지금 도희 추모할 겸 해서 한잔하고 있었어. 어서 너도 앉아."

강유의 미소에도 굴하지 않고 보혁이는 여전히 싸늘했다.

"나가라고 했을 텐데."

그러자 지훈도 피식 웃더니 이내 강유를 향해 말한다.

"피식~ 민강유, 돌아가자."

"^^; 보혁이도, 지훈이도… 같이 술 마시면서 그동안에 쌓인 감정을……."

쾅―!!

"당장 꺼져!!"

깜짝 놀랐다. 보혁이는 주먹으로 있는 힘껏 방문을 내려치며 소리를 질렀다. 순간 모두 움찔했다. 나는… 그제야 알았다. 보혁이 눈이 촉촉히 젖어 있다는 걸……. 그 모습이 너무 안타까워 아까부터 흘리고 있던 눈물을 닦아내지도 못한 채 더 더욱 서럽게 눈물이 흘렀다. 강유도, 지훈이도 조심스럽게 자리에서 일어나 보혁이를 스쳐 밖으로 나간다. 강유와 지훈의 모습이 사라지고 난 후 천우가 조심스럽게 입을 열었다.

"보혁아……."

"치우자. 방 안에 술 냄새 나는 거 역겨워."

천우는 잠시 말없이 보혁이를 바라보다가 이내 술자리를 치우기 시작한다. 나도 얼른 눈물을 닦아내고 천우를 도왔다. 보혁이는 화장실 안으로 들어가 버렸다. 자꾸만… 자꾸만 눈물이 흐른다. 바보같이… 도희가 그렇게 되고 나서 누구보다 괴로움에 휩싸이는 건 보혁이다. 지금의 내 입장으로선 도저히… 보혁이를 위로할 방법을 찾을 수가 없다. 처음부터 그랬다. 난 처음부터 보

혁이에게 도움이라곤 되어본 적이 없으며 보혁이를 위해 할 수
있는 일이라고는 아무것도 없었다. 늘… 늘 보혁이 앞에서 작아
지는 나를 발견하고 더 더욱 소심해져만 가는 일. 그것밖에는 할
수 있는 게 없다. 그런 모든 일들이 나를 슬프게 했다. 자꾸만 눈
물이 앞을 가려 과자 봉지를 치우는 것조차 제대로 못하고 남아
있는 과자를 쏟아버린 나다. 얼른 다시 눈물을 닦고 과자를 담으
려 할 때 천우의 따뜻한 음성이 귓가에 울린다.

"울지 마. 울지 마, 이 바보야…….."

"아, 안 울어. 나 안 울어…….."

얼른 소매로 눈물을 닦아보지만 금세 눈물이 볼을 타고 흘러내
린다. 천우의 긴 한숨이 내 눈물을 더 자극했다.

"소아랑… 나 정말 이러다 미칠 것 같다."

"나 안 울어. 정말이야. 걱정하지 마, 천우야. 나 안 울어. 나…
나 안 울어."

"너도 알 거야. 지금 보혁이가 얼마나 힘들지. 자기 때문에 도
희가 죽었다고 생각하고 있을 거야. 지금은 보혁이 곁에 니가 있
다는 것조차 인식하지 못할지도 몰라. 그런 보혁이를 이해하고 받
아들여야만 니가 끝까지 보혁이 애인으로 남을 수 있는 거고. 지
금처럼 힘들어서 계속 눈물짓고 힘들어하면 결국 넌 니 자신에게
지쳐서 보혁이를 놔버릴지도 모르잖아."

"하지만 천우야… 이럴 땐… 정말 이럴 땐 어떻게 해야 할지 모

르겠어. 조금 행복하다 싶으면 금방 사건이 터져 버리고… 이게 해결된다 싶으면 저쪽에서 또 사건이 터져 자꾸만 힘들어져. 릴레이도 아닌데 계속 이어서 행복이 찾아왔다가 아픔이 찾아왔다가… 반복이 멈추질 않아."

"하지만 그 반복 속에 항상 널 응원하는 내가 있잖아. 제발 응원하는 사람 마음 미어지게 좀 하지 마라."

"천우야… 미안해. 난 왜 항상 너한테 기대고 상처만 주는 걸까?"

"미안할 거 없어. 니가 나한테 상처 줄 수밖에 없는 이유는 한 가지뿐이잖아."

"내가… 내가 보혁이를 좋아하기 때문에?"

"아니… 내가 널… 사랑하기 때문에……. 그래서 내가 상처받는 거잖아."

"천우야……."

"하지만 신경 쓰지 마. 왜냐하면 내가 갖고 있는 사랑은 등대 같은 사랑이라서 불빛만 비춰줄 뿐 바다로 직접 뛰어들진 않거든. 그러니까 난 너의 사랑을 지켜볼 뿐이지, 너와 보혁이 사랑에 끼어들진 않으니까… 그러니까 걱정 마."

"바보… 바보… 그 말이 더… 더 더욱 날 미안하게 만들고 있다는 걸… 아니?"

"니가 더 바보다, 야~ 너 미안하라고 하는 소리야. ㅋㅋ 제발

좀 울지 마라~ 늘 말하잖아. 니가 울면… 나도 아프다고. 나만 아
프냐? 보혁이도 마음 아프지~ 강유도 마음 아프지~ 교련이도 마
음 아프지~ 한두 명 아픈 게 아니잖아. 그러니까 넌 니 맘대로 울
면 안 된다고~ 알았냐?"

"천우야……."

"바보… 과자 몇 개 남았네~ 언넝 먹어~ 아깝잖아."

"푸우… 바보. 눅눅해졌는데 어떻게 먹어~"

"-_-; 그런가? 그럼 버리자~"

얼른 과자 부스러기를 모아 휴지통에 버리고는 바닥을 걸레로
깨끗이 닦아내는 천우다. 왠지 천우가 평생 저 마음 그대로 나를
지켜줄 것 같아서 부담도 되고 한편으론 기쁘기도 하다.

한참이 지나도 화장실에서 보혁이가 나오지 않자 살짝 걱정이
되기 시작했다. 그렇다고 화장실 문을 벌컥 열어볼 수도 없는 일
이고……. 내가 뚫어져라 화장실 문을 바라보고 있자 내 마음을
천우가 읽었는지 조심스럽게 화장실로 다가가더니 문고리를 당긴
다. 그리고는…

"보, 보혁아—!!"

천우가 소리 지르는 걸 보고 놀라 나도 얼른 화장실 안을 들여
다봤다. 안을 들여다보고 나는 실신할 뻔했다. 맑은 물로 가득했
던 욕조가 피로 물들어 있고 그 안에 보혁이가 앉아 있었다. 면도
칼로 손목을 그어 아직도 피가 흐르고 있었다. 보혁이는 점점 의

식을 잃어가고 있었다. 천우가 놀라 보혁이에게 다가갔고 나도 소스라치게 놀라며 보혁이에게 다가갔다.

"야, 신보혁—!! 임마—!! 정신 차려!! 신보혁!!"

"흐… 흐윽……. 보혁아… 보혁아—!!"

우리의 부름을 듣고 보혁이는 서서히 실눈을 뜨기 시작했다. 그리고 그 눈에서 뜨거운 눈물 두 줄기가 흘러내리고 있었다.

"보, 보혁아……."

천천히… 아주 천천히 보혁이가 입을 열었다.

"자살이란 거… 이런 기분이구나. 이런… 이런 기분이었어……."

천우가 급히 약상자를 들고 와서 더 이상 피가 흐르지 못하도록 서둘러 손목에 붕대를 감고 있었다. 난 보혁이 옆에 주저앉아 하염없이 눈물만 흘리고 있었다. 보혁이는 흔들리는 눈동자로 계속해서 입을 열었다.

"…소아랑… 널… 널 사랑하고 싶었다……. 나… 그건… 진심이야……."

"보혁아… 흐… 흐윽……. 보혁아……."

"하지만… 도희에게 차갑게 대하면 대할수록… 내 마음은… 찢겨져 나갔어. 소아랑만 바라보자… 소아랑을 사랑하게 된 거 같다… 그렇게… 그렇게 느꼈지만 마음 한구석엔 늘… 어려서부터 날 웃게 만들던 도희가… 그런 도희가… 있었어."

"흑……."

"도희를 잊기 위해 널 이용한 건… 결코 아니야. 정말 너란 여자애… 마음에 들었거든. 피식… 어쩐지 어렸을 때 순수했던 도희 모습을 보는 것 같기도 했고… 너만의 귀여운 매력도 있었고… 정말 잘해주고 싶었어. 세상에서 가장 행복한 여자로 만들 거라고… 다짐했었어. 그 다짐은… 얼마 전까지만 해도 전혀 흔들림도… 변함도 없었어. 그런데… 그런데 말이야… 이젠… 자신없어… 널 그렇게 만들어줄 자신이… 없어……."

"보, 보혁아……."

"…죽을 만큼 사랑한 여자를 버리고 택한 너이니만큼… 더 사랑하고 아껴줄 거란 다짐… 혼자서 수없이 되뇌곤 했는데… 그랬는데… 도희가 자살을 할 줄은 몰랐어. 이건… 이건 전부 나 때문인데… 모두 나 때문인데……. 나만 사랑하는 여자를 안고 행복해지는 건… 절대 용서받을 수 없는 짓이야. 미안하다……. 미안하다, 소아랑……."

"보혁아… 난… 난 말야……."

"…이런 말 우습겠지만… 넌 참… 맑아… 나같이 꼬이고 꼬인 놈이 지키기엔 부담스러울 정도로 깨끗해. 이대로… 널 보내줄게. 널… 여기까지만 지킬게. 이 이상 아픈 상처를 가지고 널 지키기엔… 내가 너무 모자라. 정말로… 미안하다……."

아무 말도 할 수 없다. 항상 냉정하기만 했던 보혁이의 음성이 이상하리만치 따뜻하게 내 귀를 파고들었기 때문이다. 보혁이는 처음부터 도희를 사랑했고 여전히 도희를 사랑하고 있는 것이다. 잊으려 노력하기 위해 나를 만난 게 아니라 해도 보혁이도 모르는 사이에 도희는 보혁이의 전부가 되어버려 있었던 거야. 인정하기 싫었기에 날 사랑하는 거라고 믿었을 테지. 하지만 도희의 죽음 앞에서… 사랑하는 여인의 죽음 앞에서 느끼는 깨달음은… 결코 거짓이 아니기에… 보혁이를 붙잡을 순 없는 거야.

가만히 지켜보던 천우가 조심스럽게 주머니에서 분홍색 편지를 꺼낸다. 내가 숨겼던 그 편지를 말이다. 그리곤 보혁이에게 건네주며 입을 열었다.

"…도희가… 마지막으로 남긴 편지야. 아무래도 니가 읽어봐야 할 것 같아."

보혁이의 뜨거운 눈물 속에 분홍 편지가 펼쳐졌다. 편지를 쭉 읽어 내려가던 보혁이가 이내 피식 웃는다. 그리고는 아주 서럽게… 미치도록 슬프게 흐느끼고 있다. 그 모습을 지켜보던 나는 그만 기숙사를 뛰쳐나와 버렸다.

하늘도 슬픈 내 마음을 아는지… 나와 같이 울고 있었다. 쏟아지는 빗속에 한참을 달리다 넘어졌다. 일어설 힘조차 없다. 그 자리에 그렇게 엎어져서 하염없이 울기만 했다. 이해할게. 이해할게, 보혁아……. 길지 않은 시간이었지만 날 사랑해 준 시간… 너무나 감사하게 생각할게. 사실… 사실은 널 사랑하는 동안 너무나 힘들었어. 항상 너랑 있으면 무언가 꼬이고… 그러면서도 너랑 있는 게 마냥 좋아서 힘든 것쯤 견딜 수 있었다고 생각했어. 보혁아… 영원히 널 자유롭게 해주고 싶어. 이젠… 이젠 내가 아니더라도 그 누구도 니 곁에 있을 수 없겠지? 아무도 도희를 대신할 수 없을 거야. 아니까… 그걸 너무 잘 아니까… 나 매달리지 않을게. 이번에 내가 내야 할 용기는… 붙잡는 용기가 아니라 과감히 널 잊어주는 거야. 그게 내가 너에게 낼 수 있는 마지막 용기 같아. 아프지 마, 보혁아. 제발… 아프지는 마. 나 이렇게 널 보내지만… 죽을 만큼 아프도록 사랑했던 너의 도희만큼 나도 널 사랑했다고 당당하게 말할 수 있어. 그러니까… 아프지 마, 보혁아…….

그날 이후, 난 선생님께 집안 사정으로 인해 당분간 학교를 나올 수 없다며 짐을 싸서 기숙사에서 나왔다. 아빠가 계신 집으로 향하는 발걸음은 신발에 쇳덩이를 넣은 것보다 더 더욱 무겁지만… 아직까지 흐르는 내 눈물이 더 무겁게 느껴져서 온 마음이 찢겨져 나간다. 아빠가 계신 집으로 들어와 보니 문이 잠겨 안으로 들어갈 수 없다. 짐을 옆에 두고 현관 앞에 쪼그려 앉아 보혁이 생각에 하염없이 눈물만 떨구고 있었다. 드르륵거리는 소리에 휴대폰을 보니 천우였다.

「암소~ 어디야? 왜 이렇게 전화를 안 받아? 어제 하루 종일 얼마나 찾아다녔는 줄 알아? 기숙사에 짐도 다 없던데 대체 어디야?」

수많은 부재중 통화와 문자들. 대부분이 천우였다. 착한 천우 생각에 또다시 눈물이 흘렀다. 답장을 보낼 힘조차 없다. 잠시 후, 천우의 문자가 또 도착했다.

「어제 보혁이 병원으로 옮겼어. 다행히 생명에는 지장이 없대. 설마 이대로 진짜 보혁이랑 헤어지려는 건 아니지? 빨리 중앙 병원으로 와.」

나는 종료 버튼을 꾸욱 누르며 중얼거렸다.
"미안해, 천우야……. 미안해."
한참 기다렸지만 그 시간이 지루하게 느껴지지 않았다. 시간이 가는 걸 인식하지 못할 만큼 아픔에 젖어 있었기 때문이다. 누군가 내 앞에 걸음을 멈춰 섰다. 가슴팍에 묻었던 고개를 들어 앞을 보니 예쁜 여자 구두가 시야에 잡혔다. 조금 더 높이 고개를 들자 지훈이 엄마로 소개받았던 그 아주머니가 깜짝 놀란 표정으로 서 계셨다.
"어머~ 아랑이 아니니? 어쩐 일이야? 저 짐은 다 뭐야?"
"아, 안녕… 하세요?"
"아직 비도 많이 오는데 어서 들어가자~ 감기 걸리겠어."
"…네."

지훈이네 엄마를 따라 집으로 들어갔다. 곁에서 보는 것과 달리 안은 꽤 넓었다. 방이 두 개였고 작지만 거실도 있었다. 아빠 혼자 사는 게… 아니었나? 조금 이상한 기분에 주위를 두리번거리자 지훈이네 엄마가 친절하게 수건과 따뜻한 차를 준비해 주셨다.

"감기 들기 전에 얼른 따뜻한 것 좀 마시고 씻어, 응?"

"…감사합니다."

"근데 학교는 어쩌고 왔어? 이 많은 짐들은 대체 뭐야?"

"…당분간 학교 안 나가려구요. 선생님께도 집안에 사정이 있다고 말씀드렸거든요."

"그래? 곧 있으면 지훈이도 올 텐데… 방이 두 칸뿐이라 어쩌지?"

"네? 그게… 무슨……."

"몰랐니? 너희 아버지랑 난… 오래전부터 동거 중이었는데……."

"ㅇㅁㅇ 도, 동거요?"

"몰랐나 보구나. 하긴 이런 말 선뜻했다가 오히려 너에게 상처가 될까 봐……."

지금은 이런 충격보다 내 마음에 뚫린 상처가 훨씬 컸기에 그저 잠시 놀라고 머리 속은 다시 보혁이란 글자로 채워졌다. 난 아주머니가 준 따뜻한 차를 마시고 욕실로 들어가 몸을 씻었다. 그리고 옷을 갈아입고 나왔더니 아주머니는 그새 따뜻한 밥상을 차려

주셨다. 엄마 생각이 나서 또다시 왈칵 눈물이 쏟아졌다.

"어머… 아랑아, 왜 그러니? 어디 아프니?"

달려와 나를 걱정하는 지훈이 엄마. 정말 친절하고 좋은 분이라는 건 느껴지지만… 아직 내가 받아들이기엔 너무나 큰 상처들이 많아서……. 난 아무것도 아니라는 듯 고개를 절레절레 저으며 눈물을 닦았다. 그리고 아주머니가 집어주는 반찬을 수저에 담으며 억지로 꾸역꾸역 밥을 밀어 넣고 있었다. 이 기분에 밥이 넘어갈 리 없지만 성의를 생각해서라고 꼭 먹어야 한다는 생각이 들었다. 물을 마시며 겨우 밥을 넘기고 있는데 낯익은 목소리가 들려왔다.

"다녀왔습니다~"

다름 아닌 지훈이었다. 자신의 엄마와 나란히 밥을 먹고 있는 나를 보더니 꽤 놀란 표정으로 바라본다. 그러더니 픽 웃어버리고는 두 개의 방 중 오른쪽에 있는 방으로 들어간다. 어느새 사복으로 갈아입고 씻고 나와 밥을 달라며 투정부린다.

"엄마~ 나도 밥~"

무뚝뚝하기만 한 녀석인 줄 알았는데 엄마한테 투정도 부릴 줄 아는 녀석이었구나. 지훈이네 엄마는 뭐가 그렇게 좋은지 연신 미소를 띠며 지훈이와 나에게 번갈아가며 반찬을 집어주셨다. 지훈 녀석은 익숙하다는 듯 맛있다며 자신의 엄마에게 꽃미소를 날리고 있다. 안 어울리게시리 엄마한텐 엄청 잘하는 모양인가 보다. 하긴 그때 레스토랑에서 봤을 때도 어른들에게는 깍듯이 잘하는 것 같았다.

"우리 지훈이랑 아랑이… 같이 밥 먹으니까 왜 이렇게 이뻐 보일까? ^^"

어색한 미소로 아주머니의 말에 대답을 대신했다. 지훈이도 말없이 웃으며 밥을 먹었다.

잠시 후, 설거지를 한다며 아주머니가 상을 치우는 동안 거실에 지훈이와 나만 남게 되었다. 침묵만 시간을 흘려보내고 있는데 지훈이가 먼저 말을 걸었다.

"아까부터 죽을상이다, 너."

"…그래?"

"도희 따라가지 말고 인상 좀 펴라."

"…실은… 따라갈 용기도 없어. 난 무지 소심하거든…….."

"자기가 소심하다고 인정할 정도면 그렇게 소심한 거 아닌데."

"처음으로 인정한 거야."

"그래? 그럼 그렇게 만든 계기가 있을 텐데?"

"…보혁이랑… 헤어졌어."

깜짝 놀랄 줄 알았는데 의외로 지훈은 담담한 표정으로 나를 바라본다. 난 계속해서 무언가에 이끌리듯 입을 열었다.

"…진짜 사랑이라는 거… 진심으로 사랑한다는 거… 그리고 그런 사람을 보내야 한다거나 뺏겨야 한다거나… 그런 아픔을 겪는 건… 사랑의 한 과정일까? 후회없는 사랑이란 존재하지 않는 걸까? 내가 지금… 뭐 하고 있는지… 모르겠어."

"그런 아픔 먼저 겪은 선배로서 한마디 하지. 사랑해서 아픈 상
처들은 언젠가 기억에서 잊혀지지만 마음속엔 영원히 새겨져 남
아. 잊었다고 생각하고 안심하는 동안에도 마음엔 담겨져 있지.
기억에서 잊혀지는 과정이 조금 힘들지만 시간이라는 특별한 처
방법이 차차 해결해 주니까… 그렇게 울상 짓지 마라."

"…너도… 너도 그랬니? 시간이 지나니까… 아픈 기억이… 사
라졌어?"

"기억은 사라져도… 마음엔 남았지. 그 덕에 아무도 사랑할 수
가 없게 됐으니까……."

"누군가를… 사랑해 보려고도 안 해봤어?"

"…사랑할… 자신이 없었어."

"난 정말 이기적인 것 같아. 따지고 보면 보혁이 곁에 있으면서
도 항상 천우나 강유에게 기대며 상처를 주고……."

"…셋 다… 사랑했겠지."

"뭐?"

"보혁이도… 천우도… 강유도… 셋 다 동시에 사랑했겠지."

"그게 가능해?"

"불가능하다고 생각하냐? 충분히 가능하지. 셋 다 좋은데 어쩔
수 없는 거 아니냐? 단지 사람들 사상이 사랑은 하나다! 라고 박혀
져 있으니 어쩔 수 없이 선택의 기로에 놓여 있었던 거고, 거기서

넌 보혁이를 택한 것뿐이잖아."

"…그야……."

"보혁이를 가장 사랑하기 때문에 선택했다고?? 글쎄… 물론 그 랬겠지만 그렇다고 천우나 강유를 사랑하지 않은 건 아닐 거야. 잘 생각해 봐. 인간은 매우 간사해. 한 번에 많은 걸 소유하고 싶 어하지. 하지만 용량이라는 게 있거든. 자기가 가질 수 있는 한계 가 있단 말이야. 사랑의 용량이 하나뿐이라서… 그래서 그 안에 넌 보혁이를 담았던 거고… 천우나 강유는 너 하나를 담고 있는 거고… 보혁이는… 너와 같은 선택의 기로에서 널 담았지만 마음 은… 도희를 담고 있었던 거야……."

"무슨 뜻인지… 알 것 같아……. ㅜㅜ"

"…그러니까 한마디로 괴로워하지 말고 천천히 그 세 명과 있 었던 추억을 좋은 기억으로 간직해."

"응, 아주 소중한 추억으로 간직할 거야."

"…강유 놈 니 걱정돼서 수천 번은 전화했을 거다. 그만 휴대폰 켜지 그러냐?"

"…아… 응."

난 가만히 폰을 열어 휴대폰을 켰다. 그리곤 쏟아지는 문자들을 우선 모두 삭제했다. 문자를 하나하나 읽으면서 또 얼마나 울지 뻔히 알기에…….

잠시 후 전화가 왔고 발신 번호를 보니 천우다. 받을까 말까 잠시 고민을 하다가 지훈의 눈치를 보니 받으라는 눈치다. 살짝 폴더를 열고 목소리를 가다듬으며 전화를 받았다.

"여보세요?"

[야!! 암소!! 왜 이제야 전화를 받는 거야!]

"미, 미안해. 걱정 많이 했지?"

[그럼 걱정을 안 하게 생겼냐? 지금 어디야!!]

"아빠 집에 왔어. 그러니까 걱정 마."

[가면 간다고 말을 했어야지, 얼마나 찾았는 줄 알아?]

"미안해… 미안해, 천우야."

[그보다 너한테 급히 알릴 일이 있어. 보혁이 내일 아침 비행기로 미국으로 떠난다.]

"뭐??"

[마지막 인사라도 나누고 싶다고 보혁이가 전해달래서 전해주는 거야! 내일 아침 8시까지 꼭 공항으로 나와야 해. 알았지? 아니면 내가 데리러 갈까?]

"아, 아니야. 알았어… 내가… 내가 갈게."

[그래, 그럼 오늘 잘 자고… 내일 보자.]

"응. 너도 잘 자."

[아차, 소아랑…….]

"응?"

[…울지 마.]

"으응. —.ㅜ"

[…울면… 울면 진짜 바보다, 알았지?]

"…나… 나 안 울어."

[그럼 됐고……. 잘 자~]

그렇게 천우와의 통화를 마친 후 밤새도록 슬픈 고민에 빠졌다. 보혁이가… 보혁이가 떠난댄다. 저 멀리 미국으로……. 내가 떠날 수 없으니 보혁이가 내 곁에서 사라져 주는 거다. 아직 아파할 나를 배려하는 건지… 스스로를 위로하기 위해 떠나는 건지… 아마도 둘 다겠지. 둘 다 해당하겠지. 지훈이는 자신이 거실에서 자겠다며 나를 자신이 쓰던 방에 밀어 넣고는 거실에 자리를 폈다. 아빠는 야근인지 그날 밤 들어오지 않았다.

보혁이가 떠난다는 통보를 받은 마당에 잠이 올 리가 없다. 결국 뜬눈으로 밤을 지새웠다. 새벽녘엔 눈물조차 말라 흐르지 않았다. 그저 멍하게 충혈된 눈을 간혹 비벼주고 있었다.

그렇게 시간이 흘러갔다. 7시쯤 되자 지훈이가 학교 갈 준비를 한다며 씻고 돌아다니는 소리가 들려왔다. 그러려니 하며 멍하게 시계만 뚫어져라보고 있는데 지훈에 의해서 방문이 휭~ 열려졌다. 멍하게 침대에 앉아 있는 나를 보더니 지훈은 문에 살짝 기대 팔짱을 낀 채로 입을 열었다.

"…밤새… 그러고 있었나?"

"…그게……."

"뭐, 체력 좋네."

"……."

"학교 안 가냐?"

"…당분간… 안 나가도 괜찮아."

"공항… 갈 거냐?"

"…모르겠어."

"가면 바래다줄게."

"아니야… 괜찮아. 너도 어차피 학교 가야 하잖아."

"…민강유랑 같이 공항 가기로 했어. 너 이뻐서 데려다 준다는 거 아니니까 걱정 마."

"…아직… 아직 모르겠어. 가야 할지……."

"니가 결정하는 데 도움이 될 것 같아 말해 주지. 일단 가면 후회는 안 남아. 근데 안 가면 후회는 남는다."

"…그럴… 까?"

"후회가 남아도 좋다면 그냥 집에 있던지."

순간 보혁이가 언젠가 한 말이 떠올랐다. 후회라는 건… 아무리 빨리 해도 늦은 거라던 그 말. 난 튕기듯 침대에서 벌떡 일어났다. 그리곤 지훈이를 쳐다봤다. 그러자 지훈이 픽~ 웃더니 내 손을 끌어당긴다.

"가자."

"응."

집 앞에 나오니 강유가 기다리고 있었다. 나를 보며 여전히 환한 미소를 짓고 있는 강유. 하지만 저 미소가 눈물인 걸 알기에 나는 웃을 수 없었다. 우리 셋은 좀처럼 말이 없었다. 공항으로 향하는 내내 울상이었다. 평소보다 지훈은 두 배로 어두워 보였고… 살짝 미소 짓고 있지만 강유도 눈에 슬픈 기색이 역력했다. 난… 나는 어떻겠는가……. 어느새 발자국과 함께 눈물 자국도 땅바닥에 번져 가고 있었다. 어느새 눈물과 친구가 된 지 오래… 지훈도, 강유도 목이 메어 말을 못할 날 배려해 아무 말도 하지 않는다.

공항. 택시에서 공항 건물로 발을 내딛는 순간, 심장이 덜컹 내려앉는다. 긴장되고 아픈 마음을 추스르지 못한 채 공항 안으로 들어서자 저 멀리 보혁이의 은빛 머리칼이 보인다. 그 옆에 천우도 있고, 환자복 차림 그대로 나온 신규도 있었다. 교련이는 나를 보자마자 울면서 달려든다.

"아랑아~ ㅠ.ㅠ"

"…교… 련아……."

"미안해. 친구가 돼서 너 아픈데… 너 마음 아파 죽는데 같이 못 있어줘서……."

"괜찮아… 괜찮아, 교련아……. ㅜㅜ"

교련이를 끌어안은 등 너머로 보혁이와 눈이 마주쳤다. 조심스럽게 교련이와 떨어졌고 보혁이가 내게 다가온다. 날 지그시 바라보며 아무 말도 하지 않는 보혁이. 눈물이 보혁이의 은빛 머리칼을 흐릿하게 비추자 난 얼른 소매로 눈물을 닦아냈다. 그리고 처음으로 보혁이 앞에 환하게… 아주 맑게… 웃어 보였다. 그리고는 살짝 오른손을 보혁이 앞으로 내밀었다.

"보혁아, 건강해야 해~ 그동안 고마웠어. 우리… 악수하자."

안타까운 듯 천우와 강유… 그리고 교련이와 신규, 지훈이도 우릴 바라보고… 그 시선 안에 보혁이는 내가 내민 오른손을 뚫어져라 쳐다보더니 조심스럽게 입을 열었다.

"마지막 악수는 남자가 신청하는 거야."

그러더니 내 손을 잡지 않은 채 손을 내미는 보혁. 난 조심스럽게 그 손을 잡았다. 그 순간… 애써 닦았던 눈물이 주루룩 흘러내려 버렸다. 이대로 잡은 채 안 놓으면 안 될까? 그러면 안 되는 거지? 나… 나 보내야 하는 거지? 그래… 보낼게. 사랑했어. 사랑했어, 보혁아. 보혁이 손과 내 손이 맞닿아 있다. 자꾸만… 자꾸만 눈물이 흐른다. 이제… 이제 슬슬 이 손을 놔야 한다. 이제 정말 이 손을 놔주어야 하는데… 그래야 하는데……. 보혁이도, 나도 서로 눈치를 보며 선뜻 손을 떼지 못했다. 내가 자꾸만 눈물을 흘리자 보혁이가 천천히 입을 열었다. 손을 맞잡은 그대로…….

"어쩌면 나 또… 태어나서 두 번째 후회를 하는 걸지도 몰라. 도희를 그렇게 보낸 첫 번째 후회… 그리고 이 손을 놔버릴 두 번째 후회. 후회는 아무리 빨라도 늦는다고 했지만 후회할 수밖에 없을 땐… 현실을 받아들이는 것 외에 아무것도 할 수 없을 땐…

그땐… 이렇게밖에 할 수 없는 날 부디 용서해 주기 바란다.”

아무 말도 할 수가 없었다. 겨우 보혁이 앞에서 활짝 미소 지었었는데……. 맞잡은 그 손에서 전해지는 따뜻함이 너무나 포근해서… 너무나 놓기 싫어서… 입은 떨어지지 않고 눈물만 흐를 뿐이다. 천천… 아주 천천히… 조금씩 보혁이 손이 내 손에서 떨어져 나가는 느낌이 든다. 스르륵… 아주 천천히… 내 손이 가늘게 떨리고 있었다. 이제 보혁이의 손은 내 손 끝에 있었다. 보혁아… 보혁아, 나… 나 많이 부족하고 너에게 모자란 여자란 걸 알면서도 널 깊이… 처음부터 아주아주 많이, 너무 많이 사랑했는데… 그랬는데… 안 놓으면… 안 놓으면 안 될까? 나… 니 손 다시 잡으면 안 될까? 그러면 안 되는 거야? 보혁아…….

마음속으로만 외칠 뿐 입도 뻥긋하지 못했다. 이내 보혁이와 맞닿은 내 손이 떨어지고 보혁이가 천천히 뒤돌아섰다. 돌아선 채 보혁이가 조용히 입을 열었다.

“…안녕이란 말은… 여자가 하는 거다.”

흐… 흐윽… 보혁아… 보혁아……. 자꾸만 머리 속에 맴도는 보혁이의 이름. 눈앞에, 바로 앞에 보혁이가 있는데… 당장이라도 보혁이 허리를 끌어안고 가지 말라고… 제발 가지 말라고 애타게 울고 싶은데……. 왜 보내야 한다는 마음이 더 강하게 자극하는 걸까? 이대로… 이대로 보내는 게 옳은 거니? 그런 걸까? 안녕이란 말… 여자가 하는 거라고? 보혁아, 잔인해. 너무 잔인해. 나더러 너에게 이별을 고하라는 거니? 나보고… 내 입으로? 아직 잊으려고 시도조차 해보지 못한 널… 그런 너를 향해 안녕을 말하라고? 그런 게 어딨어. 그런 게 어딨어. 너무 싫은데… 그러긴 싫은데……. 하지만 이내 난 조심스럽게… 이미 눈물, 콧물 범벅이 된 그 얼굴로… 짭짜름한 눈물의 맛을 보며 천천히 입을 열었다.

"…아… 아… 안… 안녕. 흐… 흐윽……."

눈물에 가려 보혁이의 은빛 머리칼에서도 더 이상 윤기가 나지 않았다. 목이 메어 숨이 막힐 지경이다. 애꿎은 땅바닥으로 고개를 떨궈 버렸는데 보혁이 신발에… 나를 등지고 내 앞에 서 있는 보혁이 신발에… 뜨거운 액체가 한두 방울 뚝뚝 떨어지고 있었다. 보혁아… 보혁아, 우는 거니? 우는 거야? 너도… 너도 사실은 나랑 헤어지기 싫으면서……. 아니야? 도희에 대한 죄책감과 미안함에 떠나려는 거면서……. 보혁아… 보혁아……. 마음속으로 수천 번 이름을 불러보면서 겨우 용기를 내서 입을 열었다.

"보, 보혁아."

보혁이는 천천히 나를 돌아본다. 은빛 머리칼 속에 있던 두 눈에서 분명 뜨거운 눈물이 흘러내리고 있었다. 가슴이 쥐어짜듯이 갈기갈기 찢겨져 나간다. 보혁이는 가만히 나를 보며 눈물을 흘리더니 이내 입을 연다.

"…소아랑… 안녕."

역시… 우린 마지막이구나. 보… 혁… 아……. 흐… 흐윽 흐흐

흑……. 보혁인 아까보다 재빨리 돌아서서 게이트로 향하다가 순간 발걸음을 멈추더니 입을 열었다.

"이지훈… 이리 와봐."

모두들 지훈이에게 시선이 옮겨지고 지훈은 보혁이의 부름을 듣고 잠시 머뭇거리다 이내 보혁이 곁으로 다가간다.

"뭐야? 가려거든 빨리 가지, 날 왜 불러."

"이거 받아라."

보혁이가 던져 준 건 바로 혁이의 열쇠였다. 천우도, 강유도, 신규도 깜짝 놀란 표정으로 그 둘을 바라보고… 나 역시 눈물 범벅이 된 얼굴로 둘을 바라봤다.

"…뭐냐, 이거… 니 오토바이 열쇠를 왜 나한테……."

"나 없으면 소아랑을 혁이에 태워줄 사람이 없잖아. 이제… 남매가 될 거잖아."

보, 보혁아…….

"날… 소아랑 남매로 인정하겠다는 거냐?"

"피식~ 인정 안 하면… 니가 소아랑 가져 버릴 거 아니냐."

지훈은 보혁이가 건넨 열쇠를 잠시 뚫어지게 쳐다보더니 이내 자신도 피식 웃으며 그 열쇠를 받아 든다. 그리고는 자기 주머니에서 자신의 오토바이 열쇠를 꺼낸다. 천우가 자기 꺼보다 한 단계 좋다고 질투하던 그 오토바이 열쇠.

"씨익~ 신보혁… 너란 놈 오토바이에 죽고 못살던 놈 아니냐?

미국 가서도 타야 할 거 아니냐. 일단 내 오토바이 열쇠 가져가라. 미국으로 곧 보내줄 테니."

"사양… 안 한다."

그렇게 둘은 오토바이 열쇠를 교환했다. 남자들의 피 맺힌 원한과 깊은 상처를… 가장 소중히 여기던 물건을 교환함으로써 서로를 용서했다. 그래, 보혁아… 마지막까지 영원한 사랑은 할 수 없었지만… 멋진 우정만은 영원해야지. 지훈이도, 보혁이도… 분명 멋진 우정 만들 수 있을 거야. 둘 다 멋진 놈들이니까. 이내 보혁이는 나를 향해 마지막 슬픈 미소를 보이고는 사라졌다. 눈물로 범벅이 된 내 시야에서… 흐릿하게 은빛 머리칼은 사라져 갔다. 모두 나를 위로하려고 몰려든다. 교련이가 나를 끌어안고 펑펑 울어버리고… 그 장난기 많던 신규도 눈에 살짝 이슬이 맺혀 있다. 천우가 조심스럽게 입을 열었다.

"…암소… 이거 받아."

천우가 살짝 내민 것은 손바닥만한 노란 상자였다.

"이게… 뭐야??"

"보혁이가 자기 떠나고 나면 너 주라고 그래서……"

떨리는 손으로 천천히 천우가 내민 상자를 받아 들었다. 그리고 그 상자를 열었을 때 심장이 한 번 더 덜컹 내려앉아 숨을 쉴 수가 없다.

"이, 이건… 보, 보혁아—!! 엉엉……"

그 자리에 주저앉아 펑펑 울어버리고 말았다. 그 상자 안에는 너무나도 예쁜… 엄마의 별 핀과 똑같이 생긴 별 핀이 빛나고 있었다. 너무나 가슴이 아파서… 너무나 마음이 무너져 내려서… 보고 싶을 보혁이… 죽을 만큼 보고 싶을 보혁이… 이제는 다시는 볼 수 없음에 안타까워서… 목이 메인다. 숨이 막히고 눈물만 흐른다. 모두들 고개를 떨구고 교련이는 나를 붙잡고 엉엉 같이 울고 있다. 별 핀을 살짝 쥐어보니 그 밑에 작은 쪽지도 들어 있었다.

머리 위에서 이 별 핀이 빛날 땐 내가 널 항상 생각하고 있다고 믿어라. 죄책감과 미련함으로 난 널 떠나지만 별처럼 빛나는 이 별 핀은 널 별처럼 반짝이며 지킬 테니까. 언젠가 시간이 흘러 우리가 늙어도… 그 별 핀의 반짝임 하나로 널 알아볼 수 있을 그날을 기약하자.

나 없이도 행복할 수 있을 널 알기에… 나보다 훨씬 좋은 놈들이 곁에서 지켜줄 걸 잘 알기에… 안심하고 떠나간다. 사랑했다… 소아랑.

마지막까지 지켜주지 못한 못난 보혁이가.

모두들 내가 걱정스러운 듯 어쩔 줄 몰라 한다. 하지만 난 결심했다. 그래, 보혁아… 늙어도… 내가 백발의 할머니가 되어도 이 별 핀만은 꼭 소중히 간직하며 항상 하고 다닐게. 그렇게 할게, 보혁아. 지구 끝에서 다시 만나도 나 소아랑인 거… 알아봐야 해. 꼭

그래야 해. 난 애써 눈물을 닦아내며 별 핀을 머리에 꽂았다. 그리
곤 환하게 웃어 보였다. 그러자 모두들 의아해하는 눈으로 잠시
나를 바라보더니 이내 씁쓸한 미소를 지어 보이며 나를 위로해 준
다.

*

시간은 이렇게 3년이나 흘러버렸다. 그동안 보혁이의 기억을
다 잊기엔 무리였다. 아니, 오히려 그리움만 쌓여갔다. 3년간 녀
석들은 여전하다. 나는… 많이 변했다. 죽도록 사랑했던 사람을
떠나 보낸 용기가 있었던 만큼, 더 이상 소심하게 굴던 소아랑이
되긴 싫었다. 어쩌면 이 소심함 때문에 보혁이가 떠난 걸지도 모
른단 생각으로 당당하고 조금 더 밝게 살아보기 위해 얼마나 애
를 썼는지 모른다.

아차차, 오늘은 우리가 지원한 대학의 합격자 발표 날이다. 신
규도, 천우도, 강유도, 교련이도, 지훈이도 원래 공부를 무지 잘한
다고 한다. -_- 얄밉다. 모두모두 공부를 열심히 한 덕에 서울에
있는 K대에 지원을 할 수 있었다. 모두 초조한 마음으로 합격 여
부를 확인하기 위해 K대학교에 와 있다. 심하게 떨고 있는 나를
보며 강유가 미소를 날린다.

"걱정 마~ 우리 모두 열심히 했으니까 다같이 붙을 수 있을 거야. ^^"

그러자 교련이도 해맑게 웃는다.

"역시 강유 웃는 거 보면 긴장이 다 풀린다니까? ^0^"

"-_-+ 이교련… 니 남편은 나 최신규야. 내 웃음을 보면서 긴장을 풀어야지!"

"호호호호~ 강유처럼 이쁘게 웃어봐~ 그럼 긴장 풀릴 거 아냐~"

"난 저 자식처럼 눈꼬리 안 처졌어!"

"그럼 니가 생겨먹은 걸 원망하던쥐~"

"이교련 너~"

ㅎㅎ 교련이도, 신규도 서로 질투하는 게 무지 귀엽다. 그때 살짝 강유가 내 곁으로 다가와 어깨동무를 하며 입을 열었다.

"우리 아랑이랑 같은 학교 다니게 되면 참 기쁠 거야~"

"ㅎㅎ 강유야~ 나도 그래."

그때 천우가 강유 손을 확 밀쳐 내더니 자신이 떡~ 하니 어깨동무를 하고는…

"올해부터 또 같은 학교 다니자. 알았지?"

"ㅎㅎ 천우야… 으응. 그래야지~ ㅎㅎ"

그러자 이번엔 지훈 녀석이 천우를 밀쳐 낸다. 그리고 강유와 천우를 번갈아 노려보며 톡 쏘듯이 말을 내뱉는다.

"내 동생한테 함부로 집적대지 마!"

캑! -_-; 그렇다. 지난 3년 동안 지훈이네 엄마와 우리 아빠는 재혼을 하셨고 생일이 느리다는 이유로(그래, 내 생일은 2월이다. -_-;) 어쨌든 여차저차해서 난 지훈의 동생이 되어버린 것이다. 물론 집에서만 오빠라고 부를 뿐 나와선 친구처럼 지낸다. 그나마 집에서 오빠라고 불러야 하는 이유는 아빠의 어명이 있었기 때문이다.

이리저리 요란을 떨고 있는 사이 교련이가 합격자 명단에서 우리 이름을 찾은 모양이다.

"ㄲㅑㅇㅏ~ 어떡해!! 어떡해!! 얘들아, 내 이름이랑 지훈이 이름은 일단 찾았어!!"

폴짝폴짝 뛰며 기뻐하는 교련이를 보자 나도 저절로 기분이 좋아진다. 하지만 이내 더욱더 긴장이 되고 있었다. 모두들 교련이 말에 얼른 합격자 명단에서 자신들의 이름을 찾기 바쁘다. 천우가 씨익 웃으며 말한다.

"와~ 나도 합격이다!! ㅎㅎㅎ"

이에 질세라 강유도 평소의 아름다운 미소 100배는 더 환하게 웃으며 입을 열었다.

"O^ 나도… K대 학생이다~"

모두들 합격의 기쁨을 만끽하는 가운데 갑자기 내 마음은 불안해져만 갔다. 합격자 명단에서 이름을 훑고 내려가면 내려갈수록 점점 떨려왔다. 신규의 표정이 살짝 굳더니 입을 연다.

"씨바… 내 이름 없다."

신규의 그 한마디에 모두들 경직. ─_─;; 나는 더욱더 불안해졌다. 내 이름도… 어… 어? 있다─!! 저기… 저기 맨 마지막에─!!

"와아~ 나도… 나도 합격이다─!! ㅎㅔㅎㅔ!!"

내가 좋아서 펄쩍펄쩍 뛰자 모두들 날 얼싸안고 기뻐한다. 강유와 천우 사이에 끼어 숨이 막혔지만 그래도 기분은 좋다. 지훈은 그런 천우와 강유를 저지하려 나섰지만 녀석들 막무가내다. 그나저나 교련이가 또다시 우울해 보인다. 신규 녀석 때문인 것 같다. 한참 좋아하다가 신규한테 미안한 마음이 들어 모두들 괜히 헛기침을 해대며 정신을 가다듬는다. 그리곤 천우와 강유가 신규를 위로하고 나섰다.

"야야~ 아직 추가 합격자 발표는 안 나왔잖아. 희망이 있다구우~"

"맞아. 추가 합격 때 사람들이 많이 빠져나가면 분명 너도 합격할 거야. 시험은 우리 다들 잘 본 편이었잖아."

그 말에 조금의 희망을 가졌는지 신규도 꿈틀거리던 눈썹을 팽팽하게 하며 살짝 씁쓸한 미소를 짓는다.

"이 망할 K대! 만약 날 추가 합격 발표 때 합격시키지 않으면 테러할 거다!!"

"ㅎㅎㅎㅎ 신규도 참~"

모두들 녀석의 말에 웃음 바다가 된다. 그 길로 당장 우리는 술집을 찾아 들어갔다. 합격 축하 파티라는 명분으로. ^^;; 물론 신규 녀석이 걸리긴 했지만 추가로 합격할 거라고 모두들 굳게 믿고 있다. 더 더욱 다행인 건 신규 스스로가 자기는 합격이라며 확신하고 있었던 것이다.

커다란 생맥주 잔에 거품이 담긴 맥주를 콸콸 부어 높이 들고 건배를 외치며 원샷을 했다. @口@ ㅋㅑ~ 좋다! 너무너무 기분이 좋은 탓에 한두 잔 하다 보니 과음을 했나 보다. 조금 어지러움을 느껴 시끄러운 녀석들 사이에서 살짝 빠져나와 바람을 쐬고 있었다.

잠시 후, 누군가 내 옆에 앉는다. 검은 머리칼을 멋지게 흩날리는 걸 보니 천우다.

"뭐 해? 바람 쐬러 나온 거야?"

"^-^ 응. 천우는?"

"너 안 보이길래 어디 갔나 해서."

"항상 넌 내 걱정을 해주는구나?"

"내가 항상 니 걱정하니까 너도 한 번쯤 내 걱정이란 걸 해봐라~"

"^^;; 내가 니 걱정 얼마나 많이 하는데~"

"흐흐 그래그래, 농담이야~ 기분 좋지?"

"응. 날아갈 것 같아."

"다행이다. 떨어져서 질질 짜는 소아랑 어떻게 달랠까 고민했는데 어찌어찌 붙었더라구? ㅋㅋ"

"천우 너~ 나빠! >ㅁ<"

장난스런 천우의 등짝을 토닥여(?) 주었다. 천우는 따갑다며 그만 하라고 비명을 질러대고…

"아악~ 미안미안! 잘못했어. ㅎㅎ"

"헤헤, 밤하늘 참 이쁘다. 그치, 천우야?"

"그래. 오늘따라 유난히 별도 많네~"

"아… 그래, 별……. 별도 많이 있네. 헤헤."

"또, 또 억지로 웃는다~"

"내, 내가 뭘~"

"보혁이 떠난 후로 많이 밝아졌는데… 억지로 웃는 경우는 많이 늘었더라."

"그래 보였어? 아니야~ 나 진짜로 웃는 거 맞아. 억지로 어떻게 웃어~ 억지로 웃는 것도 한두 번이지."

"아까 별 얘기하면서 웃은 건… 억지잖아."

"…천우야."

"보혁이 생각 났지? 별 핀 생각이 문득 들었던 거지?"

"아… 으응. 조금……."

"밤하늘에 빛나는 별보다… 니 머리에 있는 그 별 핀이 더 반짝이는데? 여전히 소중히 간직하고 있구나."

"아… 응. 고, 고마워."

천우는 가만히 자신의 검지손가락을 맞대 빙빙 돌리더니 피식 웃는다. 그리곤 다시 천천히 입을 열었다.

"우리 내일 영화 보러 갈까?"

"영화??"

"…너 좋아하는 공포영화 하는데……."

"고, 공포… 영화? 우잉~ 천우야, 나 겁 많은 거 알잖아~"

"ㅋㅋ 재밌을 거야~ 가자~ ^^"

"영화 보다 막~ 울지도 몰라!!"

"너 우는 게 하루 이틀이냐? 울면 우는갑다 하지 뭐~"

"헉! 천우 나빠!! >ㅁ<"

"ㅎㅎ 농담이야~ 어쨌든 내일 3시까지 준비하고 있어. 하늘비 타고 데리러 갈 테니까."

"응. 하늘비도 오랜만에 타보겠다~"

하늘비 얘기를 하다 보니 문득 혁이가 떠올랐다. 보혁이가 혁이를 지훈에게 넘겨주고 간 덕에 혁이는 항상 우리 집에 주차(?)되어 있다. 하지만 지훈이는 한 번도 나를 혁이에 태워준 적이 없었다. 보혁이가 나 태워주라고 주고 간 건데. 우씨! 보혁이가 떠난 뒤 며칠 후에 주소를 받아서 자신의 오토바이를 미국으로 보내던 지훈이. 주소를 가르쳐 달라고 떼를 쓰는 나를 매몰차게 떨궈 버렸지. 매번 졸랐지만 절대 안 된다는 지훈이의 고집에 두 손 두 발 다 들었다. 그러다 이내 보혁이를 잊어야 한다는 생각에 더 이상 조르지 않았지만 오히려 그리움이 아직도 쌓이고 있다.

잠시 생각에 잠긴 날 바라보던 천우가 일어서서 엉덩이를 툴툴 털더니 손을 내민다.

"일어나~ 들어가자. 애들 기다리잖아."

"아… 응."

천우의 손을 잡고 일어남과 동시에 난 천우의 품에 와락 안겨 버리는 꼴이 되었다. 천우가… 갑자기 팔에 힘을 주어 나를 끌어 당겼기 때문이다.

"처, 처, 천우야……."

날 자신의 품에 넣고 내 머리를 한참 쓸어 내리더니…

"앞으로도 잘 부탁한다."

어색하게 웃으며 나를 놓아주곤 쑥스러운 듯 먼저 호프집으로 들어가 버렸다. 나도 멍하게 그 뒷모습을 바라보다 이내 호프집 안으로 들어섰다.

가관인 녀석들의 모습. 모두들 널브러져 정신을 못 차리고 있었다. 유독 가만히 앉아서 혼자 술을 들이키고 있는 지훈. −_−; 대체 저 지경이 되도록 왜 저러고 있는 거야~ >ㅁ<

결국 천우와 지훈, 그리고 난… 널브러진 강유, 신규, 교련이를 한 명씩 맡아 책임지기로 하고 집까지 바래다주었다. −_−+ 술취한 사람들 주정받아 주면서 집까지 바래다주는 일은 안 해본 사람은 모를 거다. 그거 얼마나 힘든지 아는가? ㅜㅜ 아주아주 위험한 룸메이트를 만난 덕분에 고등학교 때부터 술을 마시게 된 나지만, 여전히 술 취한 사람들을 다루는 건 익숙지 않다 이 말이다.

교련이를 집에 무사히 돌려보내고는 집으로 돌아왔다. 고등학교를 졸업하면서 이제 더 이상 기숙사를 쓰지 않으니 당연히 각자 집에서 생활하는 거고… 우리 집은 방이 두 칸뿐이라서 지훈이와 내가 같은 방을 쓰게 되었다. -_-;; 난 항상 위험한 룸메이트를 맞이하는 것 같다.

그래도 명색이 남매라고 서로 이성으로 안 볼 거라 믿고 엄마, 아빠는 그렇게 우릴 한 방에 밀어 넣었다. 물론 난 혼자는 잠을 못 이룰 때가 많았지만 지훈 녀석은 그런 날 거들떠본 적도 없다. 좁은 그 방에 2층 침대를 놓고 2층은 지훈이가 1층은 내가 쓴다. 이제는 제법 익숙해져 서로 코를 곤다고 핀잔까지 준다.

내가 집으로 돌아왔을 때 지훈이는 벌써 집에 와 있었다. 우리들의 합격을 누구보다 기뻐해 주시는 엄마, 아빠 덕에 밤새도록 가족만의 파티가 열렸고, 지훈과 나는 졸린 나머지 부모님의 눈치를 보며 애꿎은 하품만 연신 해대고 있었다. 새벽 4시쯤 되어서야 지훈이와 난 부모님에게서 풀려나 방 안으로 입성할 수 있었다. =_= 피.곤.하.다. 내일 천우와 영화 보러 가기로 했는데 오후 늦게까지 널브러져 자는 거 아냐? >ㅁ< 우함~ 씻고 지훈에게 잘 자라고 인사를 건넸다.

"잘 자~ ^0^"

"……."

대꾸가 없다. −_−+

"벌써 자는 거야??"

"…어."

"−_−+ 자는데 대답하네?"

"방금 깼어."

"−_−++ 그렇군."

"…너도 잘 자."

"^0^ 헤~ 응."

금세 풀리는 나다. −_−;; 정말이지 단순해서리…….

하늘비의 눈물

제10장 하늘비의 눈물

　보혁이가… 나의 은빛 왕자 보혁이가 한국으로 돌아오는 꿈을 꾸었다. 하지만 꿈은 꿈일 뿐 잠에서 깨어났을 때 그 허전함은 말로 설명할 수가 없다. 나도 모르게 눈물이 주루룩 볼을 타고 흘러내렸다. 가만히 침대에 앉아 청승맞게 울고 있는 내 모습이 고등학교 시절 보혁이를 좋아하면서 한참 흘렸던 그 눈물과 동일하게 느껴졌다. 보혁이에 대한 그리움. 평생 지워지지가 않을 것만 같아서 가슴이 미어져 왔다. 혹시 이러다 평생 보혁이만 그리워하다 늙어죽는 건 아닐지……. 받아들이기 싫지만 보혁이와 이별한 지 벌써 3년이나 지났는데……. 영화나 드라마에서처럼 조금 큰 후에 짠~ 하고 나타나 다시 이루어지길 간절히 소망하는 내 마음.
여전히 철부지였다. 한참 혼자서 배시시 웃으며 눈물을 흘리고 있
는데 언제 내려왔는지 지훈이가 내 침대에 걸터앉아 무뚝뚝하게
입을 열었다.

"오줌 쌌냐?"

"어??"

"왜 아침부터 짜고 있냐?"

"…아, 아무것도 아니야."

"3년이 지나도… 아니다, 쩝! 나 씻으러 간다."

무언가 말을 하려다 말고 지훈은 서둘러 화장실로 들어가 버렸
다. 난 알게 모르게 내 모습을 지켜봐 주는 지훈의 따뜻한 마음에
속으로 감동한 적이 여러 번이다. 나는 안다, 지훈이가 왜 날 혁이
에 태워주지 않는지. 자꾸 혁이를 태워주면 내가 보혁이 생각을
하게 되어 더 아파하고 잊지 못할 거라는 걸 잘 알기 때문이다. 그
래서 일부러 보혁이를 눈에 띄지 않는 집 뒤쪽에 주차하는 것도
다 나를 위한 배려이다.

조금씩 멈춰지는 눈물을 손등으로 털어내고 이불을 접었다. 한
걸음 한 걸음 창문으로 다가가 커튼을 열고 창문을 활짝 열었다.
눈부신 햇살에 오른손을 이마로 올려 살짝 실눈을 떴다. 그리곤
혼자 중얼거렸다.

"…천우야, 데이트하기 딱 좋은 날이다. 후후."

잠시 후 마르지 않은 물기를 털며 지훈이가 화장실에서 나왔다. 나는 바턴을 터치했다~ 즉 내가 화장실로 기어들어 갔다 이 말이다. 어제 보혁이 꿈도 꾸었겠다~ 천우랑 재밌게 영화도 보러 가기로 했겠다~ 나름대로 기분이 UP된 상태에서 콧노래를 흥얼거리며 이빨을 닦고 있었다.

"…음음음~ 음음음음(치카치카)~"

화장실 밖에서 지훈의 음성이 들려왔다.

"음치!!"

-_-+ 캑!! 녀석의 말에 발끈하는 순간 날 비추던 화장실 거울 앞에 하얀 치약들이 묻어났다. 에이, 드러~ 서둘러 물을 횡~ 뿌려서 사태를 수습하고 서둘러 머리를 감았다. 뽀샤시하게 씻은 후 다시 방으로 들어가자 지훈이는 벌써 외출 준비를 마친 상태였다. 오늘따라 유난히 신경 쓴 헤어스타일과 옷차림에 놀라 물었다.

"저… 너 오늘 어디 가?"

"알아서 뭐 하게?"

"아니… 평소랑 조금 달라 보여서."

"넌 어디 안 가냐?"

괜스레 말을 돌리는 지훈을 보며 더 궁금증이 증폭됐지만 꼬치꼬치 묻는다고 대답할 녀석도 아닐 뿐더러 그렇게 캐물을 용기도 없다. 결국 말을 돌리는 지훈의 말에 오히려 내가 대답하는 신세가 되었다.

"어? 어, 어디 가긴… 가지."

"어디 가는데?"

"영화 보러……."

"누구랑?"

"천우랑."

"어디서?"

"천우가 하늘비로 데리러 온댔어. 아마 시내에서 볼 것 같은데, 왜?"

"딴 데서 봐라."

"어? 왜?"

"딴 데서 보라면 딴 데서 봐!"

"천우가 보여주는 건데 내가 이쪽 가자 저쪽 가자 할 군번이……."

"-_-+ 제기랄!"

그렇게 거친 말을 내뱉고 서둘러 현관문을 빠져나가는 지훈이었다. 현관문을 빠져나가는 소리가 들린 지 얼마 안 돼서 혁이의 시동 걸리는 소리가 귓가에 들려왔다. 문득 또다시 보혁이의 얼굴을 떠올리려다 이내 고개를 절레절레 흔들었다. 아직 마르지 않아 바닥에 한두 방울 떨어진 머리의 물기를 서둘러 드라이했다. 내츄럴하게 살짝 화장도 했다. 날 유난히도 아끼며 잘해주시는 새엄마 덕에 예쁜 원피스도 몇 벌 있다. 그중 가장 아끼는 원피스 한 벌을 꺼내서 입었다. 핸드백에 휴대폰, 지갑, 화장품, 휴지 등 여자들이 기본적으로 가지고 다니는 것들을 챙겨 넣고는 마지막으로 세상에서 가장 소중한… 보혁이가 준 별 핀을… 엄마의 유품과 똑같이 생긴 이 별 핀을… 머리에 꽂았다. 그제야 다 됐다~ 라는 듯 거울 앞에서 씨익 웃어 보였다. 맑은 햇살에 오늘따라 하얀 내 피부가 더 뽀샤시해 보였다. 처음으로 내 자신에 대해 만족스러운 듯 요리조리 꼼꼼하게 내 상태를 살펴보며 천우를 기다렸다.

잠시 후, 휴대폰이 울렸다. 발신 번호를 보니 〈하늘비주인님〉이라고 떴다. 살짝 미소 지으며 천우의 전화를 받았다.

"여보세요?"

[암소~ 준비 다 됐어?]

"응. ^-^ 막~ 준비 다 마쳤어."

[그럼 빨리 나와. 집 앞이니까.]

"응."

서둘러 천우가 기다리는 집 앞으로 달려나갔다. 대문을 열자마자 깔끔하게 빛나고 있는 파랑빛깔 하늘비, 그리고 그 위에 하이얀 미소를 띠고 나를 보는 천우. 오늘따라 더욱더 멋있어 보인다. 천우와 하늘비를 보며 감탄하다가 천우의 뜨거운 시선을 느끼곤 입을 열었다.

"왜… 왜 그렇게 쳐다봐?"

천우는 내 말에 고개를 앞으로 휙~ 돌리더니 조심스럽게 입을 뗐다.

"...예뻐 보여서."

그 말에 심장이 쿵쾅쿵쾅 제멋대로 뛰기 시작했다. 천우의 배려로 헬멧을 건네 받곤 망설임없이 하늘비에 올라탔다. 옆으로 걸터앉아 천우의 허리를 살짝 감싸 안는 순간, 나도 모르게 얼굴이 붉어지고 말았다. 새삼스럽게시리. 하지만 아주 오랜만에 하늘비를 타보는 것이었고, 천우도 그걸 의식했는지 검은 머리칼에 가려진 뒷목까지 빨개졌다.

우리는 시내로 향했다. 빠르게 질주하는 하늘비. 허공을 가르며 내 얼굴에 부대끼는 바람을 맞고 있으려니까 기분이 더욱더 상쾌해졌다. 오토바이 타는 것을 무서워하던 내가 이젠 이 바람을 느끼며 상쾌해할 정도로 익숙해진 것은 모두 천우와 보혁이 덕분이었다. 문득 교실에 처음 들어간 날… 보혁이 옆 자리인지도 모르고 앉았다가 집단 따돌림을 당했던 그날이 떠올랐다. 애들의 괴롭힘을 이기지 못해 멍하게 서 있던 나. 보혁이가 들어와 그런 나를 배려해 줬었지. 그때 얼마나 떨리고 창피하고 마음이 아팠는지. 눈물을 뚝뚝 흘리는 내게 손을 내밀던 보혁이. 아니지 ~ 손을 내민 게 아니라 손을 휘어잡고 강제로 혁이에 태웠었지. 너무나 무섭게 질주하는 혁이를 타고 정말 죽을 것 같은 공포에 시달리며 보혁이의 등에 딱 붙어 눈을 질끈 감고 소리를 질러대던 나. 그런 나에게 자신감을 심어주기 위해 더욱더 빨리 달리던 보혁이의 혁이. 잠시 후 멈춰서 한다는 소리가… 죽을 만큼 무섭지 않든? 하던 그 낮은 목소리. 살짝 고개를 끄덕이며 눈물 범벅이 되어 있던 나를 향해… 죽는 것보다 무서운 거 있냐? 라고 했던 그 냉랭한 목소리. 말을 더듬어가며 없다고 하자… 눈물이 주루룩 흘러내려 버리게 한 보혁이의 다음 한마디. 그럼… 이제 내 옆에 앉을 용기 생겼지? 하던 은빛 머리칼의 나의 보혁이. 나도 모르게 천우의 허리를 더 꼬옥 감싸 안았다. 천우가 약간 움찔하는 게 느껴졌고 나도 모르게 천우 등에 얼굴을 묻고 하염없이 눈물을 쏟아내고 있었다. 나의 몸이 가늘게 덜려옴을 알아차렸는지 천우는 하늘비를 더욱더 빠르게 질주시켰다. 보혁이가… 보혁이가 보고 싶다. 미치도록… 정말 미치도록 보혁이가 보고 싶다.

얼마 후, 하늘비는 사람들이 북적북적한 곳을 지나 조금 한적해 보이는 곳에서 멈춰 섰다. 헬멧을 벗는 순간 아직 마르지 않은 눈물을 보면서 천우는 가만히 내 머리를 쓰다듬어 주었다. 그 모습에 사람들이 어찌나 따가운 시선을 보내던지……. 익숙한 이 시선들이 아직도 내 마음을 후벼 파고 있었다. 이내 천우의 맑은 음성이 들려온다.

"너 우는 모습 정말 수천 수백 번은 더 보는 것 같은데… 질릴 때도 됐는데… 이제 그만 할 때도 됐는데… 처음부터 끝까지… 볼 때마다 마음 아픈 거 아냐?"

"천우야."

"다른 뜻 아니야. 그러니까 울지 말라구. 너 울 때마다 얼마나 난감한데. 우는 사람 달래주는 게 얼마나 당혹스러운 일인 줄 아냐고."

"미안해. 미안해, 천우야……."

"내가 울까? 내가… 내가 대신 울어줄까? 그럼 니가 나 달래볼래? 내 기분 알 거다."

"천우야, 미안해."

쓸쓸하게 날 바라보는 천우의 흔들리는 눈동자 때문에 더 이상 울면 안 되겠다는 생각을 굳게 하고 얼른 눈물을 닦아냈다. 그리고 애써 해맑게 웃으며 아무렇지 않은 듯 천우 손을 잡으면서 입을 열었다.

"^-^ 영화 보자. 헤헤."

그런 나를 보고 이내 피식 웃어버리더니 내 머리를 한 대 콩 쥐어박는다.

"아얏! ㅜㅜ 우잉~ 천우 미워!"

"-_- 시끄러. 울다 웃으면 엉덩이에 뿔 난단 말이야~ 엉덩이 뿔 나서 하늘비 타면 하늘비 빵꾸나."

"0ㅁ0;; 뭐, 뭐라?"

"영화표 끊어올 테니까 여기서 기다려, 바보야~"

이내 날 두고 저만치 달려가는 천우. 난 내 엉덩이를 한 번 힐끔 쳐다보고 하늘비를 한 번 쳐다봤다. 엉덩이 뿔 안 난다, 이 나쁜

넘아!! >ㅁ<

잠시 후 환하게 웃으며 내게로 달려오는 천우가 보였다. 나도 한 걸음 한 걸음 천우에게 다가갔다. 천우가 내 손을 꼭 잡으며 말했다.

"헤헤… 매진이다~"

"−_−; 뭐라?"

"−_−; 내, 내 탓 아니야~ 이 영화가 인기기 워낙 많아서."

"하, 할 수 없지 뭐. 다행이네~ 어차피 공포 영화 보려니 무서워서 겁났는데 잘됐어~"

"그게 아니고, 너 공포 영화 무섭다길래 다른 거 볼랬는데 그게 매진됐어. 어쩔 수 없이 공포 영화 끊어왔어~ 자자, 보러 가자~"

"ㅜㅜ 천우야… 워어~"

결국 나는 천우 손에 이끌려 질질 영화관으로 들어갔다. 커다란 스크린과 조명이 꺼진 영화관 안은 이미 나를 공포에 떨게 하기에 충분했다. 나를 자리에 앉히고 팝콘과 콜라를 사 온 천우가 날 살짝 찌르며 새침하게 말했다.

"무섭다고 또 훌쩍거리면 안 돼~ 알았지? ㅋㅋ"

"무서운뎅."

"ㅎㅎ 무서운 거 나올 땐 눈을 꼬옥~ 감아~"

"ㅜㅜ 웅웅."

너무나 편안한 친구가 되어주는 천우. 아직도 나를 향한 그 마음이 전과 같다는 것에 대해서 그 마음을 받아줄 수 없는 내가 미우면서도 편안함을 느낀다. 난 조심스럽게 천우의 팔짱을 끼고 활짝 웃었다. 약간 당황한 듯하지만 이내 천우는 내 이마를 톡 튕기고는 피식 웃어버린다. 이내 무서운 영화가 시작되고~ 장난스레 천우의 팔짱을 끼고 활짝 웃어 보였지만 난 단 3초 만에 얼굴이 빳빳하게 굳어버렸다. 그리고 천우의 팔을 점점 조이고 있었다. 어느새 천우의 어깨에 얼굴을 팍 묻어버리곤 눈물을 찔끔찔끔 짜내며 무섭다고 연신 소리를 질러대고 있었다. 그런 날 보며 재밌다는 듯이 웃는 천우. 얄미웠다. >ㅁ<

　한참 공포에 떨며 영화가 끝나길 기다리고 있는데 갑자기 또 연방 무서운 신이 고조되면서 나보다 먼저 소리를 꽤액!! 지른 사람이 있었으니… 아무도 소리 안 지르는 장면에서 소리를 질러댔기에 천우와 나뿐만 아니라 모든 사람의 시선이 소리나는 쪽으로 향하고 있었다. 바로 우리 앞에 앉아 있는 어느 긴 머리의 예쁜 소녀였다. 내가 천우에게 기대어 있는 것처럼 그 여자도 멋진 남자에게 기대어서 훌쩍대고 있었는데… 왜 몰랐을까? 이 극장 안의 어둠으로 지훈이를 못 알아보다니. -_-; 지훈이가 저런 어여쁜 소녀와 데이트를? 놀란 건 나만이 아니었다. 천우가 뚫어져라 지훈이를 쳐다보고 있었고, 나 역시 영화고 뭐고 집중이 되지 않은 채 힐끔힐끔 그 여자 아이와 지훈이만 번갈아 쳐다보고 있었다. 그 무뚝뚝한 지훈이가 이런 데서 데이트를 즐기고 있는 것도 황당한데… 여자 아이가 무서움에 떨 때마다 부드럽게 머리를 쓰다듬어 주기까지 한다. 너무 어이가 없다. 이건 질투가 아니라 지훈이의 성격을 누구보다 잘 알기에 믿을 수 없는 것이다. 나와 천우는 조심스럽게 속닥였다.

"천우야… 지, 지훈이 맞지?"

"그런 것 같은데 하는 행동으로 봐선 아닌 것 같아."

"-_-; 지훈이가 틀림없는데 저 여자는 누구지?"

"숨겨둔 애인이 있을 줄이야. 게다가 저런 면이……."

"집에선 전혀 애인 있는 내색 안 하던데."

"저 자식이 그런 내색을 할 인간이 아니지."

"아~ 그러고 보니 오늘따라 유난히 신경 쓰고 나가더라구. 내가 시내 가서 영화 볼 거라니까 다른 데 가서 보라고 했었어."

"그게 정말이야?"

"응. 그래서 천우가 보여주는 거라서 이러쿵저러쿵 토 달기 싫다고 했더니 짜증내면서 나가 버렸거든."

"그래? 짜식. 우리한테 들킬까 봐 그랬던 거군. ㅋㅋ"

우리가 키득키득거리자 지훈과 그 여자를 제외한 나머지 사람들의 시선이 따가워졌다. 천우와 약속이나 한 듯 자세를 똑바로 하고 스크린을 응시했다.

영화가 끝나고 사람들이 우르르 몰려 나갔다. 천우와 난 천천히 자리에서 일어났다. 난 여전히 아무렇지 않은 듯 천우의 팔짱을 끼고 있었다. 천우도 그다지 신경 쓰지 않는 듯했다. 친한 친군데 팔짱 정도 끼고 다닌다고 해서 누가 뭐라고 하겠는가? 그렇다. 소심쟁이 소아랑이 이 정도로 변했다. 이내 천우와 나도 극장을 나왔고 동시에 혁이에 올라타는 지훈과 그 여자가 보였다. 순간 아무 생각도 들지 않고 오직 혁이는 아무나 태우는 오토바이가 아니다~ 하는 게 떠올랐다. 어느 누구도 태워주지 않았던 보혁이. 나만… 오직 나라서 태워줬던 보혁인데… 그런 혁이인데… 나 말고 다른 여자가 혁이에 올라탄다는 게 도저히 용서가 되지 않았다. 나도 모르게 그 순간 이성을 잃었나 보다. 그래, 한마디로 내가 미쳤는지 내 발은 어느새 지훈과 그 여자애 앞! 그리고 나와 보혁이만의 혁이 앞에 있었다. 지훈은 꽤 당황한 표정이었고, 그 여자 아이는 넌 뭐니? 하는 표정이었다. 그런 용기가 어디서 났는지 앙칼진 목소리로 지훈을 쏘아붙이기 시작했다.

"야!! 이 오토바이는 아무나 못 태우는 거야―!!"

내가 소리를 지르자 지훈은 당황한 표정에서 어이없다는 표정으로 바꾸더니 이내 입을 열었다.

"뭐?"

"이 오토바이는!! 보혁이가 아무나 태워주던 그런 오토바이가 아니야!!"

"그래서?"

"그래서라니!! 왜 아무 여자나 태우고 다니냔 말이야!!"

"니가 상관할 일이 아니야."

"상관있어!! 이 오토바이는 혁이니까!! 내가 이름 지어준 혁이니까!! 아무 여자나 태우지 말란 말이야!!"

나도 모르게 화가 머리끝까지 치밀었다. 나와 보혁이만의 혁이에 다른 여자가 탄다는 게 너무너무 싫었다. 하지만 그런 내 마음도 모른 채 지훈이의 싸늘한 말이 내 마음을 후벼 파고 있었다.

"이 오토바이는 이제 내 꺼야. 보혁이와 내 오토바이를 서로 바꿨다구. 그러니까 내 맘이야."

"우, 우, 웃기지 마!! 이 오토바이는… 이 오토바이는 보혁이가 나 태워주라고 너한테 준 거잖아!! 그런데 난 단 한 번도 태워주지 않고 다른 여자나 태우고 다니고… 뭐야, 대체!!"

그때까지 잠자코 있던 천우가 다가와서 어깨를 잡는다. 그러더니 천천히 입을 열었다.

"암소, 흥분하지 마. 저 여자한테 실례되게 다짜고짜 뭐 하는 거야? 사람 앞에 놓고…….."

"천우 너도 내 맘 몰라주는 거야? 저 오토바이가 어떤 오토바인지 너도 잘 알잖아."

"알아~ 하지만 암소, 넌 남한테 상처 주는 걸 제일 두려워하던 애 아니었냐? 그런데 저 여자 분이 바로 옆에 있는데 다짜고짜 아무나 태우는 오토바이가 아니라느니, 어쩌느니 하면 저분이 뭐가 되냐?"

그러고 보니 천우의 말은 맞는 말이었다. 누구보다 상처 주는 게 싫었고 상처받는 게 두려웠던 내 자신인데… 너무 화가 난 나머지 아무렇지도 않게 그 여자한테 상처가 될 말을 하고 있었다. 미안한 마음에 정신을 가다듬고 가만히 목소리를 죽였다.

"미… 미안해. 너무 흥분했나 봐."

착 가라앉은 내 목소리에 냉기가 도는 지훈의 목소리가 들려왔다.

"한심하군."

하지만 지훈에게는 여전히 화가 났다. 난 앙칼지게 지훈을 노려봤고 그때 가만히 혁이에 앉아 있던 여자애가 스르륵 내려왔다. 지훈 옆으로 살짝 다가가 나를 힐끔 쳐다보더니 입을 열었다.

"오빠, 저 언니는 누구야?"

아주 간드러지고 연약한 목소리였다. 새하얀 치아가 눈부시고 주먹만한 얼굴이 너무 가녀리고 이쁜 아이였다. 다짜고짜 화를 내던 내 눈치를 살피며 지훈에게 질문을 하자 지훈이가 조심스럽게 그 아이의 머리를 쓰다듬으면서 입을 열었다.

"오빠 친구야. 우리 새롬이, 오빠가 오토바이 태워줄게. 걱정 마~"

"아니야, 오빠. 나 오토바이 안 타도 괜찮아. 저 언니야 태워줘도 괜찮아."

순간 너무 미안함을 느꼈다. 그리고 지훈의 저런 자상한 모습을 처음 보는 나는 적지 않게 당황하고 있었다. 하지만 혁이는… 하지만 혁이는 나와 보혁만의……. 지훈이가 날 확 노려보고 있는 게 느껴진다. 뭔가 말을 해야겠단 생각이 들었는데 그 가녀린 소녀의 입에선 다시 조용한 음성이 들려왔다. 하얗고 가느다란 손을 정확히 천우를 가리킨 채로…

"그럼 저 오빠도 오빠 친구야?"

천우는 살짝 그 소녀를 향해 미소 지어 보였다. 내가 얼굴이 붉어질 정도로 멋진 미소였다. 물론 미소 하면 미소천사 민강유지만, 천우의 잘생긴 얼굴에서 살짝 지어지는 미소 또한 백만 불이었다. 지훈이가 그 가녀린 손가락을 따라 천우를 한번 힐끔 보곤 이내 그 소녀에게 시선을 다시 꽂은 채 부드럽게 말해 주었다.

"그래, 저 녀석도 오빠 친구야. 성천우라고. 멋진 놈이지? 우리 새롬이, 저 오빠가 맘에 들어?"

그러자 그 소녀는 쑥스러운 듯 얼굴을 붉히며 살짝 고개를 끄덕였다. 순간 내가 더 당혹스러웠다. 하지만 천우는 마치 아주 어린 소녀를 보듯 그냥 가만히 웃어 보였다. 지훈이가 나와 천우를 번갈아 보더니 이내 망설이다 입을 열었다.

"성천우… 하늘비 가지고 왔나?"

"응, 가지고 왔어. 왜?"

"우리 새롬이 좀… 태워줄래?"

"뭐??"

"새롬이가 오토바이 타는 걸 굉장히 좋아하거든. 내 오토바이
있을 땐 항상 태우고 다녔는데… 소아랑이 저렇게 난리를 치니까
혁이 태우기도 좀 껄끄러워졌어."

그 말에 난 한없이 수그러들었다. 하지만 그 소녀도 그렇게 어
리게만 보이지 않았고, 나와 보혁이만의 혁이를 아무렇지도 않게
타고 다닌다는 건 여전히 기분 좋은 일일 수가 없었다. 내 기분은
뒤로한 채 천우와 지훈의 대화가 오가고 있었다.

"근데 지훈아, 대체 저 여자는 누구??"

천우의 질문에 지훈이는 적지 않게 당황하고 있음을 느꼈다. 조
심스럽게 입을 여는 지훈.

"내… 동생."

숙이고 있던 고개를 번쩍 들었다. 그러자 지훈이는 잠시 망설이
다가 바로 옆에 보이는 키피숍 간판을 가리키며….

"들어가자."

천우와 난 서로 시선을 마주하며 알 수 없다는 듯이 어깨를 한
번 으쓱 하고 커피숍으로 들어갔다. 지훈의 손을 꼭 잡은 채 새롬
이란 아이도 함께 커피숍에 들어왔다. 대충 주문을 한 후 이야기
에 몰입하기 위해 분위기는 다시 한 번 차악~ 가라앉았다. 지훈
이가 물을 한 모금 들이키더니 투명한 창밖을 잠시 응시하다가 이
내 물기가 마르지 않은 입술을 열었다.

"새롬이는… 소아랑, 너희 아빠, 그러니까 지금 새아빠를 만나

기 전에 우리 엄마가 이혼한 친아빠의 딸이니까 내 친동생이다."

천우도, 나도 깜짝 놀라 동공이 커졌다. 그 소녀는 말없이 지훈이를 바라보고 있었다. 아무 대답도 하지 못하고 계속해서 지훈이의 말에 귀를 기울이는 우리다.

"난 엄마를 따라가야 했고 새롬이는 아빠를 따라가야 했어. 아주 어렸을 때 이혼을 했기 때문에 서로 헤어져 있는 게 익숙하지만 이렇게 가끔씩 새롬이를 만나서 놀아주고 즐겁게 해주는 게 친오빠로서 도리라는 생각이 들었어. 유난히 새롬이는 오토바이 타는 걸 좋아했고 나 역시 내 오토바이엔 아직 새롬이와 예전에 그… 그 누나밖에 태워본 적 없다."

그 말을 듣던 난 너무나 미안함에 마음이 무너졌다. 내가 큰 실수를 했다는 걸 느끼는 순간이었다. 어쩐지 지훈이가 여자와 그렇게 다정하게 있을 성격이 아닌데……. 사과를 해야겠다는 생각에 용기 내어 입을 열었다.

"미안해, 지훈아. 그리고 미안해요, 새롬 씨."

내 말에 새롬이는 커다란 눈망울을 하회탈처럼 감고 이쁘게 웃어 보이며 고개를 절레절레 저었다.

"아니에요. 괜찮아요, 언니. 그런데 저 오빠하고 애인 사이예요?"

아까부터 천우를 힐끔힐끔 쳐다보던 새롬이가 용기를 내서 물어본 듯했다. 내가 당황하고 있는 동안 천우가 웃으면서 대답했다.

"애인 사이 아니야~ 친한 친구지."

천우의 대답에 은근히 마음이 상했다고 하면 내가 나쁜 걸까? 하지만 조금… 아주 조금은 서운한 마음이 들었다. 친구가 맞는데… 맞는 말을 했을 뿐인데 말이다. 그러자 그 여자 아이는 더 해맑게 웃으면서 말했다.

"^//^ 저기… 그럼 저 오토바이 태워주시면 안 돼요?"

그러자 천우가 나를 쳐다본다. 내가 뭐라고 하겠는가? 아무렇지 않은 듯 살짝 웃으며 말했다.

"태워줘~ 하늘비도 가져왔잖아."

천우가 조금 망설이고 있자 지훈이가 나선다.

"그래, 천우야. 새롬이 좀 태워줘라. 니가 마음에 드나 보다."

그 말에 새롬이란 아이는 발가락까지 새빨개진 것 같았다. 그렇게 천우는 잠깐 다녀올게~ 라는 말을 남기고 커피숍을 나갔다. 새롬이란 아이는 뭐가 그렇게 좋은지 연신 미소를 머금고 천우를 따라나섰다. 지훈이와 나 사이에서는 어색한 침묵만이 시간을 흘리고 있었다. 침묵을 지키며 서로 어색한 듯 창밖만 바라보다 이내 내가 먼저 지훈을 향해 입을 뗐다.

"저기… 아깐 정말 미안했어. 갑자기 소리 지르구……"

"됐어."

"아… 저, 정말 미안해."

"잊었어."

"동생인 줄 알았다면 안 그랬을 거야. 아니, 동생이라도 솔직히 좋진 않아. 알잖아. 너도 알잖아."

"아니까 잊었다고."

"고마워."

또다시 어색하게 침묵이 흘렀다. 천우야, 빨리 오렴~ 가시방석이잖니. 집에서 매일 보는 얼굴인데 항상 둘만 있으면 긴장되는 분위기를 내뿜는 지훈이었다. 워낙 무뚝뚝해서 눈빛만 마주쳐도 심장이 덜컹 내려앉는데 오늘은 내가 감히 화까지 냈으니… 정말 소아랑, 많이 컸구나. ㅜㅜ 괜히 스트로우를 빙빙 돌리며 울상을 짓고 있었다. 그때 나지막이 지훈의 음성이 다시 들려왔다.

"비가… 오는군."

혹시 하늘비가 왔나? 하는 생각에 창밖으로 시선을 돌렸지만 그건 천우의 하늘비가 아니라 정말 하늘에서 떨어지는 하나님의 눈물(?) 비였다. 은은한 음악이 흐르고 비가 오는 바깥풍경을 평화롭게 보고 있으려니까 왠지 설레었다.

비를 감상하는 동안 언제 왔는지 천우는 물기를 툴툴 털며 내 옆으로 와서 앉았고 새롬이도 지훈이 옆에 앉아 해맑게 웃는다.

"^-^ 천우 오빠가 너무너무 자상하게 잘 태워줘서 재밌었어~"

그러자 천우가 씨익 웃는다. 지훈은 마냥 좋아하는 새롬이를 보며 부드럽게 입을 열었다.

"그랬어? 다행이네. 비는 많이 안 맞았어?"

"응. 천우 오빠가 비 오자마자 씽~ 달려서 들어왔어. 헤헤. 천우 오빠 오토바이 짱 멋있어. ^^"

천우는 미소를 띠고 있고, 지훈은 계속해서 새롬이를 보며 말을 이었다.

"그랬어? 그래 봤자 원래 내 오토바이보다 한 단계 안 좋은 거야. −_−;"

"에이~ 난 그런 거 몰라~ 그냥 오토바이가 새파란 게 정말 멋졌어. ^^"

그때까지 잠자코 있던 천우가 살짝 인상을 구기더니 한마디 툭 던진다.

"−_−+ 그래도 하늘비 고물 아니야~ 니 꺼가 지나치게 좋은 거라구!"

"누가 뭐래냐?"

"−_−+ 이지훈 너~"

"나 이제 소지훈이다~ 바보."

"…쳇!"

하늘비 흉본다고 발끈하는 천우 녀석이 무척이나 귀엽다. 녀석들이 아옹다옹하는 사이 난 살짝 시선을 다시 창밖으로 꽂았다. 커피숍 안에서 잔잔히 흘러나오는 음악이 굉장히 좋은 것 같아서 살짝 몸을 옆으로 움직거렸다. 그러자 천우가 이 노래를 아는 듯 말했다.

"어? 이 노래는……."

노래가 너무 좋은 탓에 제목이라도 알고자 난 천우에게 질문을
했다.

"천우야… 이 노래 알아? 참 좋다~"

"이 노래… Somewhere이라는 노래야."

"그래? 천우는 팝송을 굉장히 많이 아는구나?"

"^^;; 그렇지도 않아. 이 노래 애니매이션 삽입곡이야. 노래 무
척 좋지?"

"응… 담에 나 자장가로 불러주라. ^^"

"자… 장… 가??"

천우가 황당하다는 듯 나를 바라본다. 기억 못하나 보다. 3년
전 도희 자살 사건으로 한참 난리쳤을 때 무섭다고 잠 못 이루던
나에게 자장가를 불러줬던 자신의 모습. 그때 그 노래가 아마
Eyes On Me 였지? 후후. 그 노래가 너무 좋아 매일 듣고 있었다
구, 이놈아~ 그런데 이 노래도 만만치 않은 것 같다.

"3년 전에 니가 나한테 Eyes On Me라는 노래 불러줬잖아, 자
장가로……."

천우는 잠시 골똘히 생각하는가 싶더니 이내 동공이 커지면서
입가에 살짝 미소를 띤 채 나를 보며 말했다.

"아~ 그거 아직 기억하냐?"

"당연하지. 나 돌대가리 아니야."

"영광인데?"

"천우 니가 워낙 노래를 잘해서 정말 그 노래가 잊혀지질 않아. 아직도 즐겨 듣는걸?"

"그래? 쑥스럽게시리."

"근데 지금 나오는 이 노래도 참 좋다~ ^^"

"Somewhere이라고 참 좋은 노래지. 아, 이 노래를 엄청 좋아하는 놈이 하나 있었지."

"누군데?"

"…신보혁."

천우 입에서 보혁이의 이름이 나오자 심장이 덜컹 내려앉으면서 또 눈물이 나려 했다. 이름 세 글자 들었을 뿐인데… 단지 그 이름이 우연히 흘러나온 것뿐인데……. 슬픈 내 눈을 읽었는지 천우 또한 슬픈 눈이 되어서 내게 말했다.

"실수했군. 아무튼 이 노래 무척이나 좋아했어."

"그렇구나. 노래 너무 좋다."

"다음에 불러줄게."

"정말?"

"당근하지~ 우리 암소를 위해서 내가 그 정도도 못해주겠냐?"

피식 웃는 천우의 미소가 왠지 슬퍼 보였다. 순간 웃지 않으면 울어야 하니까라고 말했던 강유 얼굴도 떠올랐다. 잠시 우리 대화를 지켜보는가 싶더니 새롬이가 나섰다.

"이 노래 나도 좋아하는데. 천우 오빠, 나도 이 노래 불러줘요. 네?^^"

"뭐? 아~ ㅎㅎ 뭐, 그, 그래. ^^;;"

당황해하는 천우와는 달리 새롬이는 무척이나 기뻐하는 것 같았다.

금세 어둠이 짙어지고 있었다. 지훈이가 입을 열었다.

"어디 갈 거냐? 이제 집에 갈 거냐?"

그러자 천우가 조금 망설이다 이내 내 손을 꼭 붙잡더니 활짝 웃었다.

"^^ 그냥 헤어지면 아쉽지~ 술 먹으러 가자~"

나 역시 쌩긋 웃어 보였고 새롬이도 지훈의 팔짱을 꼭 낀 채로 같이 가고 싶다는 눈망울로 쳐다본다. 지훈은 할 수 없지 하는 표정으로 짧게 한숨을 내쉬더니 이내 근처 술집으로 향했다. 어느 멋진 호프집을 가리키며 천우가 먼저 입을 열었다.

"저기~ 저 호프집 멋있어. 저기 가서 먹자."

그러자 지훈이가 대답했다.

"그러던지… 근데 새롬이는 아직 미성년자인데."

"오빠두 참~ 새롬이도 술 먹을 줄 알아~"

도와달라는 듯 나를 쳐다보는 새롬이의 눈길 때문에 나도 한몫 거들고 나섰다.

"그, 그래~ 뭐, 우리는 고등학교 때 술 안 먹었냐? ㅎㅎ"

마지못해 새롬이를 데리고 천우가 가리킨 술집으로 향했다. 술집 안은 굉장히 부드럽고 조용하면서도 깔끔했다. 전체적인 느낌이 베이지 바탕이어서 따뜻한 분위기를 풍기고 있었다. 특히 한가운데 새하얀 그랜드 피아노가 너무나 예뻐 보였다. 적당한 자리에 둘러앉아 술을 주문했고 맥주와 소주를 섞어 한 잔 한 잔 마시기 시작했다. 기본적으로 모두 아는 사실이겠지만 맥주와 소주는 섞어 마시면 2배로 취한. >ㅁ< 술에 대한 지식이 없는 내가 뭘 알겠는가~ 맥주만 마시면 떱떱하고 소주만 마시면 써서 섞어먹는 폭탄주가 차라리 더 낫다고 생각하고 섞어서 마셔대는 나를 말리는 사람은 아무도 없었다. -_-; 금세 얼굴이 붉게 달아오른 나를 보며 걱정스러운 듯 천우가 입을 열었다.

"야~ 암소, 괜찮냐?"

"응? 아~ 응. 얼굴이 조금 뜨겁고 약간 어질어질하지만 아직은 견딜만 해."

"제법인데? ^^ 술 많이 늘었구나?"

"누구들 덕에~ ㅎㅎ"

"그 누구가 누굴까? 난 빼줘. -_-;; 아차. 우리끼리 마실 게 아니라 강유랑 신규, 교련이도 부르자."

"그래, 우리끼리 마셨다고 또 화내겠다. ^^"

내가 맞장구치자 천우가 얼른 녀석들에게 연락을 했고 정확히

20분이 지나고 있을 때 녀석들의 모습이 보였다. 셋 다 씩씩대며 들어오더니 다짜고짜 소리를 질러댄다. 신규부터 시작해서 강유, 교련이까지.

"야, 임마!! 짜식들, 치사하게 너희들끼리 이런 데 오고!!"

"맞아, ^^ 얼마나 심심했다구~"

"아랑이 너~ 정말 이러기니?"

지훈이는 시끄럽다는 듯 한마디 내뱉었다.

"소란 떨지 마. 그래서 불렀잖아."

그래도 분이 풀리지 않는다는 듯 신규가 막 한마디 내뱉으려는 찰나!! 새롬이가 강유를 보며 반가운 듯 장난스레 안기며 해맑게 웃었다.

"강.유.오.빠. >ㅁ< 헤헤~"

그러자 강유는 그 백만 불짜리 미소를 머금은 채로 새롬이를 살짝 안아주면서 대답했다.

"이야~ 우리 새롬이도 여기 와 있었어? ^^^"

"*^-^* 웅~ 오빠 새롬이 안 보고 싶었쪄?"

애교 섞인 목소리로 강유에게 앵겨 있는 새롬이를 보니까 무척 귀엽다는 생각이 들었다. 강유는 지훈이랑 제일 친했으니까 원래부터 새롬이를 알고 있는 듯했다. 우린 대충 자리를 넓게 잡아서 술을 더 주문했고 새롬이가 조금 많이 마시는가 싶더니 이내 혀 꼬인 목소리로 말하기 시작했다.

"조기… 조기 나 이짜나… @□@ 나 처누 어빠야 요페 갈래~"

지훈은 신경 안 쓴다는 듯 술을 마셔댔고 신규와 교련이는 찰싹
달라붙어 낄낄대더니 새롬이의 행동에 다소 놀란 듯 천우와 새롬
이를 번갈아 쳐다본다.

"뭐냐, 저 아가씬? 지훈이 동생이라더니… 천우 좋아하냐?"

신규가 그렇게 말을 내뱉자 마침 교련이도 궁금했다는 듯 맞장
구친다.

"그러게. 아까부터 천우만 쳐다보더니……."

천우는 당황한 듯 살짝 웃어 보였고 강유는 여전히 환하게 큰
소리로 웃어 젖혔다.

"ㅎㅎㅎㅎ 우리 새롬이, 드디어 왕자님 만난 거야?"

강유의 말에 새롬이의 술로 달아올라 빨개진 얼굴이 더욱더 짙
은 빨간색이 되고 있었다. 이내 쑥스러운 듯 자리에서 비틀비틀
일어나더니 새롬이는 과감하게 나와 천우 사이를 파고들었다. 난
조금 당황해하며 옆으로 비켜주었고, 천우도 어색한 듯 가만히 어
설픈 미소를 지어 보였다. 자기가 해놓고도 쑥스러웠는지 새롬이
는 얼른 소주 한 잔을 들이켰다. 그런 새롬이가 귀여웠는지 그렇
게 무뚝뚝하던 지훈 놈도 피식 웃어버린다. 강유가 장난스럽게 입
을 열었다.

"이야~ 천우랑 새롬이랑 잘 어울리네? 선남선녀 커플되겠다.
ㅎㅎㅎㅎ"

그렇게 말하자 새롬이는 기뻐하는 표정이 얼굴에 가득했다. 교련이와 신규도 맞장구쳐 댄다.

"와~ 새롬이는 나이에 안 맞게 굉장히 성숙한 이미지도 있고 귀엽기도 하고… 딱이네~"

"그러게. 천우야, 그만 아랑이 포기하고 새롬이에게 정을 주렴~ ㅋㅋ"

순간 내 얼굴이 빨개졌다. 새롬이가 나를 한 번 스윽 쳐다보더니 이내 고개를 끄덕이고는 당당하게 말했다.

"@ㅁ@ 아~ 내가 그럴 줄 알았어. 어쩐지. 뭔가 삘이 이상했다니깐…… 하지마눈 이제 새롬이가 처누 오빠 애인할 꾸샤. >ㅁ´"

그 말에 천우가 적지 않게 당황하는 것 같았다. 그러자 강유가 분위기를 쏴 하게 만드는 한마디를 내던졌다.

"^^ 새롬아, 조금 힘들걸? 천우 저 자식 아랑이한테 일편단심인 데다가 저 자식 없으면 죽고 못사는 여자가 한 명 더 있거든~ 진주라고~ ㅎㅎ 아마 너랑 동갑일 거다."

그리고 보니 진주란 여자의 존재를 잊고 있었다. 천우는 내 앞에서 진주의 진 자도 꺼내는 걸 싫어했다. 이따금 내가 그 애에 관해 물어보려고 하면 금방 말을 돌리거나 무시해 버렸다. 강유의 말에 다시 진주의 얼굴이 떠올랐지만 이내 굳은 천우의 표정을 보고 나까지 잔뜩 긴장했다. 그때 새롬이가 나섰다. 꽤 놀란 표정의 새롬이는 술이 확 깼다는 듯 눈이 커지면서 입을 열었다.

"진주?? 혹시 서진주??"

"진주를… 알아??"

어떻게 알았냐는 듯한 강유의 표정에 새롬이는 잠시 얼굴이 굳어버리더니 다시 술을 원샷해 버리는 것이 아닌가. 애야~ 너 아직 고등학생이잖니. ㅜㅜ 그렇게 술을 마구 들이켜도 괜찮겠니?

"진주랑… 같은 학교… 같은 반인데."

나지막이 말하는 새롬이의 눈에 고민을 하는 눈치가 역력했다. 천우와 강유, 모두 놀란 눈으로 새롬이를 바라봤다. 그 뒤로 새롬이는 말없이 계속 술만 들이켰고 급기야 뻗어버렸다.

"진주… 진주 미워~ @ㅁ@ 천우 오빠 내 꺼야~ 천우 오빠 내 꾸 할래~ @ㅁ@ 흥야흥야."

결국 새롬이는 천우에게 기대 잠들어 버렸고 천우는 어쩔 줄 몰라 하며 그냥 그렇게 가만히 있었다. 은근히 질투가 나긴 했지만 내가 이래저래 질투할 상황은 아닌 것 같다. 강유가 장난스레 입을 열었다.

"잘됐네. ^-^ 어차피 천우 너랑 나, 아랑이를 쫓아다녀도 아랑이 마음은 온리 보혁이일 테고… 이 기회에 너랑 새롬이랑 잘해봐~ 난 진주 찾아갈 테니."

아무렇지 않은 듯 웃으면서 내뱉는 강유의 말에 무척 섭섭함을 느꼈지만 이내 강유의 미소가 눈물이란 걸 눈치 채고 말았다. 입은 웃고 있지만 눈이… 눈이 웃고 있질 않으니까. 강유는 은근히 천우가 라이벌이라고 생각하고 있었던 것일까? 천우는 강유의 말을 듣고 잠시 표정을 굳히더니 이내 새롬이를 살짝 강유에게 기대게 했다. 그리곤 자리에서 일어나 어디론가 가려 했다. 신규가 그런 천우를 불러 세웠다.

"야~ 성천우… 어디 가?"

"저기."

천우가 가리킨 곳이 어딘지 알 수 없었다. 우리 테이블을 빠져나가는가 싶더니 이내 천우가 나를 똑바로 바라본다. 그리고 나지막이 또 부드럽고 아주 자상하게 입을 열었다.

"소아랑… 잘 들어."

천우는 아주 예쁘게 봤던 피아노에 앉는다. 깊게 숨을 몰아 내쉬더니 천천히 피아노 연주를 시작했다. 남자가 저렇게 피아노를 아름답게 연주하다니… 감탄, 또 감탄뿐이었다. 모두 놀란 시선으로 천우를 바라보고 교련이의 눈이 특히 반짝이고 있었다. +口+ <— 이렇게. 아주 부드럽고 예쁜 전주가 흘러나오고 연주와 함께 노래를 시작했다.

"somewhere in the world~ somewhere in the dark. I can hear the voice that calls my name~ Might be a memory~ Might be my future~ Might be a love~ Waiting for me~"

숨이 멎을 정도로 부드러운 천우의 목소리에 도취되어 잠시 동안 멍했다. 피아노를 연주하며 노래를 부르는 천우의 모습이 마치

하늘에서 내려온 수호천사 같았다. 하얗게 빛나는 천우가 왜 그렇게 멋있어 보이는지 나도 모르게 얼굴이 새빨갛게 달아올랐고 어느새 눈물이 똑똑 떨어졌다. 감미롭고 아름다운 그 노래에 흠뻑 빠져서 눈물만 떨궈내고 있었다. 모두 내가 울고 있는 사실조차 모를 정도로 천우에게 빠져 있었다.

노래가 끝나감을 느끼고 난 서둘러 눈물을 닦아냈다. 연주를 마치고 피아노에서 내려오자 사람들은 연신 함성을 터뜨리고 박수를 보냈다. 특히 여자들의 반응은 폭발적이었다. 당연하지. 항상 그랬으니……. 천우는 조금 쑥스러운 듯 나를 바라보며 다가왔다. 그리고 녀석들이 뻔히 보는 앞에서 아무것도 보이는 게 없다는 듯… 오직 나밖에 보이지 않는다는 듯 똑바로 나를 응시하고 입을 열었다.

"…보혁이가 제일 좋아하는 노래야. 니가 사랑하는 신보혁… 그 녀석이 가장 좋아하던 노래라구……. 이 노래 부르면서 내가 어땠는 줄 알아? 어땠을까? 좋았을까? 천만에… 비참했어. 너무 비참했어. 그런데 왜 보혁이가 좋아하는 노래라는 거 알면서도 이 노래를 불러준 줄 알아? 내가 부르는 모습 보고 보혁이 생각 안 하고 날 봐주었으면 해서. 한 번쯤 날 보면서 보혁이를 안 떠올리는 그런 눈으로 봐주었으면 해서… 그래서… 그래서 불러봤어. 여전히 넌 이 노래 들으면서 보혁이를 생각했겠지만… 그랬겠지만 니가 좋아하는 거라면… 우선 다 주고 보는 그런 나니까……."

강유가 먼저 피식 웃어버렸다.

"^-^ 성천우… 미안하다."

난 강유의 말의 의미를 몰랐다. 천우가 강유를 쳐다보면서 무덤덤한 표정을 짓자 강유가 다시 입을 열었다.

"…니 마음에 오직 아랑이뿐이라는 거, 그거 그렇게 드러내고 싶었냐? 진주 얘기 잠깐 했다고… 그렇게 아니라는 거 보여주고 싶었냐? 자식. ^^"

그러자 천우도 나지막이 강유에게 말했다.

"그건… 너도 마찬가지잖아."

강유의 미소가 조금 더 슬퍼졌다.

"그런… 가? 하긴 벌써 3년이나 지났는데 천우 너랑 나는 똑같구나. 친구라는 명분으로 소아랑 옆에 있었지만 호시탐탐 들어갈 자리는 없는지 기회만 노리고 있었어. 우린 맨날 소아랑 보고 바보바보 했지만. 우리가 더 바보였어. 하하."

강유와 천우의 대화를 듣고 난 참았던 눈물을 다시 쏟아내야 했다. 너무나 미안해서… 그리고 너무나 고마워서……. 나 같은 걸 이토록 오랫동안 한마음으로 계속 지켜주고 있어서. 그래서 내가 보혁이를 바라보는 동안 아무리 힘겨워도 지탱해 왔는지 몰라. 나도… 나도 너희 둘을 너무너무 사랑하지만, 받아들일 수 없는 현실을 정말정말 원망했지만, 여전히 지금도 어쩌지 못하고 있어.

천우가 나지막한 목소리로 내게 말했다.

"…소아랑, 얘기 좀 하자. 잠시 나가자."

난 눈물을 닦아내며 천천히 일어섰다. 그런 나를 보며 천우는 먼저 호프집을 나갔고 나도 막 따라 나가려는 찰나 강유가 나를 향해 말했다.

"소아랑, 천우… 천우 나보다 더 좋은 놈이야. 적어도 억지로 웃는 법 배운 놈은 아니거든, 나처럼……."

"……."

아무 말도 못한 채 강유를 내려다봤다. 그러자 강유가 처음으로 내 앞에서 표정을 굳혔다. 그리고 말했다.

"…이 표정을 해야 할 얼굴에도… 난 항상 웃었지만 천우는 그런 방법 배우지 않았다. 슬프면 슬픈 대로 맡기는, 그야말로 한 털의 거짓없이 너를 아껴줄 멋진 녀석이야. 이제… 천우를 힘들게 하지 마."

처음 듣는, 아니, 예전에 보혁이와 싸울 때 외엔 들어본 적 없는 차악 가라앉은 강유의 음성. 눈웃음도, 입가의 맑은 미소도 없었다. 그 모습으로 얘기하는 강유의 모습이 낯설어서 그만 고개를 돌려 버렸다. 다시 발을 떼려는 순간, 다시 강유의 목소리가 귓가를 파고들었다.

"피식~ 암소, 나 민강유는~ 웃는 방법 제대로 배워서 아무리 아파도 웃을 수 있지만 천우는 그렇게 못해. 천우는… 천우는 나처럼 웃는 방법을 못 배웠다고~ 알았어? 무슨 말인지 알지? ^^"

그런 강유의 목소리와 미소가 너무나 아파서 눈물을 펑펑 쏟아 내고 말았다. 아무 대답도 못하고 호프집을 빠져나와 천우를 찾고 있었다. 눈물을 닦아도 닦아도 쏟아지는데 정말 마음이 아파 죽을 것만 같았다. 누군가의 손에 의해 나는 좁은 골목 안 계단에 앉혀 졌다. 나를 가만히 끌어안은 건 역시 천우였다.

"천우… 야……."

말없이 나를 끌어안은 채 한참 있던 천우. 가만히 나를 안은 채 로 부드러운 음성을 퍼뜨린다.

"…사랑해… 사랑해, 소야랑. 미치도록… 너밖에 안 보여……."

"처… 천우… 야……."

천우의 말에 심장이 멈춰 버리는 줄 알았다. 순간적으로 펑펑 쏟아내던 눈물까지 멈춰 버렸다. 나를 안고 있던 천우의 손이 가 늘게… 아주 가늘게 떨리고 있었다. 아무 말도, 그 어떤 생각도 떠 오르지 않았다. 그저 멍하게 천우 품에 안긴 채 천우의 심장 소리 만 듣고 있었다. 내 심장보다 더 심하게 고동치는 천우의 심장은 천우가 얼마나 긴장하고 힘겨워하고 있는지를 알게 했다. 이내 천 우의 어깨를 다시 촉촉히 적시고만 있는 나다. 천우는 한참 동안 그렇게 말이 없다가 이내 천천히 입을 열었다.

"…이제 잊을 때도 된 거 아니야? 아니, 잊지는 못해도… 적어 도 나… 날 받아줄 때도 되지 않았어?"

"흐흐윽… 천우야."

"미칠 것 같아, 소아랑. 너밖에 안 보여. 자꾸만 웃는 니가… 우는 니가… 투명한 니가… 내 눈에 담겨서… 내 눈에 그렇게 자꾸만 니가 새겨져서… 지워지질 않아. 잊혀지질 않아."

"ㅜㅜ 바보. 천우, 이 바보……."

"널 보면 항상 마음속에 작은 새가 울어. 마음 안에… 심장 안에 담겨진 작은 새가 자꾸만 울고 있어. 그 새는… 그 작은 새는 너만 보면 울어. 너만 보면 이렇게… 이렇게 심장이 뛰잖아."

천천히 나를 놓는 천우의 눈에 어느새 이슬이 맺혀 있었다. 더 이상 내려앉을 심장도 없는데… 천우의 이슬을 본 순간 가슴이 쿵 내려앉았다. 아주 천천히… 조심스럽게 천우의 부드러운 머리칼이 내 이마에 닿고 있었다. 이슬이 맺힌 슬픈 눈을 조심스럽게 감은 채 내 입술에 자신의 입술을 포개는 천우. 난 그렇게 멍하게 천우를 바라보다 이내 눈을 가만히 감았다. 그리고 부드럽고 슬픈 천우의 입술을 내 입술로 느꼈다. 조심스럽게 키스하는 천우. 나를 감싸 안은 손은 점점 심하게 떨고 있었다. 그렇게 한참 동안 서로의 슬픈 입술을 느꼈다. 입술이 떼어지는 순간, 너나 할 것 없이 얼굴이 새빨간 딸기가 되어 있었다. 하지만 그런 얼굴을 하고서도 천우는 부드러운 음성을 퍼뜨렸다.

"…미, 미안해."

난 고개를 살짝 저어 보였다. 그리고 눈물로 얼룩진 얼굴로 하지만 입가에 하얗게 미소를 띠며 말했다.

"아니야, 괜찮아. 괜찮아, 천우야……."

"…널… 널 너무 많이 좋아해. 지켜만 보겠다고… 나는 등대라고… 그렇게… 그렇게 인정하고 살기엔 내가 널 너무 많이 좋아하고 있어."

"…노력할게. 나… 나 노력할게."

이젠 정말 나 보혁이를 잊어야 할 것 같다. 더 이상 천우도, 그 누구도 힘들게 하고 싶지 않다. 무엇보다 더 이상 내 자신이 힘들어지는 게 싫었다. 그만… 그만 보혁이를 내 안에서 지우고 마음에만 새겨둬야 할 것 같아. 그래야 할 것 같아. 내 말을 듣고 천우의 동공이 살짝 커진다. 하지만 입가엔 아주 행복한 미소가 서린다.

"정말… 이야?"

"ㅜㅜ 응… 나… 나 잊어보려 노력할 거야. 잊을게. 그렇게 할게."

다시금 나를 와락 껴안는 천우. 몇 번이나 작은 목소리로 내게 속삭였다.

"사랑해… 사랑해, 소아랑. 널… 널 너무 많이 사랑해."

한참 서로에게 기대어 울다가 지쳐 어색함을 안고 다시 호프집 안으로 들어갔다. 녀석들은 이미 가고 없었고 호프집 주인이 말을 전해주었다.

"거기 앉아서 마시던 손님들 계산하고 가셨는데요~ 아, 그리고 굉장히 귀엽고 예쁘게 웃는 남자 분이 이 쪽지를 남기셨어요."

귀엽고 예쁘게 웃는 남자라면 강유… 강유를 말하는 걸 거다.
천우가 주인의 쪽지를 받아들었고 우린 그 쪽지를 들고 호프집을
나왔다. 나오자마자 천우와 나는 그 쪽지를 펼쳐 들여다보았다.

눈을 뜨니 바다가 보인다. 바다 속에 물고기 네 마리가 있었다. 그중
에 한 마리는 부지부지 어리버리한 물고기였다. 샛노란 병아리를 닮은
아주 어리버리한 물고기. 그리고 한 마리는 은빛의 물고기였다. 그 은빛
물고기는 어리버리 물고기와 늘 붙어 다녔고 항상 함께했다.

어느 날 은빛 물고기가 다른 바다로 이사를 가버렸다. 어리버리 물고
기는 슬퍼하며 은빛 물고기를 그리워했다. 또 다른 유난히 새까만 물고
기는 항상 어리버리한 물고기를 쫓아다녔다. 그런데 어리버리 물고기
도 그 까만 물고기가 싫지만은 않은 모양이다.

언제부턴가 다정해 보이는 그 두 물고기를 향해 하얀 물고기가 접근
했다. 어리버리 물고기랑 막 친해지려는 찰나~ 검은 물고기가 하얀 물
고기를 이빨로 콱! 물어 죽였다.

ㅜㅜ 천우야, 니가 날 죽였다!! 하지만 난 그래도 웃는다. 왜냐구?
나는 알거든, 슬퍼도 웃는 방법을……. 천우 네놈은 슬퍼도 웃는 방법을
모르니까 내가 물려 죽여준 거다.

난 죽었으니까 아무런 미련도 낳길 수 없지. 그러니까… 아무 생각
말고 어리버리 물고기 행복하게 해줘. 알았냐? 바보들…… ^-^

그렇게 쓰인 쪽지를 보자 천우가 피식 웃어버렸다. 하지만 난 또 미련하게 눈물을 떨궈 버렸다. 천우는 살짝 쪽지를 주머니에 넣고 날 포근하게 감싸 안았다. 이대로… 이대로 모든 게 정리되고 천우 곁에 있었으면 좋겠다. 그랬으면 정말 좋겠어. 따뜻한 천우 품에서 반드시 보혁이를 잊어낼 거란 다짐을 하면서 우는 게 이번이 마지막이라고 생각하며 나 역시 천우를 꼬옥 끌어안았다.

　　오늘은 추가 합격자 발표가 있는 날이다. 혼자 아직 합격 여부를 알지 못하는 신규를 위해 우린 한자리에 모였다. 신규 녀석, 아까까지만 해도 당근 합격이지! 하면서 큰소리 빵빵 쳐대더니 막상 교련이가 ARS 전화를 걸자 바짝 긴장한 모습이다. 지훈이도, 강유도, 천우도, 나도, 그리고 교련이도 바짝 긴장한 상태로 수화기에 몰려들었다. 교련이가 버튼을 몇 번 삑삑 누르자 안내원의 목소리가 들려왔다.

　　[수험번호 XXXX 최.신.규.님. 합격 여부 조회 중입니다. 잠시만 기다려 주십시오.]

　　그리곤 긴장되게시리 클래식이 마구 흘러나왔다. 모두들 답답하단 표정이다. 잠시 후 삐~소리가 나오더니…

　　[빰빠라밤빰빰빰~ 축하합니다~ 축하합니다~ 당신의 합격을 축하합니다~ 축하합니다~ 최.신.규.님. 합.격.입니다.]

교련이와 신규는 소리를 지르며 얼싸안았고 나와 천우는 환하게 미소를 지었다. 강유 역시 예쁜 미소로 신규 녀석을 한 대 툭 때린다. 그리고 지훈이는 가슴을 움켜쥐고는 숨을 길게 내쉰다. ㅎㅎㅎ 모두들 어찌나 긴장했는지 식은땀이 송골송골 맺혀 있다. 무지무지 기뻐하던 신규가 이내 으쓱해서 입을 열었다.

"거 봐, 짜샤들아~ 내가 아니면 합격할 인재가 없다니까~ ㅋㅋㅋ"

모두들 웃어넘기는데 지훈 녀석이 태클을 건다.

"-_-; 우린 전부 정시 합격… 넌, 추가 합격."

"-_-+ 시, 시끄러워."

"ㅎㅎㅎㅎㅎㅎ"

모두들 웃음 바다다. 하여간 긴장도 풀렸고, 신규의 축하 파티란 명분으로 술집으로 향하는 발걸음이 모두들 매우 가벼웠다. 난 어느새 천우와 손을 꼬옥 잡고 가고 있었다. ^-^V 이제 당당히 천우의 여자가 되겠노라 결심을 했으니까. 한 달 전 천우의 그 눈물 섞인 고백이 내가 보혁이에게서 벗어나야겠다고 다짐하게 했으니까. 한 달 안에 벌써 보혁이를 잊었다고 하면 거짓말이고 난 천우만 바라보기 위해 무진 애를 쓰는 중이다. 솔직히 천우도 좋아했던 적이 있는 터라 금방 천우에게만 정이 붙을 거라 믿고 있다. 이런 우리 사이를 인정해 주고 있는 녀석들. 오늘은 신규도 합격했겠다, 무지무지 기분이 좋은 날이다. 녀석들 저마다 낄낄대며 술집으로 들어가 그 좋은 기분을 마음껏 만끽하고 있다. 대학생들 생활은 역시 술이다. -_-; 아주 지겹도록 술만 먹어대고 있으니 말이다. 저마다 기분 좋게 취해서 그런지 꼬장을 부린다든지 하는 녀석들은 한 명도 없었다. 한참 즐겁게 떠들어대며 술을 마시고 있는데 어디서 많이 본 듯한 귀여운 여자 두 명이 우리 테이블로 다가왔다.

"오빠아~ >ㅁ<"

"천우 오빠… 안녕?"

그 둘은 다름 아닌 새롬이와 진주였다. 모두들 적지 않게 당황하며 일단 자리를 마련해 주었다. 눈치없이 새롬이와 진주는 천우를 가운데 두고 양 옆으로 앉았다. 얼떨결에 옆으로 밀려 버린 난 힐끔 천우를 쳐다봤다. 천우 얼굴이 살짝 굳어 있었다. 하필 이렇게 기분 좋을 때… ㅜㅜ 우씨! 천우가 조심스럽게 입을 열었다.

"꼭 여기 앉아야 되냐?"

차가운 말에 진주가 조금 상처가 된 듯 슬픈 눈으로 천우를 바라본다. 그러더니 이내 살짝 웃으면서 말을 꺼냈다.

"왜? 내가 여기 앉으면 불편해? ^^"

"…어."

"우와~ 정말? ^^ 오빠도 내가 옆에 있으면 긴장되니까 불편하구나~ 나도 그래~ 나도 오빠 옆에 있으면 긴장되서……."

"긴장이 아니고 짜증나."

아주 냉랭하게 진주에게 말을 쏘아붙이는 천우를 보고 새롬이는 깜짝 놀란 얼굴로 확 굳어버렸다. 잠시 진주도 침묵하면서 상처받은 얼굴을 하더니 이내 다시 피식 웃는다.

"^-^ 에이~ 짜증이라니~ 오빠, 표현 너무했다. 진주는 오빠한테 짜증낸 적 한 번도 없는데……."

이래도 웃고 저래도 웃는 진주가 어쩐지 강유를 닮았다는 생각을 들게 했다. 그때 마침 강유가 입을 열었다.

"서진주… 역시 나이스 웃음이다. 그놈의 억지 웃음. 나 너한테 배웠잖냐. ㅋㅋ"

그러자 진주가 강유를 보면서 약간 슬픈 듯한 미소를 지어 보이며 대꾸했다.

"헤헤. 그랬어? 그럼 오빠가 내 맘 잘 알겠네. 제일 잘 알 거야. 웃지 않으면……."

"울어야 하니까."

하고 강유가 진주의 뒷말을 대신했다. 그 말에 진주… 그만 눈물을 흘리고 만다. 강유 역시 살짝 얼굴이 굳어버린다. 그러더니 이내 다시 해맑게 웃으면서 양팔을 좌악 벌리고는 진주를 향해 말했다.

"이리 와… 이제……."

진주는 눈물을 뚝뚝 흘리다 이내 큰 소리로 웃더니 강유에게 천천히 다가간다.

"ㅜㅜ 헤헤. 하하하… 하하…….."

그리고는 와락 강유에게 안겨 버렸다. 어쩐지 내가 조금 씁쓸했지만 강유는 진주를 꼬옥 끌어안은 채 나와 눈이 마주쳤다. 그리고 강유는 나를 향해 찡긋 윙크해 보였다. 바보……. 또 저렇게 자기 맘을 희생한다. 다른 사람 사랑 성공하게 하려고… 그렇게 하려고 자기가 나선다. 내가 한참 천우와 보혁이 사이를 갈등할 때 자기가 나서서 해결해 주겠다며 날 사랑해 주던 강유. 이번에도 또 천우의 난처한 상황에서 대타역을 자처한다. 바보… 정말 바보다, 강유는… 너무너무 바보다. 사랑의 대타. 슬픈 미소의 천사 민강유. 바보… 바보. 하지만 새롬이는 아직도 천우 옆이다. 내 눈치를 살피며 천우를 지그시 쳐다보는 새롬이. 어찌할꼬……. 심각한 위기를 띄우려고 입을 연 건지, 원래 하려던 말이었는지, 신규가 큰 소리로 웃어대며 말했다.

"음무핫핫핫! 자식들~ 나의 축하 파티를 어떻게 알고 와서 눈물로 축하를 해주는구만~ 흐흐. 좋았어~ 이 오빠가 2차 쏜다!"

결국 신규의 호탕한 웃음과 말 한마디에 우리는 마시던 술을 마저 들이키고 호프집에서 나왔다. 2차 역시 술집이었다. 3차, 4차까지 마셔대던 우리, 축하 파티 두 번 했다간 술병 걸려 죽을 것 같다. -_-;

5차를 향해 가는 길이다. 녀석들, 이미 취할 대로 취했거늘 저 몸으로 잘도 지탱해서 길을 나선다. ㅜㅜ 미쵸! 다행히 천우와 나는 술을 많이 먹지 않아 멀쩡했다. 겨우겨우 자리를 잡고 모두를 앉혀놓은 후 나는 슬쩍 밖으로 빠져나왔다. 그런 날 보더니 당연히 천우가 따라나온다.

"…녀석들 많이 취했네."

"응. 천우는 왜 술 마뉘 안 마셔?"

"내가 취하면 너 누가 지키냐?"

"-//- 치이. 아~ 저기, 천우야, 나 왠지 갑자기 우리 고등학교에 가보고 싶어."

"뭐? 우리 학교에?"

"응. 지금 가면 어두워서 아무것도 보이지 않겠지만… 그냥 그 학교 운동장을 한번 밟고 싶어."

"흐음… 술 얼마 안 먹었으니까 하늘비 탈 수 있을 거야."

"앙대! >ㅁ< 절대 술 먹고 운전하면 안 돼! 너 하늘비 타고 사고 난 적 있었잖아~ 내가 그때 얼마나 가슴이 철렁 내려앉았는지 알아? 절대 안 돼!"

"여기서 거기 꽤 멀단 말이야."

"택시 타고 가면 되지."

"나참~ 그래, 알았다. 녀석들 어차피 취해서 모를 테니 얼른 갔다오자."

"웅."

결국 천우와 난 손을 꼬옥 잡은 채 택시를 잡아 우리가 졸업했던 고등학교로 향했다. 택시가 교문 앞에서 우리를 내려줬고 학교 안으로 들어서니 왠지 기분이 이상했다.

"와… 어두워서 아무것도 안 보이지만 뭔가 이 학교만의 향기가 나는 것 같아. ^^ 그치, 천우야?"

"그래… 술을 조금 먹었더니 목마르네. 잠깐만 있어. 금방 음료수 사 올게. ^^"

"응. 음료수 먹을 줄 알았으면 하늘비 데려올 걸."

"바보~ 금방 다녀올게."

"응. ^-^"

그렇게 천우는 근처 슈퍼로 향했고, 나는 오랜만에 온 고등학교를 보고 향수를 느끼며 운동장을 거닐었다. 그러다 문득 보혁이가 자주 담배를 피우던 그 정원이 생각났다. 나도 모르게 발길이 그쪽을 향하고 있었다. 여전하구나, 이곳. ^-^ 괜스레 보혁이의 모습이 떠올라 입가에 미소가 지어졌다. 이내 보혁이가 앉아 있던 그곳으로 다가가 자리를 잡으려는 순간, 누군가 있는 것 같은 인기척에 소스라치게 놀랐다. 천우가 벌써 왔나? 난 소리가 나는 쪽으로 고개를 휙 돌렸고 일순간 시간이 멈춰 버린 것 같았다. 두 번 다시 흘러내리지 않기를 기도했던 눈물이 투둑 떨어지고 말았다. 하늘거리는 은빛 머리칼이… 보혁이의 은빛 머리칼이 달빛에 의해 나무 사이에서 반짝이고 있었다.

Ending 프러포즈

제11장 Ending 프러포즈

하늘하늘 바람에 살짝 흩날리는 보혁이의 은빛 머리칼을 본 순간, 심장도, 시간도 멈춰 버린 듯했다. 가만히 침을 꼴깍 삼켰고 이내 마르지 않은 눈물이 볼을 타고 계속 흘러내렸다. 두 번 다시 들을 수 없을 것 같던 보혁이의 그 낮은 음성이… 내 귓가에 스며들었다.

"잘 지냈어?"

"보, 보혁아⋯⋯."

"안 본 사이⋯ 많이 예뻐졌군."

"어, 어떻게 여기⋯⋯."

"오늘 왔어. 갑자기 이곳이 생각나서 들렀는데 뜻밖이군. 너야 말로 이 시간에……."

순간 보혁이의 텔레파시가 날 이곳으로 이끈 건 아닐까 생각하게 했다. 어쩐지 계속계속 학교에 와보고 싶단 생각이 들었었는데. 그런데 이렇게 보혁이를 만나게 될 줄은……

"난… 난 그냥… 그냥 생각이 나서……."

"텔레파시가 통했나? 피식~"

달빛에 가려져 희미했지만 너무나 오랜만에 보는 보혁이의 옅은 미소. 심장이 곤두박질치고 눈물이 앞을 계속해서 가리고 있었다. 그렇게 반짝이던 보혁이의 은빛 머리칼은 어느새 장발이 되어 있었다. 물론 여자들처럼 긴 머리가 아닌 보기 좋을 정도의 장발, 그리고 더 깊고 영롱해져 반짝이는 눈동자가 예전의 싸늘하고 냉정한 눈빛하곤 사뭇 달라 보였다.

그렇게 보혁이에게 시선을 꽂은 채로 뻣뻣하게 굳어 있는데 보혁이가 한 걸음 한 걸음 천천히 내게 다가왔다. 가까이 오면 올수록 내 심장 소리가 더욱 뚜렷해졌다. 이내 보혁이가 바로 내 앞에 서고 보혁이 손이 가만히 내 머리 위를 향했다. 조금도 움직일 수 없었다. 아무 생각도 들지 않고 마치 지금 이 순간이 꿈인 것만 같아서… 미련하게 눈물만 떨궈낼 뿐이다. 내 머리에 여전히 빛나고 있는 별 핀을 살짝 만지작거리며 보혁이가 입을 열었다.

"아직… 잘 꽂고 다니네."

얼굴이 확 달아올랐다. 내가 아직도 내심 보혁이를 기다리고 있었기에……. 얼마나 보고 싶었는지… 얼마나 그리워했는지… 보혁이 넌 내 맘 모를 거야. 내 맘 아니? 가만히 보혁이의 부드러운 손길을 느끼고 있는데 보혁이의 낮은 음성이 다시 내 귓가에 스며들었다.

"…한 번… 안아봐도 될까?"

깜짝 놀라 고개를 들고 보혁이 얼굴을 쳐다보려 했을 땐 이미 난 보혁이 품에 있었다. 보혁이에게서만 느꼈던 향기가 내 코로 스멀스멀 들어오자 질끈 눈을 감아버렸다. 인기척이 느껴져서 살짝 눈을 떴을 때 보혁이와 나를 싸늘하게 쳐다보는 천우가 보였다. 천우와 등을 뒤로한 채 나를 안고 있던 보혁이는 아직 천우가 온 걸 모르는지 날 여전히 감싸 안고 있었다. 순간 숨이 막히고 목소리가 나오지 않았다. 천우의 표정은 점점 굳어져 갔다. 아랫입술을 살짝 깨물더니 이내 입을 열었다.

"…그 손 놔."

순간 보혁이가 움찔하는가 싶더니 이내 날 놓아주고는 살짝 뒤를 돌아 천우를 바라봤다. 한바탕 할 것 같은 분위기에 잔뜩 긴장을 하고 있는데 의외로 보혁이와 눈이 마주친 천우는 배시시 웃어보였다.

"신보혁, 왔냐? 자식~ 왔으면 왔다고 말을 해야지~"

그 모습에 내가 미안해져 가슴이 저려왔다. 보혁이도 천우를 보더니 이내 피식 웃으며 인사를 했다.

"미안. 깜짝 놀래켜 줄 생각이었지. 여기서 만날 줄은 몰랐어."

"ㅎㅎ 온다고 미리 말해 줬으면 공항에 마중이라도 나가잖아."

"괜찮아."

"근데… 근데 말이야, 친구로서 아랑이 안는 건 이해해 주겠는데 이제… 이제 아랑이는 내 여자야."

배시시 웃으며 인사하던 천우의 얼굴이 그 말을 하면서 살짝 굳었다. 천우의 말에 나를 살짝 돌아보는 보혁이는 적지 않게 놀랐음을 알게 해줬다. 이내 보혁이가 피식 웃더니 냉정한 그 입을 열었다.

"그래? 너무 늦었군. 피식~"

"그래, 너무 늦었어. 아무튼 그건 그렇고 죽마고우가 돌아왔는데 어디 가서 한잔할까?"

"…그래, 그러자."

"애들 지금 다 모여 있어. 대학 입학 축하 파티 중이거든. 녀석들 너 보면 정말 깜짝 놀랄 거다~"

"그래."

이내 깊고 차가운 보혁이의 음성이 퍼지자 천우가 내게로 다가왔다. 그리고 내 손을 꼬옥 잡더니 다른 한 손으로 보혁이 어깨를 툭 치며 앞장선다. 난 천우에게 반 끌려가다시피 같이 앞장을 서게 되었다. 보혁이는 말없이 우리 뒤를 따라오고 있었다. 살짝 옆

에서 천우를 올려다봤다. 앞만 똑바로 응시하면서 무표정으로 걷
는 천우 얼굴이 더욱더 날 미안하게 만들었다.

택시를 탈 때에도 보혁이는 앞에 타고 천우와 나는 뒷좌석에 몸
을 실었다. 여전히 천우는 내 손을 지나칠 정도로 꼭 쥐고 있었다.
택시는 우리가 있었던 술집 앞에 정차했다. 보혁이가 계산을 하겠
다며 먼저 내리라고 했다. 천우는 사양하지 않고 나를 데리고 서
둘러 호프집 안으로 들어갔다. 녀석들은 곤드레만드레 취해도 기
분이 좋은 탓인지 완전 꼬구라져 버린 녀석은 없었다. 천우와 내
가 등장하자 녀석들이 핀잔을 늘어놓는다.

"야~ 니들 어디 갔다오는 거야~ 몰래 데이트나 하고 말이야!
딸꾹. @ㅁ@ 누군 애인 없어? 우리 교련이도 바로 옆에 있는데.
ㅋㅋㅋ 딸꾹."

신규의 말에 교련이가 배시시 웃으면서 나를 바라본다.

"어머, 둘이 손을 꼭~ 붙잡고 오는 거 좀 봐. @ㅁ@ 보기
좋⋯⋯."

배시시 웃던 교련이의 얼굴이 일순간 확 굳어버렸다. 주절거리
며 건배를 외쳐 대던 녀석들 모두 하나같이 동공이 커질 대로 커
져 있었다. 시간이 멈춰 버린 듯 모든 동작을 정지했다. 가장 먼저
정신을 차리고 이성적으로 입을 연 건 강유였다.

"⋯보, 보혁아⋯⋯."

녀석들은 강유의 목소릴 듣고 자신들도 저마다 서둘러 정신을

차리며 보혁이를 보더니 깜짝 놀라 어쩔 줄 몰라 했다. 그런 녀석들을 보면서 보혁이는 피식 웃어 보였고 살짝 술자리에 끼어 앉는다.

"잘 지냈냐?"

보혁이의 오랜만에 듣는 낮은 음성에 모두들 화기애애한 분위기로 금방 바뀐다. 뭐가 그렇게 궁금한 게 많았는지 보혁이에게 계속 질문 공세를 퍼붓고 보혁이도 녀석들의 질문에 짧게 대꾸하고 있었다. 그 대화가 어쩐지 억지로 즐거운 듯해서 마음이 아팠다. 천우는 들어오자마자 술만 벌컥벌컥 들이키기 시작했다. 녀석들은 살짝 나와 천우… 보혁이를 번갈아 보며 눈치를 살피고 있었다. 하지만 술집에서 나올 때까지 그 누구도 나와 보혁이가 연관되는 이야기는 하지 않았다.

밤새도록 술을 마시고 이제 각자 집으로 돌아가는 길이다. 모두들 보혁이와 조금 더 있고 싶은 아쉬운 마음을 달래고 내일을 기약하면서 집으로 돌아갔다. 지훈과 나는 녀석들을 택시에 모두 태우고 단둘이 집으로 돌아가는 길이다. 머리 속이 복잡해서 아무 말도 할 수 없었다. 물론 지훈도 그런 내 심정을 아는지 침묵으로 발걸음을 재촉하고 있었다. 하지만 이내 그 침묵을 깨뜨린 건 지훈이었다.

"혹시나 해서 묻는 거다."

"…뭘?"

"흔들리냐?"

"……."

"내가 알기로 성천우랑 너 사귄 지 1달 정도 된 것 같은데."

"무슨 말이… 듣고 싶어?"

"듣지 않아도 니 눈이 이미 말하고 있긴 한데……."

"……."

"후~ 야, 소아랑. 솔직히 나도 당혹스러운데 넌……."

"나… 보혁이가 정말 많이 보고 싶었어. 그런데… 그런데 지금은 천우가……."

"그래, 이제 와서 돌아온 보혁이에게 휘리릭 돌아가기엔 천우가 너무나 걸리겠지."

"그건 보혁이도 바라지 않을 거야."

"그럴까? 보혁이가 도희에 대한 모든 기억을 지우고, 오직 너하나만 바라보고 사랑하기 위해서 다시 돌아왔다면? 그땐? 그땐 어쩔 건데?"

"아… 모르겠어. 그냥… 그냥 날 내버려 둬. 아무것도 묻지 말고 그냥… 그냥 이대로."

지훈을 뒤로하고 마구 달려 버렸다. 미칠 것 같았다. 머리가 깨질 것 같았고 보혁이와 천우 얼굴이 교차되어 머리 속에서 마구 맴돌고 있었다. 그렇게 보고 싶던 보혁인데… 너무나 사랑하던 나의 보혁인데… 이제 와서… 이제 와서 왜… 날 힘들게 하는 거야.

왜… 왜…….

눈에서 멀어지면 마음에서도 멀어진다는데 오히려 그리움만 더 쌓이게 만들었던 보혁이. 아무리 기다려도… 아무리 보고 싶어도 볼 수 없던 보혁이. 하지만 날 지탱해 주고 지켜주던 천우가… 작은 새를 담고 있는 천우가 있잖아. 미칠 것 같아. 정말 이대로는 미쳐 버릴 것 같아.

울면서 뛰다가 벽에 기대 하염없이 눈물을 쏟아내고 있는데 내 휴대폰이 울렸다. 발신 번호에는 〈하늘비주인〉이라고 적혀 있었다. 얼른 눈물을 닦고 목소리를 가다듬었다. 살짝 폴더를 열어 천우의 음성을 확인했다.

"여보세요?"

[나야… 천우.]

"응. ^^ 집에… 집에 잘 들어갔어?"

애써 밝은 척 활짝 웃으며 말했지만 천우는 여전히 낮은 음성으로 대꾸했다.

[응… 너는?]

"나? 나도. 오늘 참 기분 좋다~ 그치? 신규도 합격하고 오랜만에 친구도 돌아왔잖아~"

[정말 친구가 돌아와서 기뻐?]

"그럼~ 천우 넌 안 기뻐? 오랜만에 돌아온 친구잖아~"

[기쁘지… 기뻐. 근데 나 왜 이렇게 찜찜하냐? 보혁이한테… 미

안해.]

"천우야."

[보혁인 내 친한 친구인데… 정말 너무 친한 친구인데… 너한테도 보혁이가 그런 친구야?]

"……."

술에 취한 듯 조금 주절거리는 천우의 음성에 더 이상 억지 웃음을 지어 보일 수 없었다. 누구보다 지금 내 마음을 잘 알고 있을 천우기에… 나보다 더 아프고 힘들어졌을 천우를 아니까…….

[암소~ 나 많이 변했어. 이제 예전의 성천우가 아니야. 더 이상 미련하게 지켜보면서 가만히 있지는 않을 거야. 더 이상 보혁이와 너 사이의 후원자가 되고 싶은 마음은 없어. 무슨 말인지… 알지?]

"……."

[더 이상… 널 보혁이에게 양보할 마음 없다는 소리야.]

"…응… 알아, 천우야."

[나 걱정 안 해도 되는 거 맞지?]

"응. 걱정하지 마, 천우야. 걱정하지 마."

[근데… 그런데 너 왜 울고 있는 거야?]

"ㅜㅜ 나 안 울어~ 나 안 울어, 천우야…….".

[울지 마. 절대 울지 마. 알지? 니가 울면… 내가 비참해져 버리는 거…….]

"ㅜㅜ 그런 말 하지 마."

[그래… 그래, 알았어. ^^ 늦었다~ 얼른 끊고 자야지~]

"응."

[끊는다.]

"응."

그렇게 통화를 마친 후 한참 벽에 기대 쪼그려 앉은 채로 눈물을 흘려야 했다. 미안해, 천우야……. 나 흔들리지 않을게. 너무나 그리웠지만 이제 니 곁에 있을게. 더 이상 너한테 상처를 줄 수 없어. 절대 그럴 수 없으니까… 그러니까 걱정 마, 천우야. ㅜㅜ

집으로 돌아와 애써 눈물을 지우기 위해 잠자리에 들었지만 보혁이와 천우 생각에 좀처럼 잠을 이룰 수 없었다. 시계를 보니 새벽 3시가 넘어가고 있었다. 왜 이렇게 잠이 안 오지? 잠이라도 자야 자는 동안 복잡한 생각 안 할 텐데……. 나도 모르게 갑갑해져 외투를 걸치고 밖으로 나왔다. 뒤뜰로 나오니 지훈이가 조심스럽게 주차해 놓은 혁이가 보였다. 가만히 혁이를 쓰다듬으며 걸터앉았다. 보혁이의 얼굴이 스쳐 지나간다. 이내 무표정으로 내 손을 잡고 걷던 천우 얼굴도 떠오른다. 한숨만 흘러나왔다. 너무나 그립던 보혁이. 마지막에 그 손을 놔버린 걸 너무나 후회했던 나인데……. 하지만 이제 와서… 이제 와서 보혁이에게 돌아갈 순 없어. 그런데… 그런데 왜 이렇게 마음이 아플까? 왜 이렇게 착잡하지? 후… 비라도 내리는 날이면 정말 우울해서 미쳐 버릴 것 같았다. 하지만 오늘은 별도, 달도 밝았다. 그 불편한 자세로 혁이에 걸터앉아 잠들어 버렸다.

　시간이 흘러 지훈이가 나를 흔들어 깨워 눈을 떴다.

　"야… 너 자냐?"

　"=ㅁ=; 헉! 내, 내가 왜 여기서 잤지?"

　"몽유병이군."

　"아, 아니야, 잠깐 바람 쐬러 나왔는데…….''

　"비켜. 나 나가야 돼."

　"어디 가는데?"

　"알아서 뭐 하게?"

　"아, 하하. 그래, 잘 다녀와~"

　"새롬이 만나러 가는 거야. 오늘 혁이에 태우고 다닐 건데 괜찮지?"

　"-_-+ 안 돼."

　"-_- 왜?"

　"이건… 나와 보혁이만의…….''

　"야! 너 이제 천우 애인이잖아~ 그러니까 그 딴 거 안 지켜도 되잖아."

　"…그런가?"

　"슬픈 눈 하지 마~ 눈알 후벼 파버리는 수가 있어~"

　"ㅜㅜ 이잉~"

"-_-+ 꾸물적대지 말고 비켜. 새롬이 기다린단 말이야."

"…저기……."

"-_-+ 또 뭐?"

"…그래도 싫어."

"뭐?"

"그치만… 그래도 정말 싫어."

"야, 너! 정말……."

"하지만… 새롬이가 천우 좋아하잖아~ 피차일반이라구~"

"보혁이와 너만의 오토바이라서 싫다며~ 이젠 질투나서 싫으냐?"

"둘 다야."

"골고루 한다, 너~"

"지훈아……."

"왜!"

"나 혁이 태워주라."

"약속있다고 했다!"

"약속 장소까지 나 태우고 가~"

"널 왜 태우고 가냐!"

"태우고 가~ 태우고 가잉~ 응?"

"미쳤냐?"

"제발~ ㅜㅜ 태우고 가라~ 응? 나 혁이 타고 싶단 말이얏! 안 그러면 절대 새롬이 못 태워!!"

"-_-; 어이를 찾을래야 찾을 수가 없다."

"지훈아, 제발… 마지막… 마지막으로 한 번만… 한 번만 혁이
에 타보고 싶어."

"밤새도록 혁이 타고 있었네 뭐."

"ㅜㅜ 달리는 혁이에 타고 싶다구~ 우씨!"

"음……."

"제발……."

"흐음……."

"지훈아… 제발. ㅜㅜ"

"뭐……."

"^-^ 태워주는 거지?"

"…아니, 싫어."

"ㅜㅜ 히잉! 왜?"

"싫으니깐! 비켜!"

거칠게 나를 밀더니 혁이를 몰고 나가 버린다.

"지훈아~ 지훈아~"

하면서 녀석을 따라 대문 밖으로 나왔다.

"-_-+ 귀찮게 굴래?"

"제발… 제발 부탁이야. 태워줘~"

"내 약속 장소까지 가서 넌 뭐 할래?"

"…그때 천우 부르지 뭐."

"천우가 니 애인이지, 시다바리냐? 어디서 오라 가라야!"

"…애인이니까 부르징. ㅜㅜ"

"−_−; 하여간 여자들이란… 알았어. 타!"

"'0^ 정말??"

"−_−+ 맘 바뀌기 전에 빨리 타라~"

신나서 깡총깡총 뛰었다. 그때 내 기분을 잡치는 지훈이의 한마디.

"−_−+ 안 씻냐? 너 방금 일어났잖아."

"헉!! 그, 그럼 딱 5분만 기다려~"

"1초라도 늦으면 바로 고다!"

"아, 알았어~"

내가 돌아서자마자 뒤에서 카운트다운을 세는 얄미운 지훈 놈. 절대 혁이 안 태워줄 줄 알았는데 끝내 내 고집이 승리를 거뒀다. 1초라도 늦을까 봐 내 손길은 분주했다. 별 핀을 꽂는 것 또한 잊지 않았다. 정확히 4분 39초 만에 지훈이 앞에 섰다. 지훈이의 미간에 임금 왕 자가 멋지게 새겨져 있었다.

"아주 정확하구나, 넌."

"미, 미안해~ 그래도 안 늦었으니까 나 태워주는 거지?"

"−_−+ 아직 안 탔냐? 뭐 해, 안 타고?"

"^-^ 응~ 헤헤."

얼른 혁이에 올라탔다. 하늘비와는 또 다른 느낌. 살짝 지훈이의 허리를 감싸 안자 지훈이가 나를 휙 돌아보더니 그 거친 입을 열었다.

　"ㅡ_ㅡ+ 야! 살살 잡아."

　"아~ 네. ㅜㅜ"

　어명이라도 받들듯이 살짝 지훈의 옷깃만 잡아당기자 지훈은 다시 한 번 입을 뗐다.

　"ㅡ_ㅡ+ 너 오토바이에 떨어져서 죽는 느낌이 어떤 건지 궁금하냐?"

　"0_0? 응? 왜?"

　"살살 잡으란다고 옷만 땡겨 잡으면 너 뒈지잖아!!"

　"사, 살살 잡으라며. ㅜㅜ"

　"하여간 육갑을 떨어요."

　"워워~ 너무한다."

　"똑바로 잡아!"

　"이 청개구리."

　"너 뭐라고 했냐?"

　"네? 아, 아니옵니다."

　허리 안는 걸 망설이고 있자 지훈 녀석이 내 손을 꼭 쥐더니 자기 배 있는 쪽으로 가져다 댄다. 그 행동에 놀라 두근거렸다면 나 이상한 거야? 우린 남매라구! >ㅁ< 이상한 상상 하지 말자. 이상한

상상하지 말자구~ 결국 혁이가 달리기 시작했고 지훈이의 머리 칼이 멋드러지게 흩날리고 있었다. 그래, 그건 좋다 이거야. ㅜㅜ 근데 대체 이놈 무슨 과야? 폭주족 협회 회장 아니야? 왜 이렇게 오토바이를 세게 모는 거냐고~

"ㄲㅑ ㅇ ㅏ!! 살려줘~"

"-_-+ ……."

한참을 소리 지르고 눈물, 콧물 다 쏟아낸 후에 도착한 지훈의 약속 장소. 새롬이가 캐주얼틱하게 귀여운 포즈로 지훈을 반기고 있었다. 뒤에 앉아 있는 나를 보더니 살짝 인상이 굳는다. -_-; 나도 새롬이 널 보면 그렇게 기분이 썩 좋진 않단다~ 새롬인 내게 억지로 웃으면서 인사를 건네는 것 같았다.

"^_^ 언니, 안녕?"

"어? 아, 안녕~"

"지훈 오빠랑 같이 왔네? 혁이 타고."

"응. 내가 태워달랬어. 혁이가 타고 싶어서."

"지훈 오빠랑 놀러갈 건데… 언니도 가려구?"

"어? 아, 아니야~ 난 천우랑 놀아야지."

"언니~ 나 부탁이 있는데 들어주라."

"-_-? 뭔데?"

살짝 불안한 예감이 스치긴 했지만 동생이 부탁하는데 게다가 지훈이도 바로 옆에 있구. 마지못해 부탁을 들어주려고 뭔지 물어봤는데…

"오늘 하루만 천우 오빠랑 나, 데이트시켜줘~"

"0ㅁ0 뭐??"

"언니는 애인이니까 이제 맨날 데이뚜할 수 있잖아. 근데 난 아니잖아~ 응? 혁이 타고 싶댔지? 오늘 지훈이 오빠한테 마음껏 태워달라고 하구~ 천우 오빠 오늘 하루만 나한테 양보해~ 응?"

"저기… 그, 글쎄다. 양보고 뭐고 혁이를 하루 종일 태워줄 지훈이도 아닌 데다가……."

"아냐아냐, 지훈이 오빤 내 부탁이라면 뭐든 들어주니까 그건 걱정 마~ 응?"

"그, 그래도 그게… 천우가 들어줄지……."

"오늘 하루만 데이트 허락하면 더 이상 천우 오빠한테 흑심 품지 않을게."

"그래?"

"응, 진심이야~ 난 약속은 꼭 지켜~"

"알았어. ㅜㅜ"

결국 천우에게 전화를 걸고 있는 중이다. 길지 않은 컬러링이 흐르고 반가운 천우 목소리가 들려왔다.

[여보세요?]

"천우야, 나 아랑인데."

[^-^ 응, 알아~ 발신 번호보고 후딱 받았는걸?]

"헤헤. 저기… 오늘 시간있어?"

[시간없어도 니가 부르면 시간 내야지.]

"저기… 그럼 일단 여기로 좀 와줄래?"

[거기가 어딘데?]

"음, 여기가… 시내 중앙 극장 앞이야."

[알았어. ^^ 하늘비 타고 금방 갈게.]

"웅. ^^ 헤헤."

그렇게 즐거운 듯 통화를 마쳤고 천우가 오길 기다렸다. 천우가 화내면 어쩌지? 하지만… 하지만 한 번만 데이트해 주면 포기한다 잖아~ >ㅁ< 천우야, 이게 너랑 내가 편히 사는 길이야. 지훈 놈은 뭐가 기분 나쁜지 아까부터 뾰로통했다. 원래 인상도 더럽지 만……. 이내 굳게 다문 입을 여는 지훈이었다.

"ㅡ_ㅡ; 근데 내가 진짜 암소를 하루 종일 혁이에 태우고 다녀야 하냐?"

ㅡ_ㅡ+ 치이……. 내가 반박할 틈도 없이 새롬이가 대꾸했다.

"오빠! 새롬이가 이렇게 부탁하잖아~ 웅?"

애처로운 듯 지훈의 손을 꼭 잡고 말하는 새롬이를 보며 지훈이 는 외마디를 질렀다.

"윽!"

"들어줄 거지? 웅?"

"ㅡ_ㅡ+ 그, 그래."

정말 지훈이는 새롬이라면 꼼짝을 못하는구나. 나도 저런 오빠 있으면 얼마나 좋을까? 내 말이면 껌뻑 죽는…… 훗! 왠지 정겨워 보여. 그렇게 둘 사이를 부러워하는 사이 하늘비 소리가 들려온다. 나보다 반긴 건 새롬이었다.

"어? 천우 오빠다~ >ㅁ<"

"-_-;; 처, 천우네."

검은색 짙은 머리칼을 흩날리며 내 앞에 하늘비를 세우는 멋진 천우. 나만 있는 줄 알았는데 지훈과 새롬이가 있는 걸 보고 놀랐는지 눈이 휘둥그레져 있다. 귀여워. 지훈이가 천우를 향해 한마디 내뱉었다.

"-_-+ 왔나?"

"^^; 어. 근데 너희 둘은……."

새롬이와 지훈을 번갈아 보며 천우가 말하자 새롬이가 나섰다.

"천우 오빠, 오늘 나랑 데이트해야 해~ ^^"

"데이트?"

"응, 오늘 아랑이 언니가 천우 오빠 양보한다고 했거든~"

순간 나를 쳐다보는 천우. 천우야, 그게 아니구… 실은 새롬이가… 새롬이가……. ㅜㅜ 우잉! 내가 변명할 틈도 없이 천우의 팔짱을 쏘옥 끼는 새롬. 무지 얄밉긴 하지만 약속은 약속이므로 아무 말도 못하고 있었다.

"오빠, 빨리 가자. 새롬이 하늘비 타고 싶단 말이야~ 아랑이 언니도 허락했는데 뭘 망설여~"

"하, 하지만……."

"아잉~ 새롬이 빨리 하늘비 타고 싶어~"

천우는 나를 살짝 노려보더니 이내 하늘비에 올라탄다. ㅜㅜ 미
안하다, 천우야. 내 맘은 그게 아니란다. 새롬이와 천우가 하늘비
를 타고 사라진 후 지훈이와 나만 어색하게 남겨졌다.

"야, 소아랑. 천우 화난 것 같던데 어쩌냐?"

"염장 지르지 마!"

"너 지금 나한테 소리 질렀냐?"

"ㅜㅜ 아니옵니다."

"…쩝, 새롬이 부탁만 아니어도 너 절대 혁이에 안 태우는데.
아오씨!!"

"어, 어쨌든 약속이니까 너도 지켜."

"-_-; 알았다, 알았어!"

투덜거리며 혁이에게로 다가가는 지훈. 그때 뒤에서 누군가의
나지막한 목소리가 들린다.

"…이지훈… 소아랑……."

지훈과 나는 동시에 소리가 나는 쪽을 돌아봤다. 그곳엔 은빛
왕자 보혁이가 서 있었다. 놀란 눈으로 멍하게 바라보기만 하는
나와는 달리 지훈이가 입을 열었다.

"야, 나 이제 소지훈이다."

"그런가?"

"신보혁, 넌 여기까지 웬일이냐?"

"…그냥 바람 쐬러 왔다."

"오토바이는?"

"저기."

보혁이가 엄지손가락으로 자신의 뒤쪽을 가리켰고 그곳엔 정말 멋진 오토바이 한 대가 서 있었다. 그걸 본 순간 지훈이의 굳은 인상이 지나칠 정도로 환해진다.

"앗… 저, 저건 내 오토바이?"

"그래, 미국에서 가져왔다."

혁이에 앉아 있다가 얼른 내리는 지훈. 원래 자신의 오토바이였던 그 오토바이를 향해 다가간다.

"…내 혁이도… 저기 있네."

보혁이의 낮은 음성에 난 심하게 두근거리고 있었다. 지훈이가 눈치없이 냉름 한마디 했다.

"야, 신보혁, 나 소아랑 혁이 태워주기로 했거든? 근데 난 지금 내 오토바이가 무지무지 타고 싶은데 어쩌지?"

"나도 내 혁이가 타고 싶다."

그러자 지훈이가 사악한 미소를 지으며 나에게 살짝 V 자를 보인다. ㅜㅜ 어쩌자고~

"신보혁, 그럼 오늘 소아랑 혁이 좀 태워줘라~ 알았지? 그럼 실례~"

　하면서 서둘러 자기 오토바이를 타고 사라지는 게 아닌가? 미쳐. 어색하게 서 있는 나를 향해 보혁이가 천천히 한 걸음 한 걸음 다가왔다. 심장 소리를 또렷하게 느끼면서 가만히 보혁이의 신발만 쳐다보고 있을 뿐이다. 이내 보혁이 신발이 지나치게 가까이 왔다고 생각됐을 때 고개를 들어 보혁이를 바라봤다. 길어버린 은빛 머리칼이 바람에 간질거리며 흩날리고 있었다. 그 모습은 정말 한 폭의 그림 같았다. 여전히… 절세미남이구나, 보혁아. 보혁이의 고운 입술이 천천히 열렸다.

　"…혁이… 타러 갈까?"

　"어??"

　"혁이 타고 싶다고 했다며."

　"어? 아~ 그, 그게……."

　"타라."

　보혁이는 이내 혁이에 올라타 날 똑바로 응시한다. 가슴이 두근거려 어떻게 할지 망설이고 있었다. 어떡하지? 천우야, 나 어떡할까? ㅜㅜ 워워~ 이러다 심장이 터져 미쳐 버릴 것만 같다. 나를 똑바로 응시한 채 가만히 타기를 기다리는 보혁이. 저 시선을 외면하고 타지 않을 거라고 말할 용기가… 3년을 기다려 온 보혁이를 외면할 그런 용기가… 그렇게 달리는 타고 싶던 혁이를 안 탈 용기가… 그럴 용기가 없었다. 결국 조심스럽게 혁이에 올라

탄 나다. 보혁이는 그제야 혁이에 시동을 걸었고 내가 자신의 허리를 감싸 안기를 기다리고 있었다. 조심스럽게 보혁이 허리에 손을 올렸고 순간 얼굴이 확 달아올랐다. 변함없이 가늘고 단단한 허리, 보혁이만의 옅은 향기, 그리고 눈부신 은빛 머리칼. 뒤돌아 나를 살짝 쳐다보는 보혁이의 시선에 놀라 더 더욱 얼굴이 붉어져 버렸다. 이내 보혁이의 입술이 열렸다.

"헬멧이 없군."

그러고 보니 지훈인 헬멧도 쓰지 않는다. 물론 내게 씌워주지도 않았고. 그에 비해 보혁인 늘 내게 헬멧을 씌워주곤 했다. 처음에 오토바이 타는 게 무서워 제대로 앉지도 못했을 때 대뜸 헬멧을 씌워 앉혔던 보혁이. 아직 그 따뜻한 배려를 기억하고 있구나. 내가 잠시 머뭇거리자 보혁이의 입술이 다시 열렸다.

"지훈 녀석, 헬멧 안 쓰고 오토바이 타는 건 여전하군. 할 수 없지. 꽉 잡아."

"아… 으응."

꽉 잡으라는 보혁이의 말에 조금 더 힘을 줘서 보혁이를 끌어안았다. 그러자 보혁이는 이내 혁이를 출발시켰고 목적지도 모르고 무작정 달리는 혁이 위에서 보혁이의 등에 얼굴을 묻고 보혁이의 향을 마음껏 느끼고 있었다.

멈춰 선 혁이.

"…여, 여기는……."

내가 깜짝 놀라 입을 열자 보혁이가 중얼거리듯 말했다.

"이제 장모님이라고 하면 안 되지?"

"…보, 보혁아……."

"넌 한상 내가 이곳에 데려올 때마다 깜짝 놀란 시선으로 내 이름을 더듬거리며 불렀었지."

나는 지금 가까스로 눈물을 참고 있다. 아빠가 재혼한 후로 한 번도 찾아올 수 없던 이곳. 엄마한테 오면 정말 미칠 정도로 펑펑 울 것만 같아서 엄두도 내지 않았던 이곳. 역시 보혁이가 데려다주었어. 보혁이는 엄마의 무덤에 난 잡초들을 뽑아내며 조심스럽게 입을 열었다.

"얼마나 안 왔으면 풀이 이렇게 무성하지? 천우랑은… 한 번도 안 왔어?"

"…으응. 천우는 여길 모르니까……."

"사귄 지 얼마나 됐지?"

"…한 달 정도?"

"의외네."

"뭐??"

"오래됐을 줄 알았는데 얼마 전에 사귄 것 같아서."

"무슨… 뜻이야?"

"3년 전부터 천우는 늘 너 좋아하고 있었잖아. 그래서 공항에서 내가 떠나면서도 그랬잖아. 나보다 좋은 놈들이 너 지키고 있어서 마음 놓고 간다고."

"천우에게 날 넘기겠단 소리였어?"

내가 무슨 생각으로 그런 용기있는 말을 내뱉었는지 모르겠다. 그냥 나도 모르게 울컥 치미는 게 있어서 내뱉은 말이었다.

"어쩌면."

보혁이의 대답에 눈물이 뚝 떨어져 버렸다.

"내가… 내가 너한텐 그 정도였어? 친구한테 쉽게 맡길 만큼 너한텐 그저 그런 존재였냐구……."

"쉽게? 남자로서 친한 친구한테 여자를 맡긴다는 것은… 됐다, 이제 와서 이런 말 무슨 소용이야?"

"한 번쯤… 내 생각 안 났어? 한 번쯤… 내가 너 많이 좋아했단 사실 깨달은 적 없었어?"

"……."

아무 대답없이 엄마의 무덤에 풀을 뽑더니 이내 다 치고는 나를 향해 똑바로 걸어오는 보혁. 그 은빛 머리칼이 너무나 눈이 부셨기에, 또 눈물에 흐려진 그 모습이 너무나 안타까워서 가만히 눈을 감아버렸다.

"어머니 앞에서 남자 일로 그렇게 울면 어떡해."

가만히 내 눈물을 닦아주는 보혁이. 아무리 냉정하고 차가워도 나한테만은 부드럽게 대해주던 보혁인데……. 닦아주는 보혁이 손이 무안해질 정도로 눈물이 더 더욱 흘러내리고 있었다.

"ㅜㅜ 니가… 니가…….."

"놀랍네. 소아랑 너한테 이런 면이…….."

"니가 그렇게 나 떠난 뒤 나 많이 변했어. 완벽하게 변한 건 아니지만 나름대로 당당하게… 하고픈 말 하고 살려고 열심히 노력 중이었다구."

"보기 좋아."

"스스로… 강해져야만 쓰러지지 않으니까."

"강해진다… 그래, 그래야지."

"맨날 바보라고 했잖아. 바보라서… 내가 바보라서 날 떠난 거라고… 내가 용기가 없어서 소심하고 답답해서 떠난 거라고… 마지막까지 잡을 용기가 없던 내 자신이 도저히… 도저히 용서가 안 되어서… 그래서…….."

"그만… 그만 해…….."

"보혁아…….."

"어머니께 인사 드려. 그리고 혁이 타고 멋지게 드라이브나 하자… 마지막으로."

마지막이라는 보혁이의 말에 심장이 덜컹 내려앉아 버렸다. 그러면 안 되는데… 이제 더 이상 보혁이 앞에서 마음 무너지는 일 없어야 하는데……. 역시 보혁이 앞에서는 심장 떨리는 내 모습. 변했다고? 내가? 천만에… 여전히, 여전히 보혁이 앞에선 수그러드는 나… 그대로야.

난 엄마 무덤에 기대어 펑펑 눈물을 쏟았다. 엄마… 엄마… 너무 오랜만에 왔지? 미안해. 미안해, 엄마. 그런데 나 이제 보혁이랑… 예전에 그런 사이가 아니야. 어떡해? 난 보혁이가 너무너무 좋은데… 미치도록 그립고 보고 싶었는데 두 번 다시 돌아갈 수 없어. 이젠 천우가… 천우가 내 곁에 있으니까. 엄마, 나 어쩌면 좋지? 천우도 너무너무 좋은데… 그런데 보혁이가……. ㅜㅜ 마음 속으로 엄마에게 고민을 털어놓는 나를 아는지 보혁이는 그저 묵묵히 지켜볼 뿐이다.

한참을 울었다. 부은 눈을 민망해하면서 살짝 보혁이를 쳐다봤다. 여전히 날 흐린 시선으로 바라보는 보혁이. 우린 말없이 혁이가 있는 곳으로 내려왔다. 짧은 시간이었지만 내려오는 동안의 침묵은 지옥 같았다. 이내 내가 먼저 침묵을 깨뜨렸다.

"보혁아."

은빛 머리칼 사이로 내 눈을 응시하는 보혁이. 그 시선을 받으며 계속해서 입을 열었다.

"이런 말… 묻는 거 좀 우습겠지만……."

"괜찮으니까 말해."

"3년 동안 한 번도 다른 여자 안 사귀었어?"

내 말에 피식 웃어버리는 보혁이.

"어땠을 것 같은데?"

"…당연히 안 사귀었겠지."

"알면서 왜 물어?"

"그냥… 그냥 혹시나……."

"소심해서 질투도 표현 안 하던 니가… 질투나는 여자를 오히려 감싸던 그런 니가… 이런 걸 묻다니. 천우 놈, 널 대단히 변신시켰구나?"

"나, 난 그냥……."

이내 보혁인 내 머리칼을 부드럽게 쓸어 넘긴다. 얼굴이 확 달아올랐지만 보혁이는 그런 내 볼에도 부드러운 손길을 들이밀었다. 조금 놀라 보혁이를 똑바로 응시하자 보혁이의 새초롬한 입술이 조심스레 열렸다.

"…변해도 예뻐."

그렇게 말하고는 휙~ 고개를 돌려 버린 보혁이. 순간 빨개진 보혁이의 얼굴은 나만의 착각인 걸까? 이내 보혁이와 난 다시 혁이에 몸을 실었고 어디론가 열심히 달렸다. 하늘비를 탈 때나 혁이를 탈 때나 동일한 건 시원한 바람이 공기를 가른다는 것과 천우든 보혁이든 등이 너무나 따뜻하고 포근하다는 것. 하지만 다른 게 있다면… 느낌. 바로 보혁이를 안을 때와 천우를 안을 때의 느낌이 무언가 다르다는 거다.

어느새 보혁이와 난 멋진 레스토랑 안에 들어와 있다. 음식을 주문하고 어색하게 마주 보고 있었는데 보혁이의 휴대폰이 울려댄다. 어제 한국에 돌아왔으면서 폰을 벌써 준비하다니. -_-; 내가 뚫어져라 보혁이의 폰을 응시하자 그제야 보혁이가 휴대폰을 받아 든다. 자리에서 일어나 어디론가 가서 전화를 받으려는 것 같은데 그 순간 보혁이 주머니에 있던 지갑이 떨어진다. 떨어진 걸 모르고 전화를 받으러 나가 버린 보혁. 난 땅에 떨어진 지갑을 주워 들었다. 누가 주워가면 안 되니까. >ㅁ< 떨어지면서 펼쳐진 보혁이의 지갑. 3년 전엔 분명히 도희와 보혁이의 다정한 모습과 녀석들의 장난스런 웃음이 가득한 단체 사진이었는데… 그랬는데……. 나 오늘 대체 얼마나 우는 걸까? 얼마나 울어야 그만 울 수 있을까? 그 지갑 속엔 3년 전에 다정하게 찍은 보혁이와 나의 사진이 끼워져 있었다. ㅜㅜ 보혁아… 너도 실은 내가 무척 그리웠던 거지? 너도 실은 내가 너무너무 보고 싶었던 거지? 그런 거 맞지? 바보… 이 바보.

저만치 보혁이가 걸어오는 걸 보고 서둘러 눈물을 닦고 지갑도 보혁이가 앉아 있던 의자로 던졌다. -_- 이내 보혁이가 자기 자리에 놓인 지갑을 보고…

"어? 지갑 떨어졌었네."

"아… 응, 너 휴대폰 받으러 갈 때 일어나면서 빠지더라."

"근데 너… 울었어?"

"어? 아, 아니. 왜?"

"눈이 빨갛잖아."

"아~ 눈을 심하게 비벼서 그런가 봐."

"그래, 벌써 음식이 다 나왔군. 먹자~"

"응."

보혁이와 나는 음식을 먹고 있었지만 서로 맛을 느끼진 못하는 듯했다. 내 눈빛이나 보혁이 눈빛이나 공허한 듯 멍했으니까……. 보혁이 지갑 속에 사진이 자꾸만 머리에 맴돌아서 썰고 있는 스테이크 조각에도 새겨져서 금방이라도 눈물이 떨어질 것 같았다. 어색한 미소를 지으며 음식을 다 먹고 보혁이와 나는 레스토랑을 나왔다. 보혁이가 계산을 할 때에도 지갑으로 자꾸만 시선이 갔다. 보혁이도 은근히 조심스럽게 지갑을 여는 듯했다. 계산을 마친 보혁이가 나를 보며 새초롬한 입술을 열었다.

"혁이 타고 시내까지 달리자. 거기서 커피숍 가서 디저트 먹고."

"으응."

오랜만에 보혁이랑 데이트하는 것 같은 기분이 들어 심장이 두근거렸다. 사귈 때에도 흔하게 해본 데이트는 아니지만 어쩐지 사귈 때의 느낌이 그대로 살아서 마음을 들뜨게 했다.

보혁이와 나를 실은 혁이는 씽씽 달리기 시작했고 꽉 막힌 차 사이도 휙휙 피해 지나갔다. 역시 천우나 지훈이나 보혁이… 상당히 오토바이 운전을 잘하는 것 같다. 위험한 오토바이를 운전하는 녀석들을 보면 가끔 걱정이 되기도 하지만 이런 운전 솜씨를 가지고 있기에 더 멋져 보이는 게 아닌가 싶다.

예쁜 커피숍에 자리를 잡은 보혁이와 나. 오토바이를 타고 오느라 머리칼이 심하게 흐트러진 것 같아서 화장실을 갔다 오겠다며 잠시 자리에서 일어섰다. 막 화장실에 들어가려고 하는데 익숙한 목소리가 귓가에 흘러 들어왔다.

"천우 오빠, 그렇게 재미없어? 응? 새롬이랑 있는 게 그렇게 따분해?"

고개를 돌려 뒤를 보니 나무에 가려져 있어서 몰랐는데 보혁이와 내가 자리 잡은 테이블 반대쪽 구석에 천우와 새롬이가 있었다. 새롬이는 천우 옆에 찰싹 달라붙어서 애교 섞인 목소리로 천우를 볶아대고 천우는 어색하게 미소를 지으며 뭔가 딴생각을 하는 것 같았다. 어쩌지? 보혁이와 내가 단둘이 있는 걸 보면 또 상처받을 텐데⋯⋯. 우선 서둘러 화장실로 들어가 재빠르게 단장을 마치고 행여나 천우 눈에 띌까 조심스럽게 보혁이에게 다가갔다.

"⋯이제 와?"

"응. 머, 머리가 많이 헝클어져서 빗느라 늦었어."

"뭐 시킬래?"

"어? 어⋯ 아니, 저기⋯ 우리 다른 커피숍 갈까?"

"왜?"

"어? 아니, 그게⋯ 음음~ 그러니까 음⋯ 사실 여기 이 커피숍에 안 좋은 기억이 있어~"

"들어올 때까지만 해도 아무 말 안 했잖아."

"겉모습이 조금 바뀌어서 몰랐는데 들어와 보니까 알겠어. ㅎㅎ 아무튼 안 좋아~ 맛도 없구 비싸기만 비싸구."

"……."

날 꿰뚫을 것 같은 시선으로 바라보는 보혁이가 너무 무섭다. ㅜㅜ 뭔가 심하게 불안해하고 있는 나를 보더니 이내 보혁이가 무거운 입을 열었다.

"나가자."

"으응. ^^;; ㅎㅎ"

그렇게 보혁이와 살금살금(물론 나만 살금이지만) 커피숍을 빠져 나왔다. 아무것도 주문하지 않고 그냥 덜렁 나가는 우릴 보고 아르바이트생으로 보이는 사람이 뚫어져라 바라보고 있었다. 나갈 때 종소리가 안 나게 살금 여는 걸 보고 더 이상하게 쳐다보는 것 같다. 이내 보혁이와 나는 다른 커피숍을 찾아 들어갔고 가자마자 물을 벌컥벌컥 마셔대는 나를 보고 보혁이가 나지막이 물어왔다.

"…천우 있었지?"

"커억!! 아… 미, 미안. ㅜㅜ"

보혁이 말에 놀라 그만 입 안에 있던 물을 뱉고 말았다. ㅜㅜ 에이 드럽게시리, 증말……. 난 서둘러 보혁이에게 다가가 손수건으로 보혁이 옷을 마구 문지르기 시작했다. 가만히 내 손을 잡는 보혁.

"-//- 아… 저, 저기 미안해."

"…괜찮아."

나도 모르게 얼른 손을 떼고 내 자리로 돌아왔다. 그리고 나보다 얼굴이 더 빨개져선 주문을 받는 아르바이트생. 아마 보혁이의 얼굴을 보고 빨개진 거겠지. 어딜 가도 눈에 띄니까. 은빛 머리를 한 것만으로도 눈에 띄는데… 저렇게 눈부시게 잘생겼으니…….

"주문하시겠습니까? +//+"

아르바이트생은 거들떠보지도 않고 가만히 나를 응시하며 입을 여는 보혁.

"뭐 먹을래?"

"어? +ㅁ+ 어… 나, 나는 후르츠파르페."

내 대답을 듣고서야 살짝 아르바이트생을 올려다보며 입술을 떼는 보혁이다.

"후르츠파르페 하나랑 카푸치노 하나 주세요."

저 아르바이트생 얼굴이 너무 새빨갛다 못해 터져 버릴 것 같다. 이, 이봐요! 진정해요~ >//< 라고 해주고 싶다구우~ 고개를 푹 숙이고 사라지는 아르바이트생. 힐끔힐끔 뒤를 돌아보며 보혁이를 응시하는 듯했다. 역시… 보혁이는 너무 멋져. 어색한 침묵이 또 흐른다. 이러고 마냥 있기는 너무 싫은데……. 물론 보혁이랑 있는 것만으로도 가슴 벅차고 긴장되지만 그렇기에 이런 침묵이 더 싫었다. 무슨 말이라도 해야 하는데…….

"저어……."

"말해."

"보혁인 염색 한 달에 한 번씩 해?"

"뭐?"

"=ㅁ=;; 아, 아니, 그게~ 머리가 날 때부터 은빛으로 나는 건 아닐 거 아냐."

그러자 자신의 머리칼을 잡더니 피식 웃어버린다. 그 모습이 얼마나 멋지던지 심장이 벌렁거렸다. 테이블에 한 팔을 올려 자신의 턱을 괴더니 나를 뚫어져라 쳐다본다. 그러면서 하는 말이…

"아랑이 넌… 한 번도 염색을 안 하는구나."

"0//0 어? 아… 응. 아직까진 한 번도……."

"그렇군. 머리가 잘 자라지도 않지만 꽤 길었다 싶으면 윗부분만 살짝 염색하곤 해. 어때~ 궁금증 풀렸어?"

"ᄼ//⌒ 으응. 너무… 멋있어……."

"피식~ 고마워."

심장이 얼마나 두근거리고 미칠 듯이 고동치는지 내 얼굴색이 증명하고 있다. 인간이 저렇게 멋있어도 되는 걸까? 하고 느낀 건 역시 보혁이, 천우, 강유… 모두 마찬가지인데……. 난 왜 이렇게 유독 보혁이만 보면 정신을 못 차리는 걸까? 오랜만에 봐도 여전히 긴장되는 분위기를 뿜어내는 보혁이. 한참을 뚫어져라 보다 그만 보혁이와 시선이 마주쳤다.

"왜? 내 얼굴에 뭐 묻었어?"

내가 뚫어져라 쳐다봐 놓고 보혁이한테 건넨 질문이다.

"…여워."

"뭐? 잘 안 들려."

"귀여워."

"=//= 아… 고, 고, 고마워."

뻘쭘한데 마침 나보다 더 빨간 얼굴 아르바이트생이 카푸치노와 후르츠파르페를 들고 왔다. 굿 타이밍이구나. 아르바이트생은 여전히 보혁이를 뚫어져라 응시한 채 파르페와 카푸치노를 내려놓는다. 이 여자, 너무 긴장한 탓일까? 그만 테이블 위에 놓여 있던 물을 보혁이 쪽으로 쏟는 실수를 범하고 말았다. 자신에게 물을 쏟았는데도 전혀 당황하지 않고 툴툴 털어내는 보혁이다. 그 여자는 그 자리에 뻣뻣하게 굳어 한참을 멍하게 보더니 서둘러 손수건을 가져온다. 그리고는 새빨개진 얼굴로 연신 고개를 숙여댄다.

"죄송합니다. 죄송합니다, 손님. 죄송해요. 세탁비……."

"괜찮아요. 가서 일 보세요."

아~ 내가 더 놀랐다. 보혁이가 저런 애가 아니었는데……. 무척이나 자상해졌구나. 지훈이었으면 아이씹! 뭐야! 알바 그만두고 싶어? 이랬을 거야, 분명히. 혼자 그 생각에 미소 짓고 있는데 보혁이가 나를 보며 질문을 던졌다.

"뭐가 그렇게 재밌어?"

"＋ㅁ＋ 어? 아, 아니… 그, 그냥 니가 너무 상냥해진 거 같아서."

"내가?"

"응."

"전엔 안 그랬어?"

"전엔 말이지~ 눈썹이 이렇게~ 올라가서 무슨 말만 하면 잔뜩 화가 난 듯한 얼굴에 냉정한 말투~ 휴… 지금 생각해도 가슴이 벌렁거려. 저, 저기 왜 그렇게 뚫어지게 봐? ＋//＋"

"계속 말해. 피식~"

날 귀엽다는 듯 쳐다보는 보혁이의 시선이 따가워서 더 이상 말을 잇지 못하고 애꿎은 빨대에 입을 가져다 댔다. 그 모습이 더 재밌어 보였나 보다.

차를 다 마시고 계산대 앞에 선 우리. 카페 주인으로 보이는 사람에게 계산서를 내밀자 서둘러 카운터로 달려온 아까 그 홍당무 아가씨. 아르바이트생 말이다~

"저어… 제가 계산했거든요? 그, 그냥 나, 나가시면 되는데요."

이 아가씨, 점점 얼굴이 달아오른다. 굉장히 수줍어하면서 힐끔 쳐다보는데 어쩐지 나를 보는 것 같아 정감이 간다. 보혁이가 약간 놀란듯 그녀를 바라보며 나지막이 음성을 퍼뜨렸다.

"고마워요."

그러자 그 여자, 급기야 눈물까지 머금는다. 당황한 내가 얼떨결에 그 여자에게 손수건을 내밀었고 그 여자는 조심스럽게 내 손수건을 받아 들더니 눈물을 닦아낸다. 그리고는…

"연락처 남겨주세요. 빨아서 드릴게요."

"아니에요~ 그냥 주세요."

"아니요, 빨아서 드리고 싶어요."

"그럼 다음에 한번 들를게요. 그때 주세요."

그러자 보혁이를 힐끔 쳐다보는 이 여인. 대체 나와 보혁이가 연인으로 보이지 않는 걸까? 남자, 여자가 같이 왔으면 일반적으로 연인이라고 생각하고 관심이 있어도 없는 척 몰래 훔쳐봐야 하는 거 아닌가? 나보단 자기가 낫다는 건지, 아니면, 넘 어리버리해서 그런 생각 할 틈도 없었던 건지. 어쨌거나 보혁이를 보는 눈길에 왠지 측은한 마음이 들어 내가 한마디 해주었다.

"물론 이 친구랑 같이요."

그러자 더 이상 달아오를 수 없을 것 같은 얼굴이 더 달아오르는 그녀. 무척 귀여웠다. 보혁이는 무심하게도 먼저 카페를 나오고 나도 곧 가볍게 목례를 한 후 커피숍을 나왔다. 내가 장난스레 보혁이에게 말을 걸었다.

"아까 아르바이트생~ 너한테 관심이 있나 보더라. ^^"

"그래?"

"응. 쳐다보는 눈길이 예사롭지 않잖아~ 얼굴까지 새빨개지구. 귀엽더라."

"원래 빨간가 부지."

"보혁이 넌 둔하지도 않은 애가 왜 그걸 몰라? 너 보면서 빨개지잖아~"

"그런가?"

"응. 너만 보면 당황해서 어쩔 줄 몰라 하고 힐끔힐끔 널 쳐다보는데 마치 날 보는 것 같이… 헉! 아, 아니, 그러니까… 뭐랄까. 저기……."

"피식~ 됐어."

"헤헤. ^//^ 그냥 그 여자가 웃겨서……."

"질투는 안 났나 부지?"

"0//0 어? 지, 질투날 게 뭐 있어~ 니가 그 여자한테 눈길준 것도 아닌… 헉! 자, 잠깐……."

"아직 질투할 생각이 있다니… 조금 기쁜데?"

"보, 보혁아……."

내 머리를 살짝 헝클더니 이내 혁이에 올라타는 보혁.

"오늘 즐거웠다. 집까지 바래다줄게. 타."

"어? 으응."

벌써 헤어지는 건가? 왠지 너무 아쉽고 서운한 마음이 든다. 때마침 내 핸드폰이 울렸고 보혁이의 눈치를 보며 살짝 폰을 봤다. 발신 번호를 보니 교련이었다. 쌩긋 웃으며 폴더를 열었다.

"여보세요?"

[어~ 나 교련인데 어디야?]

"어? 나 지금 시낸데……."

[그래? 잘됐네~ 지금 애들 다 테마 호프에 있거든? 거기로 와~ 혹시 보혁이랑 같이 있는 건 아니겠지?]

"어? 아, 아니야~ 왜??"

[혹시 같이 있으면 같이 오라 하려고 했지. 보혁이는 따로 연락 해야겠네. 그래, 알았어. 빨리 와~]

"아, 응."

전화 통화를 끝낸 후 궁금한 듯 나를 바라보는 보혁이의 시선에 대답했다.

"애들… 테마 호프에 있다고 지금 오라는데……."

"그래?"

그때 보혁이 폰도 울리고 보혁이 역시 폴더를 열어 통화를 한 다.

"여보세요? 어… 그래. 아니, 시내야. 어… 그래, 알았다."

짧게 통화를 마치고 나를 보며 피식 웃어댄다. 그나저나 보혁이 랑 같이 들어가면 또 천우가 오해하고 상처받을 텐데…… 어떻게 보혁이한테 따로 가자고 하지? 후우, 정말 힘들다. 사랑이란 거 대 체 왜 이렇게 힘든 거니. ㅜㅜ 어떻게 보혁이에게 따로 가자고 할 지 망설이고 고민하는 내게 보혁이가 먼저 말을 건넸다.

"여기서 테마 별로 안 멀지?"

"어? 아… 응."

"그럼 먼저 가. 같이 들어가면 오해받을 거 아냐."

"+ㅁ+ 보혁아."

미리 내 걱정을 알고 배려하는 보혁이. 너무 감동이다. 어느새 둘이 같이 들어가면 안 되는 사이가 된 이 현실이 갑자기 서글퍼지고 아쉬워진다.

먼저 발길을 돌렸다. 한참 걸어가고 있는데 보혁이의 음성이 들린다.

"내일 시간있어?"

"어?"

"오늘을 마지막으로 하기엔… 아직 조금 아쉬운 게 남아서."

"0ㅁ0 보혁아……."

"그냥 내일 너한테 해주고 싶은 게 있어서… 정말… 마지막으로……."

자꾸만 그 마지막이란 말이 아프고 서글퍼졌다. 난 조심스럽게 고개를 끄덕였고 테마로 향했다.

테마 호프에 들어서자 녀석들이 구석지고 넓은 곳에 자리를 잡고 있는 게 보였다. 그것도 가장 구석 자리엔 새롬이와 천우가 딱 달라붙어 있는 것 도아주 선명하게 보였다. -_-+ 물론 새롬이가 일방적으로 붙어 있는 걸로 보이긴 하지만 썩 기분이 좋진 않다. 여지껏 보혁이랑 있다가 몰래 들어오는 내가 이럴 자격 없는 건 알지만… 여자란 금방 이런 기분에 휩싸이고 만다. 날 가장 먼저 발견한 교련이가 소리친다.

"아랑~ ^0^ 여기야, 여기~"

"^-^ 응."

난 최대한 밝게 웃으며 교련이 옆으로 다가갔다. 천우도 힐끔 나를 쳐다본다. 하지만 오늘 하루 종일 새롬이와 붙어 있게 한 게 화가 났는지 이내 시선을 외면해 버린다. ㅜㅜ 미안해, 천우야. 게다가 보혁이까지 만나고 와서 정말 미안해. 내가 막 자리를 잡고 녀석들의 수다에 끼어들려고 할 때 보혁이도 호프 안으로 들어온다. 녀석들 반가운 눈빛으로 모두 일어선다.

"보혁아~"

"어? 신보혁~"

"왔냐? 자식~"

-_-;; 그래… 나와 보혁이의 존재 가치는 이리도 다르다. 교련아, 역시 난 너밖에 없당. 그때 새롬이의 눈치없는 발언이 시작되었다.

"어? 저 은색 머리 오빠 어디서 많이 본 것 같아~"

그러자 지훈이가 그런 새롬이의 말에 대꾸한다.

"…어디서?"

"음음, 양아치 같아. 푸하하하하하!"

순간 분위기가 쏴~해지고. 저 잘생긴 보혁이 보고 양아치 같다고 말한 애는 새롬이가 처음이다. 새롬이가 여전히 천우의 팔을 꼬옥 쥐고 있자 이내 천우가 새롬이 팔을 슬쩍 빼내며 말했다.

"양아치라니, 오빠 친구한테 그런 말 하면 안 돼."

그러자 새롬이가 활짝 웃어 보이며 천우에게 대꾸한다.

"^0^ 응. 근데 머리 색깔이 은색이잖아~ 얼굴도 하~얀 게 꼭 기생 오라비 같잖아~"

보혁이는 신경 안 쓴다는 듯 어디에 앉을지 둘러보고 있다. 막 들어온 내 자리 옆이 비어 있었는데 그곳을 뚫어져라 응시하더니 약간 망설이다 그 자리에 앉는다. 그러자 새롬이가 또 눈치없이 끼어든다.

"어? 저 오빠 저기 앉으니까 왠지 아랑이 언니랑 되게 잘 어울린다~ 그치?"

그 말에 난 너무 당황해서 앞에 있는 콜라를 마셔댔다. 교련이가 듣다가 안 되겠다 싶었는지 새롬이를 저지하고 나섰다.

"새롬 양, 말 함부로 하지 말고 안주나 먹어."

"^-^ 교련 언니~ 언니도 그렇게 생각 안 해? 저 양아치 오빠랑 아랑 언니 되게 잘 어울려~ 같이 있으니까 그림 같아~"

양아치라는 말을 듣고 가만히 참을 애가 아닌데 오히려 그런 말에 무덤덤한 듯 신경도 안 쓰고 앞만 똑바로 응시하는 보혁이다. 하지만 자꾸 저런 말 하니까 내가 더 폭발할 지경이었다. 내 이런 기분도 모른 채 새롬이는 계속해서 막말을 해댄다.

"아랑 언니~ 저 양아치 오빠랑 더 잘 어울리는 것 같은데 천우 오빠 나한테 양보해~"

내가 살짝 인상을 찌푸리자 지훈이가 나섰다.

"새롬아, 그만 해."

"왜, 지훈 오빠? 진짜 저 둘 잘 어울리잖아. 솔직히 우리 천우 오빠는 내가 더 잘 어울린단 말이야~"

-_-+ 억울하지만 새롬이가 귀여운 게 사실이다. 저저저저 저… 말하는 싸가지만 고치면 말이다. 분하지만 아무 말도 못하고 있는 나. 계속해서 들러붙는 새롬이를 어쩌지 못하는 천우. 보혁이는 여전히 싸늘하게 앉아 있을 뿐이다. 신경 안 쓰는 듯해 보이지만 보혁이 눈이 매우 싸늘해져 있다. 그 분위기를 띄울 수 있는 건 역시 신규밖에 없다.

"자자~ 다들 수다는 거기까지 떨고~ 건배하자, 건배~"

신규의 말에 서로 눈치를 보며 하나둘씩 잔을 든다. 또다시 새롬이가 끼어들고,

"잠깐!! 저 양아치 오빠 잔이 없잖아~ 내가 따라줄래~"

그러면서 자리에서 일어서더니 소주병을 든다. 그러면서 보혁이를 쳐다보며 받으라는 눈짓을 한다. 모두들 쏴한 분위기에 침만 꼴깍 삼키면서 새롬이와 보혁이를 번갈아 쳐다본다. 고등학교 때의 보혁이라면 새롬이가 아무리 여자라도 다 엎어버리고 남았을 텐데… 지금까지 양아치란 말을 참고만 있는 것도 너무 신기했다.

혹시나 무슨 일이 터질까 조마조마한데 의외로 보혁이는 잔을 든다. 그러자 새롬이가 피식 웃으며 술을 따르기 시작했다. 녀석들 안도의 한숨을 퓌쉬쉬 내쉬고 있는데 일부러인 듯한 새롬이의 행동. 보혁이의 잔이 넘치게 술을 따른다. 이내 보혁이의 옷에 술이 쏟아지고…

"어머? 양아치 오빠, 미안~ 헤헤."

당황한 우리와는 달리 보혁인 쏟아진 술을 보고도 아무 반응이 없다. 새롬이가 나를 쳐다보며 입을 열었다.

"아랑이 언니, 뭐 해~ 언니가 옆 자리니까 빨리 닦아줘~ 흘렸잖아~"

"어? 어, 그래."

난 얼른 테이블 위에 있던 냅킨으로 보혁이 옷을 닦아주기 시작했다.

"보혁아, 괜찮아?"

내가 걱정스러운 듯 불안하게 물어보자 보혁이가 저음으로 대꾸했다.

"괜찮아."

ㅜㅜ 젠장, 보혁이 화났다. 참고 있는 것도 신기한데 언젠가 폭발하기라도 하면… 지훈아, 니 동생 죽어나겠구나. 죽기 전에 니가 저 싸가지없는 행동 좀 말리면 안 되겠니? 보혁이한테 양아치라니……. ㅜㅜ 내가 보혁이의 옷을 정성스럽게 닦아주고 있고,

보혁이는 싸늘한 눈으로 테이블을 바라보고 있었다. 다 닦았다 싶어 고개를 들었는데 천우와 시선이 마주치고 말았다. 소아랑 너 지금 뭐 하냐? 라는 눈빛이었다. 무서운 시선의 두 남자 사이에서 내가 지금 무슨 짓이냐고요~ 이내 보혁이가 날 보며 새초롬한 입을 열었다.

"고마워."

"0//0 어? 아, 아니야."

그때 우리의 대화에 또 끼어드는 새롬이.

"우와~ 아랑 언니 얼굴 빨개지는 것 좀 봐~ 혹시 아랑 언니도 저 양아치 오빠한테 마음있는 거 아니야?"

천우의 얼굴은 이미 어두워질 대로 어두워져 있었고 녀석들도 당황해서 어쩔 줄 모르는 분위기가 흐른다. 그때 강유가 웃으며 나선다.

"우리 새롬이 당돌한 건 좋은데 그렇게 막말하면 언니, 오빠들이 난감하잖아. 안 그래? 이제 새롬이 알 건 다~ 아는 나이인데 그런 말 함부로 하면 안 되지~ 아랑이가 뻔히 천우 애인인 거 알잖아."

"그치만 강유 오빠, 난 솔직히 말했을 뿐이야."

"물론 솔직한 게 잘못됐다는 게 아니라 상황에 따라 해서는 안 될 말과 해도 될 말이 있다는 거지."

"왜 아랑 언니가 양아치 오빠 좋아하는 것 같다는 말을 하면 안 되는 건데?"

"그건 말이지… 천우 애인이니까."

"그래? 그래서 안 되는 거야?"

"그럼~ 안 되지. 그리고 아랑이가 왔으면 당연히 니가 천우 옆 자리에서 비켜야지. 애인 앞에서 그렇게 떡하니 천우 팔짱 끼고 있는 건 실례야~"

"강유 오빠는 맨날 내 편이었잖아. 이제 아랑 언니 편 드는 거야?"

"이건 편들고 말고 할 문제가 아니……."

강유가 말을 채 끝내기도 전에 천우가 나섰다.

"내버려 둬. 어차피 소아랑도 내 옆에 오고 싶어하는 것 같진 않으니까."

깜짝 놀라 내가 입을 열었다.

"처, 천우야……."

나와 눈도 마주치지 않으려는 천우가 얼마나 화났는지 뼈저리게 느낄 수 있었다. 신규가 애써 분위기를 띄워보려고 잔을 권했다. 녀석들 뻘쭘뻘쭘 쭈뼛쭈뼛 건배를 한다. 한 잔 들이키고, 두 잔 들이키고, 막 세 잔을 들이키려 할 때 새롬이가 또 나선다. 이젠 새롬이가 입을 여는 게 두려웠다.

"오빠, 언니들~ 우리 진실게임하자. ^0^"

헉—!! 괜스레 불안한 예감이 스치는 건 왜일까? 녀석들 재밌겠다는 듯 동의해 버린 탓에 난 더욱더 안절부절못했다. 새롬이가 게임 규칙을 설명했다.

"내가 하자고 했으니까 나부터 질문할 거야. 지목당한 사람은 솔직히 대답해야 하고 만약에 대답 못할 시에는 맥주 컵에 소주 가득 부어서 마시기~ 안주도 없이 말이야. 어때?"

녀석들 대수롭지 않다는 듯 끄덕이고 새롬이가 나를 보며 사악하게 웃는다. 괜스레 등줄기에 식은땀이 흘러내렸다.

"자~ 그럼 새롬이의 질문을 시작합니다~"

녀석들은 모두 새롬이에게 시선을 모은다. 그러자 새롬이가 날 향해 입을 연다.

"아랑 언니! ^-^"

"0ㅁ0 어, 어??"

"첫키스 언제 누구랑 해봤어?"

"0//0 뭐??"

"첫키스 언제 누구랑 해봤냐구~"

녀석들 재밌겠다는 듯한 표정으로 나를 쳐다보고 있다. 첫키스가 언제더라……. 그러니까 그게… 보혁이랑 고등학교 1학년 때인 것 같은데……. 그걸 대답하면 괜히 천우가 기분 나빠하지 않을까? 그렇다고 맥주 컵 가득 소주를 마시기엔……. 미칠 것 같았다. 답답한 내 심정을 아는지 모르는지 보혁이는 싸늘하게 테이블만 바라보고 있다. 새롬이는 얼른 대답하라는 듯 나를 뚫어져라 응시

한다. 그때 천우가 나선다.

"고등학교 1학년 때 보혁이랑 한 게 첫키스일 거다."

천우의 말에 녀석들은 괜스레 나와 천우를 번갈아 보며 눈치를 본다. 유독 새롬이만 신나는 표정으로 입을 벌렸다.

"신보혁? 아~ 저기 저 양아치오빠???"

ㅜㅜ 아~ 정말 괴롭다. 대체 왜 이딴 게임을 해야 하는 거냐고요~ 쓸쓸한 눈빛을 짓는 천우를 보니까 마음이 저려온다. 다음 차례는 지훈이었다.

"…난 별로 궁금한 거 없는데."

-_-;; 니가 그렇지. 관심이나 있겠어? 하지만 새롬이의 재촉에 마지못해 입을 벌리는 지훈이었다.

"민강유 너 진주랑 사귀냐?"

그러자 약간 쓸쓸한 미소를 띠며 대답하는 강유다.

"^-^ 응. 좋겠지?"

"그래."

어쨌든 넘어가고 교련이의 질문 차례다. 신규를 믿지 않게 째려보며 예쁜 입술을 여는 교련이었다.

"야, 최신규! 나 말고 세상에서 제일 예쁜 사람 이름 대봐~"

"너 말고?"

"그래, 나 말고~"

"음… 음… 우리 엄마. ^0^"

"-_-+ 엄마 말고!!"

"그럼?"

"뭐가 그럼이야! 나한테 물으면 어떡해, 니 질문인데!!"

"나한테 울 엄마랑 너 말고 예쁜 사람이 어딨어?"

"-_-+ 있잖아!!"

"누구??"

"있잖아!! 이 자리에선 솔직해지자!!"

"이교련~ 누굴 말하는 거야? 난 없는데?"

"좋아! 그럼 단도직입적으로 물어보지!! 내가 이뻐, 명희가 이뻐?"

순간 장난기 가득한 신규 얼굴에 그늘이 진다. 젠장, 이 게임이 오늘 사람 망치는구나. 명희라 하면 신규의 옛 애인. 그러고 보니 등장을 좀 안 하는가 싶었는데……. 교련이는 아직까지 맘에 담아두고 있었나? 흠, 의외네. 신규의 표정이 딱딱하게 굳은 채 아무 대꾸가 없자 교련이가 다시 재촉한다.

"명희가 이뻐, 내가 이뻐?"

의외로 신규의 화난 목소리가 울려 퍼진다.

"너 지금 그걸 질문이라고 하냐?"

"뭐라?"

"내가 무슨 말 하길 원해?"

"무슨 말 하길 원해라니?"

"그럼 여기서 내가 명희가 이뿌다!! 이럴 것 같아?"

"명희가 이쁜데 이런 자리라 말할 수 없다 이거야? 이런 자리니까 솔직히 말해!!"

점점 분위기가 살벌해지고 있었다. 그 상황을 수습하고자 내가 용기를 냈다.

"저… 저기… 왜 그래~ 기분 좋게 술 마시려고 모였는데……."

"이교련 너 정말 골고루 한다!! 짜증나게!!"

"뭐 짜증? 최신규 너 나한테 짜증이라고 했어, 지금?"

그렇다. 내 말은 철저히 씹혀 버렸다. 강유도 막아보려 나선다.

"니들 왜 그래~ 왜 잘 놀다가 싸우고 그러냐? ^^ 부부 싸움은 칼로 물 베기야~"

하지만 미소천사 강유의 말도 철저히 먹혀 버린다.

"내가 지금 너랑 사귀지, 명희랑 사귀냐? 대체 뭘 원해!!"

"그냥 물어봤어! 니가 당황하나 안 하나 보려고!! 근데 이렇게 발끈 화내는 거 보니 아직 미련이 남아 있네!! 내가 명희 대타냐?"

"내가 너랑 사귀면서 한 번이라도 명희 대타라고 한 적 있냐?"

"꼭 말로 해야 아냐? 니 눈빛이!! 니 행동이!! 가끔 보면 내가 아닌 명희를 보는 것만 같단 말이야!!"

"내가 언제!! 내가 술 취해서 너한테 전화하고 명희 이름이라도 불렀냐? 그랬어?"

"그럼 왜 니 핸드폰 번호에 1번이 아직까지 명흰데!! 왜 아직 1번이 손명희인 건데!!"

급기야 교련이가 악을 쓰며 눈물을 흘리고 말았다. 헐! 교련아. 순간 신규는 아무 대답 못하고 뻣뻣이 굳어버렸다. 녀석들은 살벌한 분위기에 눈치 보느라 고개를 푹 숙이고 있을 뿐이다. 그때 새롬이가 입 여는 걸 불안하게 바라보고 있어야 했다.

"자자~ 다들 진정해, 언니, 오빠들~ 진실게임하자고 했지, 싸우자고 했어? 교련 언니, 울지 마~ 신규 오빠 성격상 휴대폰 만지작거리는 거 귀찮아서 아직 안 바꾼 걸 수도 있잖아~ 일일이 오해하려고 들면 끝도 없어~"

-_- 웬일이래? 저런 위로의 말을 다 하고. 새롬이의 말을 듣다가 이내 교련이는 핸드백을 들고 울면서 뛰쳐나가 버린다. 모두들 당황해서 앉아 있고 신규가 허탈한 듯 조용히 중얼거렸다.

"아… 젠장."

신규가 따라갈 기미를 보이지 않아 내가 서둘러 자리에서 일어났다. 얼른 교련이를 뒤쫓아가려는데 신규가 날 불러 세운다.

"암소, 내버려 둬. 혼자… 혼자 있고 싶을 거야. 그래서 나도 안 따라가는 거고."

그래도 교련이가 내 친구인지라 울컥 신규에게 화가 났다.

"최신규! 넌 여자를 몰라! 이럴 땐 따라가서 위로를 해줘야 한다구!"

"그럼 내가 가지."

그제야 자리를 털고 일어나 나가는 신규다. 그 덕에 분위기는 지나칠 정도로 가라앉아 있었고 더 이상 술 마실 기분이 나질 않아 해산하기로 했다. 끝까지 천우의 팔짱을 끼고 있는 새롬이. 내가 힐끔힐끔 쳐다보자 새롬이가 나를 향해 씽긋 웃으며 입을 열었다.

"아랑 언니, 아직 12시 안 됐어~ ^-^ 그러니까 아직까지 천우 오빠 내 꺼야. ^^"

"=ロ=;; 그, 그래."

천우는 지쳐 포기했는지 새롬이가 붙어 있든 말든 오직 얼굴에 그늘만 가득 드리워져 있었다. 새롬이가 그런 천우를 또 괴롭히기 시작한다.

"천우 오빠! ^-^ 오늘 데이트해 줘서 너무너무 고마웠어~ 나 집까지 바래다줄 거지?"

천우가 나를 힐끔 쳐다본다. 사실 질투가 좀 나긴 했지만 그래도 새롬이랑 한 약속도 있고… 오늘 보혁이랑 데이트했던 게 찔리기도 해서 마음과는 반대로 말이 튀어나오고 말았다.

"그래, 천우야. 새롬이 잘 바래다줘."

천우의 눈은 아주아주 싸늘하게 식어버렸다. 한마디 조용히 내뱉었다.

"그래, 아주 잘 바래다줄 테니 걱정 마."

"0ロ0 아… 저기……."

하지만 이내 새롬이를 하늘비에 태우고 부우웅 사라져 버리는 천우. 미안해, 천우야. 내 맘은 그게 아닌데… ㅜㅜ 우잉~ 새롬이 때문에 기분 나쁜 건 천우나 나뿐이 아닌가 보다. 보혁이 역시 나랑 둘이 있었을 때와는 달리 얼굴이 매우 그늘져 있었다. 원래 싸늘한 애지만 화가 난 듯 냉정한 눈빛을 보니까 괜스레 무섭단 생각이 들었다. 이내 그 무서운 보혁이의 음성이 들려왔다.

"…먼저 간다."

"어? 아… 으응."

"지훈이랑 같이 가지?"

"응. 집이 같으니까."

"그래."

보혁이가 나한테 들릴 정도로만 살짝 말한다.

"내일 보자."

"어??"

"연락할게. 잘 자."

"0//0 아… 응."

그렇게 보혁이도 모두에게 가볍게 손을 흔들고는 사라졌다. 오늘 새롬이한테 심한 말 많이 들었는데 얼마나 기분이 상했을까? 꿋꿋이 참아낸 보혁이가 대견스럽다. -_-;; 강유가 배시시 웃으면서 작별 인사를 위해 내 쪽으로 다가온다.

"^^ 이야~ 오늘 보혁이 엄청 잘 참더라~"

"아… 응. 나도 깜짝 놀랐어."

"난 혹시나 보혁이가 새롬이 때릴까 봐 조마조마했어."

"응, 나두."

"보혁이 저 녀석 유학 갔다 오더니 좀 변했다, 그치? ^^"

"응… 많이 변했어."

"ㅎㅎ 역시 아랑인 보혁이만 보면 얼굴이 새빨개~"

"O//O 뭐??"

"ㅋㅋ 천우가 너무 질투하게 하지 마~ 이제 넌 천우 애인이잖아."

"행동 똑바로 하라, 그 말이야?"   ·

"^^a 아니, 뭐 꼭 그렇게 직설적으로 받아들이라는 게 아니라……."

"알았어. 고마워. 노력할게. 근데… 근데……."

내 등을 가볍게 툭 치며 쌩긋 웃는 강유. 그러면서 내 말을 받아친다.

"노력해서 안 되는 건 세상에 없어. 근데 딱 한 가지 있다면 그게 사랑이야. 사랑은 노력해도 안 되는 게 있어. 그 노력에 후회가 없도록 만드는 게 가장 중요하지. 니 마음이 가는 대로 행동해. 하지만 어떻게 하는 게 상처받는 사람이 줄어드는지는 잘 생각해야 해. 알았지? ^^"

"…응, 고마워."

"지훈이 기다린다~ 어서 가봐."

"응. 강유도 잘 가~"

"응, 그래. 난 낼 진주랑 데이트할 거야. ^0^"

"좋겠다."

"그렇게… 좋진 않아."

"가… 강유야."

"뻥이야. ^^ ㅋㅋ 그럼 나 진짜 간다~ ㅂㅑㅂㅑ!"

그렇게 손을 크게 흔들며 내 시야에서 사라지는 강유. 어쩐지 아직까지 미안하단 생각이 든다. 자신의 오토바이에 타고 나를 기다리는 지훈에게로 다가갔다. 그리고는 어색하게 말을 붙였다.

"혀, 혁이 안 타고 왜 니 오토바이를……."

"보혁이가 한국에 돌아왔으니까 도로 바꿨다. 떫냐?"

"=ㅁ=;; 떠, 떫을 것까진 없고……."

"빨리 타~ 집에 가자."

"으응."

난 조심스럽게 지훈의 오토바이에 탔다. 씽씽 달리는데도 이상하게 지훈의 오토바이는 소음이 크게 들리지 않는다. 비싼 오토바이는 소음도 잘 안나나 보다. 와~ 난 멋진 오토바이를 다 타보는구나. ㅋㅋㅋㅋ

집 앞에서 문득 지훈이의 오토바이에도 이름을 지어줘야겠다는 생각을 했다. 마침 그 생각을 하고 있는데 지훈이가 나를 향해 말했다.

"내 오토바이는 이름 안 지어주냐?"

"0ㅁ0 어??"

"하늘비… 혁이… 아주 난리를 치더니 이제 친남매인데 나한테도 하나 해줬으면 좋겠네~"

"ᵡᵡ 웅, 내가 지어줄게. 음음……."

골똘히 생각하다 문득 떠올라 입을 열었다.

"침… 묵… 어때?"

"-_-? 뭐? 침묵?"

"웅. 니 오토바이는 아무리 세게 달려도 소음이 크게 안 나길래 그렇게 지어봤어."

"-_-+ 침묵?"

"마, 맘에 안 들어?"

"웅."

"=ㅁ=;; 그, 그럼……."

이 자식 비위 맞추기 엄청 힘들 것 같단 생각에 고민에 휩싸였다. 어떤 게 좋을까? 어떤 게 멋질까? 흐음…….

"그럼 지훈아, 플라워 어때?"

"플라워? 의미가 뭔데?"

"아까도 말했지만 니 오토바이는 소음이 적잖아. 꽃 필 때도 소리없이 멋지게 피잖아. 닮은 것 같지 않아?"

"흠……."

"ㅜㅜ 이것도 맘에 안 들어?"

"좋아."

"+ㅁ+ 좋아?"

"그래, 맘에 든다. 플라워… 기왕이면……."

"-_-? 기왕이면 뭐?"

"나이트플라워라고 해야겠다."

"-_-? 밤에 피는 꽃?"

"응. 난 밤에 달리는 걸 좋아하거든."

"위험한뎅……."

"괜찮아. 운전 잘하니까."

"보혁이랑 천우도 잘하는데. ^-^"

"-_-+ 시끄러. 내가 더 잘해."

"^^; 그, 그래."

"들어가자. 엄마랑 새아버지 기다리시겠다."

"응. ^^"

그렇게 지훈이와 다정(?)하진 못해도 나름대로 화기애애하게
집 안으로 들어갔다. 엄마, 아빠는 늘 신혼처럼 생활하시고 우리
가 늦게 들어와도 성인이려니 하고 너그럽게 이해해 주신다. 우
리 엄마가 살아 계셨다면 잔소리깨나 하셨을 텐데……. 하지만
애써 그런 생각 안 하기로 하고 서둘러 씻고 침대에 몸을 기댔다.

오늘 보혁이와 데이트했던 일이 영상처럼 스쳐 지나간다. 마지막
으로 해주고 싶은 게 있다고 했는데 대체 그게 뭘까? 천우야, 미
안해. 아차, 그러고 보니 천우에게 전화를 걸어 사과해야겠단 생
각이 들었다. 새롬이를 마음대로 붙여 버렸으니……. 휴대폰을
열어 천우에게 전화를 걸었다. 컬러링을 들으며 천우의 목소리를
기다려보지만 천우는 전화를 받지 않는다. 하고… 또다시 하고…
또다시 해보지만 전화를 받지 않는 천우. 화가 단단히 난 걸까?
애꿎은 전화기를 꾹꾹 눌러대며 슬픈 얼굴을 하고 있는 나를 보
더니 막 씻고 나온 지훈이가 입을 열었다.

"나 같아도 전화 안 받겠다."

"뭐?"

"너 같으면 전화 받겠냐? 니 맘대로 아무 여자나 붙여놓고 하루
종일 시달리게 했는데."

"ㅜㅜ 그래서 미안하다고 사과하려고 전화하는 건데 뭐~"

"-_- 하여간 여자들이란… 쯧쯧. 항상 잘못을 저지른 후에 수
습하려 한다니까."

"ㅜㅜ 우잉~ 너무해."

"-_- 질질 짜지 말고 침착하게 어떻게 사과할 건지나 잘 생
각해 봐. 무턱대고 미안하단 소리만 해대면 오히려 더 짜증날
수 있으니까."

"그, 그럼 어떻게 하지?"

"-_-; 연애 경험 없는 나한테 그걸 물어야겠냐?"

"마치 다 안다는 듯 말하고 있잖아. ㅜㅜ 도와주라, 응?"

"=_= 제길."

"지훈아, 도와줘~ 천우 화 많이 났나 봐~ 응?"

"니 발신 번호 보고 안 받는 것일 수도 있으니까 일단 내 폰으로 걸고 대화를 하든지 말든지 해라!"

"우와~ 정말? +ㅁ+"

"-_-; 대신 내 폰이니까 간단히 하고 끊어라!"

"웅!! +ㅁ+ 고마워, 지훈아~"

"-_- 시끄러."

"헤헷~ ^-^"

지훈이가 건네주는 휴대폰을 받아 얼른 천우의 번호를 꾹꾹 눌렀다. 역시 천우의 컬러링이 울리고 안 받는구나~ 하고 낙심할 때쯤 천우의 음성이 들려왔다.

[여보세요……]

아주 힘없는 목소리. 너무너무 미안한 마음에 심장이 떨려왔다.

"저… 천우야……."

내 목소리를 듣자 한숨부터 쉬는 천우. ㅜㅜ

"저기 오늘 새롬이 일은 정말 미안해. 나한테 그게 어떻게 된 일인지 변명할 기회를 줄래?"

오옷! +ㅁ+ 내가 이렇게 논리적으로 일을 해결하려 하다니. 무

턱대고 울면서 매달리던 시대도 갔구나~ >ㅁ<

[변명?]

"응. 변명할 기회를 줬으면 좋겠어."

[새롬이가 하루만 나랑 있게 해주면 포기한다고 해서 나랑 붙었다~ 뭐 그 변명?]

"=ㅁ=; 헉! 아, 알고 있었어?"

[소아랑.]

"으응??"

[난 너한테 뭐냐?]

"-_-? 어? 뭐냐니?"

[넌 내 여자 친구야. 다른 여자가 날 쫓아다니면 신경 끄라고 따끔하게 충고할 자격… 너한텐 충분히 있는 그런 여자 친구라고.]

"천우야."

[하루만 놀게 해주면 포기한다는 말 들어도 신경 안 쓰고 따끔하게 싫다고 말해야 할 여자 친구라고. 소아랑!! 알아들어?]

"미안해. 난 그저……."

[알아! 니 성격 답답하고 소심하고 미칠 만큼 착한 거. 그래서 내가 더 널 좋아하는 거. 근데… 근데 가끔은 그런 면 말고 다른 면을 보여주면 안 되겠니? 나한테… 조금만 더 강한 모습 보여주면 안 되겠어?]

"미안해. 미안해, 천우야."

급기야 눈물이 쏟아지고 만다. 지훈 녀석이 나를 보더니 한심하다는 듯…

"이리 내!"

휴대폰을 뺏어들더니 자신이 통화한다. 천우의 목소리까지 또렷하게 내 귓가에 흘러 들어온다.

"성천우 ,나 지훈이다."

[그래…….]

"새롬이가 너 귀찮게 해서 미안하다. 내가 새롬이한테 따끔하게 타일러 놓을게. 그러니까 암소한테 그만 뭐라 해라."

[지금 그런 말로 위로가 될 상황 아니잖아. 새롬이를 뭐라고 하는 게 아니야. 난…….]

"새롬이 뭐라 했다고 그러는 게 아니라… 바보같이 울고 있는 소아랑 보면 짜증나서 그런다!"

[아랑이 울어?]

"임마! 저 성격에 너한테 그런 소리 듣고 안 울겠냐?"

[제길.]

"성천우… 니 맘 안다. 안 그래도 보혁이도 돌아오고 심란하다는 거. 근데 그거 아냐? 니가 심란하고 불안한 만큼 소아랑 저건 더 심란해. 더 불안하다고. 자기 맘 자기가 추스르지 못하게 될까봐 얼마나 간 졸이고 있겠냐!"

[…….]

"그러니까 그만 몰아붙여라. 진짜 소아랑이랑 끝내고 싶냐? 이럴 때일수록 니가 더 부드럽게 감싸야 할 거 아냐!"

[그럼… 그럼 나더러 동정이라도 사라고? 부드럽고 따뜻하고 착한 척 대해서 나한테 미안하게 만들어서 더 못 가게 만들라고? 그러라고? 난… 난 뭐 자존심도 없는 놈인 줄 알아?]

"멍청한 자식아!! 사랑에 자존심 따윈 꼴불견이야, 알아? 사랑하는데 자존심이 무슨 상관이야? 사랑하는데 자존심 세우면 상 준다디? 자존심 세우면 떠나는 사랑이 컴백한대? 지랄들하지 마. 괜히 옆에 있는 사람까지 짜증나게 하지 말라구!!"

[이지훈…….]

"병신아… 나 소지훈이다."

[하… 미치겠다, 정말……. 돌 것 같아.]

"둘 다 짜증나게 굴지 말고 풀어라. 니 말대로 너희 둘… 연인이잖아, 연인"

[연인이라… 피식~ 그렇군.]

"그러니까 니가 조금만 더 이해하라고. 넌 남자잖아. 여자를 따뜻하게 만들어줄 수 있는 남자잖아."

[이지훈… 아니, 소지훈…….]

"왜, 임마."

[고맙다……. 소아랑 바꿔줘.]

"간단히 해라. 내 폰이다. -_-;"

그러면서 내게 폰을 건네주는 지훈이다. 얼마나 고마운지……. 너무 감사하단 눈빛으로 지훈을 쳐다봤다. 지훈이 던진 한마디.

　"토할 것 같은 눈으로 보지 마라. 나 잔다!"

　그러면서 이층 침대로 횡~ 올라가 버린다. 난 눈물을 얼른 닦아내고 지훈을 향해 말했다.

　"지훈아… 고마워."

　아무 대꾸 없는 지훈. 이내 신경 쓰지 않고 얼른 전화를 받아들었다. 용기를 내서 천천히 천우를 불렀다.

　"천우야……."

　[암소.]

　"미안해… 미안해, 천우야. 내가 잘못했어."

　[화내서 미안해.]

　"아니야, 천우야……. 내가 잘못했어. 내가 잘못했어."

　[울지 마.]

　"ㅜㅜ 웅… 웅……."

　[후~ 이 바보…….]

　"ㅜㅜ 우엥~"

　바보라는 천우의 따뜻한 그 한마디 때문에… 바보 같은 내가 좋다던 그때 그 고백이 떠올라서 그만 소리 내어 울고 말았다. 한참 전화기를 붙잡고 울고 있었다. 천우는 그저 말없이 들어주고 있었다. 이내 천우가 따뜻한 목소리로 말했다.

[그만 울고 이제 자야지.]

"웅. ㅜㅜ"

[잘 자.]

"잠이… 안 올 것 같아."

[자장가 불러줘?]

"응. ^-^ 헤헤."

[바보… 싫어.]

"=ㅁ= 왜~"

[오늘은 미워서…….]

"^//^ 피~ 알았어. 오늘은 나도 안 조를게."

[그래, 잘 자.]

"응… ㅃㅏㅃㅏ~"

기분 좋게 통화를 마쳤다.

다음날, 무려 1시간 20분간 자신의 폰으로 전화를 했다며 무안할 정도로 화를 내는 지훈이에게 싹싹 빌어야 했다. ㅜㅜ 하지만 그래도 천우와 화해했다는 생각에 기분은 좋았다. 아침부터 약속이 있다며 서둘러 나가는 지훈. 엄마, 아빠도 출근하신 뒤라 집엔 나 혼자뿐이었다. 청소하며 시간을 때우다 보니 벌써 점심때가 다 되어간다. 심심하던 차에 마침 내 휴대폰이 울어댄다.

"여보세요?"

[나야, 보혁이······.]

"어? 0//0 아… 응."

[점심… 안 먹었지?]

"응, 아직. 넌?"

[나도. 나올래?]

"아… 어,. 어디로?"

[아니다, 나 너희 집 알아. 내가 데리러 갈게.]

"지금?"

[응. 준비하고 있어. 10분이면 갈 거야.]

"아, 알았어."

보혁이와의 통화를 끝내고 난 곱게 화장을 했다. 워낙 화장을
안 즐기는 스타일이다 보니 옅은 메이크업을 했다. 나름대로 신경
써서 옷도 갖춰 입었다. 후닥닥 준비를 다 하고 막 현관을 나가려
는데 휴대폰이 울렸다. 발신 번호엔 〈하늘비주인〉이라고 반짝이
고 있었다. +ㅁ+ 천우다!

"여보세요?"

[암소~ ^^]

"응? ^-^"

[어디야?]

"집이징."

[점심 먹었어?]

"어? 아니… 아직……."

[잘됐다! 나도 아직 점심 안 먹었거든.]

"0ㅁ0 어? 아… 그래?"

[빨리 나와. 나 너희 집 앞이야.]

"0ㅁ0 뭐… 뭐??"

[왜 그렇게 놀라? 나 너희 집 앞…….]

점점 말꼬리가 흐려지는 것과 동시에 휴대폰에서 오토바이 소리가 들려왔다. 아주 익숙한 오토바이 소리… 혁이 소린 것 같은데……. 난 서둘러 전화를 끊고 밖으로 뛰쳐나갔다. 아니 다를까, 보혁이와 천우가 대문 앞에서 서로 멀뚱멀뚱 쳐다보며 서 있는 게 아닌가. 난감했지만 어쨌든 사태를 수습해야 한다는 생각에 둘을 불렀다.

"보혁아… 천우야……."

그러자 동시에 나를 돌아보는 두 남자. ㅜㅜ 눈부신 저 절세미남 사이에 낀 걸 부럽다고 할지 모르겠지만 정말 이럴 땐 난감해서 어떻게 해야 할지를 모르겠다. 천우와 보혁이가 서로 조심스럽게 대화를 한다.

"보혁이 너… 웬일이야?"

"그러는 넌?"

"나? 나야 당연히 아랑이랑 사귀니까 얼굴도 볼 겸 점심 먹으려고 왔지."

"그래?"

"그러는 보혁이 넌?"

"밥 같이 먹으려고……."

서로 은근히 노려보는 건 내 기분 탓일까? 어쨌든 사태를 수습하기 위해 결국 내가 생각해 낸 건…

"저, 저기… 둘 다 들어와~ 내가 집에서 맛있는 요리해 줄게~"

ㅜㅜ 이럴 수밖에… 없었다. 둘은 잠시 망설이는가 싶더니 이내우리 집 안으로 들어온다. 미리 청소를 해두었기에 망정이지 안그랬으면 생각만 해도 끔찍하다. 천우가 내 방문을 살짝 열어보더니 이층 침대를 보고 궁금한 듯 입을 연다.

"뭐야? 설마 너 지훈이랑 한 방 써??"

그 말에 보혁이도 다소 놀란 듯 나를 쳐다본다.

"어? 아… 아, 그게… 방이 두 개다 보니까……."

"ㅡ_ㅡ+ 그래도 그렇지, 어떻게 남자, 여자가 한 방을……."

"처, 천우야, 우리 고등학교 3년 내내 같은 방이었어. ㅡ_ㅡ;;"

"ㅡ_ㅡ 그거랑 이건 달라!"

"아니지~ 우린 남매고 그땐 친군데, 오히려 그때가 더……."

"야!! 친남매 아니잖아!!"

"처, 천우야… 지, 진정하고~"

"ㅡ_ㅡ+ 기분 나빠!"

뽀로통한 천우가 왜 저렇게 귀여운지 모르겠다. 보혁이 눈도 그

다지 기분 좋아 보이진 않았다. 이내 보혁이의 낮은 음성이 들려
온다.

"지훈이가 이상한 놈 아니니까 됐어."

천우가 그렇게 말하는 보혁이를 쳐다보며 대꾸했다.

"- - 남자란 모르는 거야."

"너도 남자야, 임마."

"난 3년간 죽는 줄 알았어, 참느라!!"

그 말에 그만 난 얼굴이 새빨갛게 달아오르고 말았다. 하지만
이어지는 보혁이의 말은…

"마찬가지야."

난 당황해서 얼른 부엌으로 뛰어들어갔다. 그리고 오므라이스를
만들 것을 결심하고 양파와 가진 야채들을 챙기고 계란을 준비했
다. 잠시 후 거실에선 TV 켜지는 소리가 들렸다. 다행히 둘이 나란
히 TV를 보는가 보다. 어찌 되었든 죽마고우인 녀석들이니까. 난
그런 녀석들을 위해 열심히 오므라이스를 준비했다. 얼른 녀석들에
게 맛있는 밥을 먹여주고 싶었다.

잠시 후, 정성들인 오므라이스가 완성되고 난 녀석들을 부엌으
로 불러들였다.

"다 됐어~ 보혁아, 천우야~ 와서 밥 먹어. ^^*"

조금 쑥스러운 듯 얼굴을 붉히며 녀석들을 부르자 피식 웃으면
서 두 녀석이 식탁에 앉는다. 조금의 망설임 없이 맛있게 음식을

먹더니 배가 부른지 물을 들이키며 환하게 웃는 천우.

"야~ 역시 암소는 고등학교 때부터 감탄할 요리 솜씨야. ^-^ 넌 요리사 하면 되겠다~"

"^-^＊ 고, 고마워."

"아니다… 나만의 요리사 해. 다른 사람한텐 말고."

"어? 0//0 흐흐"

보혁인 말없이 오므라이스를 먹고 있었다. 그때 천우의 휴대폰이 요란하게 울려대자 천우가 조심스레 폴더를 열었다.

"여보세요? 네… 네… 지금요? 아, 네… 알겠어요."

표정이 살짝 굳더니 입을 여는 천우.

"나 가봐야 할 것 같아. 오늘 할아버지 제사거든. 엄마가 일찍 들어오라네."

날 보며 아쉽다는 표정을 하는 천우. 난 환하게 웃으며 대답했다.

"할아버지 제사라는데 어쩔 수 없잖아. 얼른 가봐~"

"응. 근데 보혁이 넌 언제 갈 거야?"

은근히 나랑 단둘이 남을 보혁이가 걱정됐나 보다. 보혁이는 밥을 먹다 말고 살짝 천우를 쳐다보며 말했다.

"가고 싶을 때."

=ㅁ=; 헉! 저런 대답이 나올 줄이야……. 이내 신경 쓰여서 빨리 자리를 뜨지 못하는 천우. 안심이라도 시켜줘야겠다는 생각에

내가 오히려 재촉했다.

"무슨 생각하는 거야? 천우야~ 얼른 할아버지 제사에 가봐."

"그래, 나 갈게~ 이따 전화할게."

"응. ∧∧"

천우를 대문까지 마중하고 다시 돌아왔는데…

"헉! 보, 보혁아… 뭐 하는 거야?"

"설거지."

"아니야. 보혁아, 내가 할게. 비켜~ 얼른~"

내가 당황해서 보혁이 팔을 마구 흔들자 보혁이는 대꾸조차 없이 씻던 걸 마저 다 씻더니 손까지 깨끗이 씻고 날 돌아보며 입을 열었다.

"피식~ 밥값 대신이야."

"0//0 보, 보혁아……."

살짝 미소 짓는 그 모습이 어찌나 눈이 부시던지 안 되는 걸 알면서도 심장이 자기 맘대로 쿵쾅댄다. 보혁이가 빨개진 내 얼굴을 보면서 나지막이 새초롬한 입을 연다.

"나가자."

"0ㅁ0 응??"

"마지막으로 너한테 해줄 게 있다고 했잖아."

"마지막… 으로? 헤헤. 그래, 어쨌든 나가자~"

애써 밝은 척 보혁이를 따라 집을 나섰다.

혁이를 타고 한참 달려 도착한 곳은 익숙한 시내의 거리였다. 구석에 혁이를 잘 세워두고 내 손을 붙잡더니 어디론가 가는 보혁이. 왠지 보혁이 얼굴이 밝아 보이는 건 기분 탓일까? 어디 가는지 궁금했지만 가만히 따라가 보기로 했다. 이내 보혁이는 하얀 거울이 잔뜩 있는 큰 미용실 안으로 들어간다.

"보혁아, 여긴 미용실이잖아. 여긴 왜……."

"따라와."

자기만 믿으라는 듯 눈짓하며 날 끌어당기는 보혁이의 의도가 더 더욱 궁금해진다. 어느새 나는 커다란 거울 앞에 앉아 얇은 이불보를 덮어쓰고 있다. 느끼하게 생긴 오빠(?)가 내게 말했다.

"^-^ 어머머~ 언니~ 너무 귀엽다~ 주문한 대로 하면 정말 이뿌겠는데? 남자 친구가 안목이 있나 봐~"

알아들을 수 없는 말을 읊어대는 것까진 그렇다 치자. 근데 언니라니… 언니라니요. ㅜㅜ 그쪽이 오빠인 것 같은데……. 보혁인 날 지그시 쳐다보며 소파에 가만히 기대어 앉아 있다. 난 멀뚱멀뚱 느끼한 오빠에게 내 머리를 맡기고 있었다.

약 1시간 30분을 소요한 끝에 완성된 내 모습을 보고 정말 깜짝 놀라지 않을 수 없었다. 어느새 보혁이도 옅은 미소를 띠며 나를 바라보고 있고 느끼한 오빠도 연신 따발총처럼 따따따따따 쏘아댄다.

"어머어머~ 내가 했지만 예술이야~ 아주 굿이야, 굿!! 굿굿

굿!! 부드러운 와인 빛깔 머리에 끝에만 롤 웨이브로 말아서 앞머리를 살짝 옆으로 내리고… 눈썹까지 이쁘게 다듬으니까 아주 모델 뺨치는 구만~ 언니, 너무 이뻐~ >ㅁ<"

이 느끼한 오빠 옆에 있자니 정말 금방이라도 토할 것 같았지만 거울 속에 내 모습을 보고 나도 너무 놀라서 뻣뻣하게 굳어 있었다. 그런 내게로 보혁이가 다가오더니…

"예뻐."

"^^* 어? 저, 정말? 고마워. 그런데 갑자기……."

"어제 전화해서 예약했어."

"갑자기 왜? 내, 내가 그렇게 추했어?"

"아니. 어제 니가 나보고 염색 언제 하냐고 했잖아. 넌 한 번도 염색 같은 거… 파마 같은 거 해본 적 없는 것 같아서……. 물론 자연 그대로도 좋지만 조금 변화를 주면 더 예쁘겠다 싶어서."

어쩐지 이건 보혁이답지 않은 모습 같다고 느끼면서도 정말 너무 기분이 좋았다. 여자가 예뻐진다는 것만큼 기분 좋은 일도 드물지 않을까? 이런 모습 처음이라 어색한 나이지만 보혁이는 그런 날 따뜻하게 바라봐 준다. 왠지… 전처럼 돌아갈 수 있을지도 모른다는 기대를 하는 건 내가 아직 천우를 사랑하지 않기 때문일까? 내가 아직 보혁이를 사랑하기 때문일까? 천우가 나한테 이렇게 해줬어도 기쁜 건 마찬가지일 텐데……. 나 지금 뭐 때문에 이런 엉뚱한 기분으로 못된 상상을 하고 있는 거지? 후… 한심하다,

소아랑. 혼자서 천우와 보혁이를 마구 비교하며 애써 가꾼 머리를
막 흔들자 보혁이가 나를 부른다.

"왜 그래? 마음에 안 들어?"

"어? 아니~ 정말 너무 맘에 들어."

"다행이다. 나가자. 계산은 어제 예약하면서 했으니까."

"아… 고마워서 어떡하지?"

"됐어. 예전부터 난 너한테 해준 게 별로 없었잖아."

"보혁아……."

"커피숍 갈까?"

"응. 아차, 그때 갔던 커피숍 가자."

"그때 갔던 커피숍?"

"응~ 왜 있잖아, 너 보면서 얼굴 새빨개지던 아르바이트생
있는 커피숍. 너한테 물 쏟은 애 있는 곳. 어차피 내 손수건도
받아야 하고."

"아……."

"^–^ 가자."

"그래."

꽃단장을 한 나와 보혁이는 미용실을 나와 시내를 나란히 걷기
시작했다. 예전에도 한 번… 이런 적이 있었던 것 같다. 보혁이와
시내를 거닐다 골목에서 부드러운 키스를 받은 기억. 아련히 떠올
라 나도 모르게 얼굴을 붉혔다.

어느새 보혁이와 나는 그때 그 커피숍 안으로 들어가고 있었다. 우리가 들어오는 걸 보고 그 알바생은 깜짝 놀란 얼굴로 얼굴을 붉히고 있었다. 보혁이는 무심히 그런 그녀를 지나쳐 창가에 자리를 잡았고 난 그녀에게 살짝 눈인사를 했다. 오늘따라 보혁이가 애써 밝아 보이려 많이 노력하는 것 같다. 마지막으로… 라는 그 말이 자꾸 머리에서 떠나지 않고 뭔가 불안하고 이상한 예감이 들었지만 그저 가만히 보혁이의 눈부신 은빛 머리칼에 살짝 가려진 눈빛을 응시했다. 보혁이의 새초롬한 입술이 조심스럽게 벌어졌다.

"소아랑……."

"응??"

"지금 제일 하고 싶은 게 뭐야? 아니면 평소에 이건 정말 하고 싶었다… 뭐 그런 거……."

"어? 글쎄… 번지점프. ^-^"

소심한 나에게서 나오는 소리치곤 너무 대범한 말이었는지 보혁이는 다소 놀란 표정이었다.

"나도 이 답답한 성격 좀 뜯어고쳤으면 해서……. 그런 거 하고 나면 용기가 생기지 않을까? 그래서 한 번쯤 번지점프가 해보고 싶었어. ^-^"

"그렇군."

이내 보혁이와 내게 다가와 메뉴판을 내미는 짝사랑 아가씨(보혁이를 짝사랑하잖아). 그러고 보니 나도 보혁이를… 후… 모르겠어. 나도 내 맘을 모르겠어. 메뉴판을 건넨 짝사랑 알바생 여자는 날 보면서 뭔가 할 말이 있는 듯 쭈뼛거린다. 이내 주머니에서 정성스럽게 빨아 다린 것 같은 내 손수건을 내민다.

"저… 그때 이거… 너무 감사했어요."

보혁이 앞에서 목소리를 꺼내는 게 부끄러웠는지 기어들어 갈 듯한 목소리였지만 굉장히 귀여웠다. 난 손수건을 받아 들고 씽긋 웃어 보이며 대답했다.

"아니에요. ^-^"

내 대답을 듣고 보혁이를 힐끔 보는 그 여자. 밉지 않다. 그 여자의 기분을 알 것 같아서… 나 의외로 질투 많았는데 참 많이 변했구나. 보혁이가 메뉴판을 대충 휘익 훑어보더니…

"뭐 마실래?"

"어? 나는… 딸기쉐이크. ^-^"

내 대답을 듣고 보혁이는 그 여자를 쳐다보며 새초롬한 입술을 열었다.

"여기 딸기쉐이크 하나랑 파인주스 하나 갖다 주세요."

"^//^ 잠시만 기다리세요, 손님~"

뭐가 그렇게 쑥스러운지 메뉴판을 들고 총총히 사라지는 아르바이트생. 나는 그녀의 뒷모습을 바라보면서 밝은 미소를 짓고 있었다. 보혁이의 시선이 느껴져 약간 무안함을 갖고 보혁이를 힐끔 처다봤다.

"…왜 그렇게 처다봐?"

"그냥."

"보혁아, 어제는 기분 많이 나빴지?"

"뭐가?"

"새롬이 때문에."

"그 애 나 알아."

"0ㅁ0 어? 널 안다구?"

"지훈이 동생이잖아. 맞지?"

"응. 아는구나. 그럼 알면서도 너한테 양아치라고 했단 말이야?"

"지훈이랑 나랑 한참 사이 안 좋을 때… 지훈이랑 심하게 치고 박고 싸운 적이 있었거든. 그때 동생도 봤어."

"아… 그래서 아직 널 미워하는구나? 자기 오빠 때렸다고."

"두 남매… 조금 특별하잖아. 어려서부터 부모님 이혼하고 떨어져 살았지만 여전히 자주 만나고 지훈이가 잘해주고… 다른 남매들보다 정이 더 많을 거야."

"그렇구나. 그래서 보혁이 니가 끝까지 참은 거구나."

"그것도 그렇고… 나만 보면 성주 누나 생각이 났을 거야."

"성주 누나?? 그게 누군데??"

"우리 형 여자 친구."

"어?? 보혁이네 형 여자 친구라면… 지훈이의……."

"그래, 예전에 한번 내가 형을 그리워한다고 그래서 그 누나를 닮은 널 좋아하는 게 아니냐고… 그랬던 적 있지? 기억 안 나?"

"하도 오래되어서 잊고 있었어."

"니가 김치찌개 해주면서 나한테 고백했던 것… 기억 안 나는 구나?"

순간 얼굴이 확 달아올랐다. 보혁이는 날 좋아하는 게 아니라 형에 대한 그리움으로 형의 여자 친구가 잘 만들어주던 김치찌개를 나한테 해달라고 했다는 도희와 보혁이의 말을 엿듣고 나도 모르게 화가 났다. 하지만 난 그렇게라도 보혁이의 사랑을 받을 수 있다면 그걸로 만족한다고 고백했었는데……. 그때 보혁이가 날 안아줬는데. 아니라고… 동정 아니라고……. 먼 기억을 떠올리고 있는 날 보더니 보혁이가 입을 열었다.

"이제 기억나?"

"^//^ 응. 기억날 것 같아. 아니, 확실히 기억나~ 창피하게 아직도 그걸 다 기억하는구나?"

"그러게… 잊혀지질 않아서."

"아… 그 성주 언닌가 그 사람, 날 닮았다면 되게 평범했겠다~"

"예뻤어… 무척이나."

"=ㅁ= 그럼 날 닮았을 리가 없잖아."

"너도 예뻐."

"0//0 보혁이도 참~ ㅎㅎㅎ"

어색하게 웃는 날 무안할 정도로 지그시 바라보는 보혁이. 그 시선이 어찌나 뜨거운지 어쩔 줄 몰라 했다. 그때 마침 주문한 음료수가 나오고 그 아르바이트생이 입을 연다.

"두 분… 연인 사이시죠?"

보혁인 말없이 스트로우를 휘휘 젓고 나는 당황해서 얼굴이 빨개졌지만 이내 고개를 저었다.

"아니에요, 그런 거."

"그럼 친구세요?"

"네에."

우리 이제 친구 맞는데… 친구라고 대답하기가 왜 이렇게 마음 아픈지 모르겠다. 그러자 그 여자의 얼굴이 밝아지고, 동시에 내 얼굴은 어두워졌다. 친구란 대답을 듣고 밝아진 그녀는 주머니에서 작은 편지를 꺼내 보혁이 앞에 내민다. 그걸 보고 깜짝 놀란 건 나만이 아닌가 보다. 보혁이도 다소 놀란 눈으로 그녀를 바라본다. 보혁이의 시선이 부끄러웠는지 서둘러 카운터로 뛰어가 버리는 그녀. -_-; 보혁이는 테이블 위에 노란 봉투를 물끄러미 바라보고 있다. 나 역시 그 봉투를 뚫어져라 바라보고 있었다. 얼른 펼쳐서 내용을 알려달라고 호소하는 내 눈빛에도 불구하고 보혁이는 한참이나 그 봉투를 바라보다 이내 작은 가방 속에 넣어버린다. 무슨 내용일까? 궁금증에 노란 편지가 쏙 들어가 버린 가방을 물끄러미 쳐다보고 있었다. 보혁이가 새초롬한 그 입을 열어 말했다.

"궁금해?"

"어? 아… 좀."

"많이 변했네. 정말 많이."

"무슨… 말이야?"

"성격이 많이 밝아진 것 같아."

"그건 보혁이 너도 마찬가지인걸?"

"그만큼 내가 편해졌다는 건가?"

"어? 0//0 그게 무슨……."

"다행이다."

대체 뭐가 다행이라는 걸까? 보혁이의 알 수 없는 말들 때문에 노란 편지에 대한 생각이 머리 속에서 사라졌다. 알 수 없는 긴장감이 보혁이와 나 사이에서 흐르고 있었다.

한참 후, 보혁이가 몸을 먼저 일으켰다.

"나가자."

"응? 아… 응."

"영화 한편 볼래?"

"영화?"

"싫어?"

"아니, 보자."

보혁이가 카운터로 가서 계산을 하고 그 아르바이트생은 붉어진 얼굴로 가만히 보혁를 지켜보고 있었다.

보혁이와 난 영화관으로 향했다. 어딘지 모르게 거리감이 느껴지는 보혁이를 보면서 내내 마음이 편치 않았다. 영화 내용이 뭐였는지조차 모르겠는데 어느새 사람들은 모두 영화관을 나가기에 분주했다. 보혁이의 낮은 음성이 귓가에 스쳐 오고,

"나가자."

"어? 아… 응."

"영화 재미없었어?"

"어? 아니야~ 무지무지 재밌었어."

걱정스러운 듯 날 바라보는 보혁이에게 너와 거리감이 느껴져서 불안함에 시달리느라 영화에 집중할 수 없었다는 말을 할 수 없었다. 알 수 없는 나쁜 예감이 뇌리를 자꾸 스친다고 절대 말할 수 없었다. 많은 사람들 사이를 비집고 영화관을 나왔을 때, 이미 어둠이 드리워져 있었다. 왠지 시간이 빨리 간다는 생각에 섭섭한 마음을 감추려 애를 썼다. 보혁이가 그런 내 마음을 아는지 조심스레 내 손을 잡는다.

"0//0 보, 보혁아."

"저녁 먹으러 가자."

"아… 응."

순간 천우의 얼굴이 떠오르고 미안한 감정이 느껴지면서도 보혁이의 손이 따뜻해서 놓기가 싫어졌다. 미안해. 미안해, 천우야.

예쁜 식당에서 맛있게 저녁밥을 먹는 동안에도 보혁이의 따뜻한 손이 닿았던 내 오른손이 왠지 부드럽게 느껴졌다. 역시… 역시 난 아직 보혁이를 좋아하고 있나 봐, 바보같이. 보혁이와 있는 시간이 점점 짧아진다는 생각이 들어 아쉬움이 남았다. 저녁을 다 먹은 후 혁이가 있는 곳으로 가는 발걸음을 조금이라도 늦춰보려고 보폭을 작게 하는 이런 내 맘을 천우는 용서할는지…… 혼자 천우의 얼굴을 떠올리며 잔뜩 우울한 표정을 감출 길이 없는데 보혁이의 손이 다시 내 손을 잡는다. 보혁이의 낮은 음성이 들려왔다.

"벌써 10시군. 놀이 공원 야간 개장했을 텐데… 가볼래?"

"0ㅁ0 놀이 공원??"

"싫어?"

"아니… 가, 가자. ^^"

순간 가슴이 벅차올랐다 너무너무 기분이 좋아지고 천우한테 미안한 감정도 잊어버릴 만큼 얼굴 가득 미소가 번졌다. 보혁이와 첫데이트도 놀이 동산이었는데…… 보혁이도 그걸 기억하고 있는 걸까? 혁이를 타고 보혁이의 허리를 꼬옥 끌어안은 내 손은 기분 좋은 떨림으로 바짝 긴장하고 있었다.

아니나 다를까, 혁이가 멈춰 선 곳은 우리가 처음 데이트를 했던 바로 그 놀이 공원이었다. 예전 생각이 나서 잠시 눈물이 스쳤다. 보혁이가 볼까 서둘러 눈물을 닦아내고 얼른 밝게 웃어 보였다. 보혁이의 눈빛은 무언가를 깊게 생각하는 듯 반짝이고 있었다. 입장권을 끊어 들어가서 신나게 놀이기구를 즐겼다. 바이킹, 청룡열차, 아폴로, 탬버린, 기타 등등. 수많은 놀이기구를 타면서 행복한 시간을 보냈다. 이리저리 뛰어다니면서 놀이기구를 타느라 다리가 아파옴을 느끼고 잠시 휴식을 취하기 위해 벤치에 자리를 잡았다.

"보혁아, 너무 재밌당. ^-^ 그치?"

"그래, 재밌다니 다행이네."

"응. ^-^ 우리 옛날에 첫 데이트 때도 여기 와서… 아."

순간 내가 얼마나 민망한 이야기를 꺼낸 건지 정신이 버쩍 들어 말꼬리를 흐려 버렸다. 하지만 보혁이가 그 말에 대꾸했다.

"그래, 그때도 여기 와서 재밌게 놀았었지."

"0//0 으응."

"그때… 참 좋았는데……."

발끝까지 빨개진 내 모습이 창피해서 침을 꿀꺽 삼켰다. 때마침 나의 휴대폰이 울리고 발신 번호를 확인하니 천우였다. 슬쩍 보혁이의 눈치를 보며 폴더를 열었다.

"여보세요?"

[왜 이렇게 전화를 안 받는 거야?]

"전화했었어? 미안. 시끄러워서 잘 몰랐어."

[어디야?]

"어? 여기? 어… 여기가 어디냐면……."

[어딘데?]

"노, 놀이 공원. 헤헤."

[이 시간에??]

"응. 야간 개장하잖아~"

[누구랑??]

"어? 아, 그게……."

[보혁이?]

"어? 아, 아니… 저기 있잖아."

[괜찮아… 솔직히 말해.]

"으응."

[그렇구나. 난 이제야 집에서 해방됐거든. 너 얼굴 보고 싶어서 전화했는데 도무지 전화를 받아야 말이지.]

"미안해."

[재밌게 놀다 와. ^^]

"천우야……."

[괜찮아. 괜찮으니까 신경 쓰지 말고 재밌게 놀아, 알았지?]

"으응."

왠지 씁쓸하게 끊어버리는 천우의 얼굴이 떠올라 표정을 밝게 할 수 없었지만 이내 나를 응시하는 보혁이의 시선을 느끼곤 미소를 지었다. 통화를 마치고 확인해 보니 무려 부재중 전화가 36통이나 와 있었고 모두 천우의 전화였다. 내가 전화를 안 받는 동안 얼마나 많은 생각을 했을까? 너무 미안한 마음이 들었지만 그보다 지금은 보혁이가 옆에 있어서 내가 천우랑 통화한 걸 신경 쓰진 않는지 오히려 내가 눈치 보고 있는 실정이었다. 하지만 보혁이는 아무렇지 않은 듯 살짝 내게 말했다.

"천우 화났어?"

"어? 아니, 전화를 안 받아서 걱정했었나 봐."

"그렇군."

"오늘 정말 재밌었어. 이렇게 즐겁게 놀아본 거 너무 오랜만이야. 맨날 술만 먹으러 뭉쳤었는데."

"벌써 시간이 이렇게 됐나? 돌아가자."

"으응."

아쉬운 발걸음을 재촉하면서 혁이에 올라탔고 내 손이 보혁이의 가는 허리를 감싸 안았을 때 보혁이가 조심스럽게 혁이를 출발시켰다.

한참을 달려 혁이가 우리 집 앞에 멈춰 섰을 때, 새벽 2시가 조금 넘은 시간이었다. 아까 늦는다고 부모님께 미리 말씀을 드렸으니 망정이지, 안 그랬으면 정말 혼날 뻔했다. 안도의 한숨을 내쉬는 것도 잠시. 보혁이와 대문 앞에 서서 인사를 나누기 위해 마주하고 있었다.

"오늘 정말 고마웠어, 보혁아. 즐거웠구."

"그래, 나도."

"머리도 너무너무 예뻐~ 고마워."

"맘에 들어하니 다행이야."

"누가 해준 건데~ 당연히 맘에 들지. 근데 저기 그 마지막이란 게 뭐야?"

"마지막?"

"응. 니가 마지막으로 어쩌고 했잖아."

불안한 듯 살짝 보혁이의 눈을 응시했지만 나보다 보혁이의 눈 빛이 어쩐지 더 불안해 보였다. 보혁이의 새초롬한 입술은 굳게 닫혀 있었고 좀처럼 열릴 줄을 몰랐다. 어색한 침묵이 잠시 흘렀고 이내 보혁이의 입술이 천천히 열렸다.

"소아랑."

"으응??"

침묵속에 갑자기 들려온 보혁이 목소리에 다소 놀라 고개를 들어 보혁이를 바라봤다. 가만히 내 이름을 부르며 내 눈동자를 똑바로 응시하는 보혁이의 눈망울이 심하게 흔들리고 있었다. 동그랗게 커진 내 눈동자를 바라보는 보혁이의 그 눈망울이 점점 가까이 오고 있었다.

설마… 이건……. 온몸이 너무 떨리고 긴장되어 움직이질 않았다. 천천히… 아주 천천히 보혁이의 부드러운 입술이 내 입술에 닿고 있었고 나도 모르게 눈을 질끈 감아버렸다. 아주 조심스럽고 부드러운 키스였다. 오랜만에 느껴보는 보혁이의 입술… 여전히 따뜻하고 기분 좋은 느낌이었다. 보혁이의 키스가 끝남과 동시에 왠지 모를 아쉬움이 남았다. 쑥스러운 듯 고개를 돌려 옆을 바라봤는데, 놀랍게도 내가 바라본 곳에 천우가 커다란 인형을 들고 우릴 멍하게 바라보고 있었다. 내가 금세 놀란 표정으로 변하자 보혁이도 천우가 있는 쪽으로 시선을 돌렸다. 천우는 그 자리에 굳은 듯 멍하게 우릴 지켜보고 있었다. 품에 꼬옥 안고 있던 커다란 인형은 땅으로 떨어지고 말았다. 너무 놀라 아무 말도 나오지 않았지만 난 얼른 천우의 이름을 입에 담았다.

"처, 처, 천우야……."

천우는 내 목소리를 들은 채 만 채 고개를 푹 숙이고 멍하니 떨어진 인형을 바라보더니 인형을 집어 들었다. 그리고 천천히… 아주 천천히 나와 보혁이 쪽으로 다가왔다. 그 모습에 너무나 미안해져 눈물이 벌써 주루룩 흘러내렸다. 어느새 천우는 보혁이와 나의 한 발짝 거리에 와 있었다. 까만 머리에 부드럽게 가려진 눈이 잘 보이지 않았다. 난 천우 얼굴을 똑바로 바라볼 용기도 없었다. 보혁이도 무언가 말을 하려 했지만 아무 말도 나오질 않는 모양이다. 이내 천우가 인형을 내게 내밀며 고개를 들어 나를 바라본다.

"이거… 너 주려고 기다렸는데……. 아까 전화했을 때 금방 올 것 같아서. 근데 조금 늦었네? 오늘 데이트 재밌었어? 마지막에 내가 방해한 거 아닌가? 미안하게시리. ㅎㅎ 난 항상 왜 이러냐? 맨날 너희 둘 사이 방해나 하고. 난 역시 등대 체질인가 봐~"

애써 웃는 천우의 눈동자에 투명하게 빛나는 그 무언가가 내게 보이질 않길 바라는지 더욱 밝게 웃으려 노력하는 천우.

"천우야… 천우야……."

" 나도 알아. 강유 놈이 자기만 배웠다고 했는데 나도 스스로 터득했어~ 슬퍼도 웃는 방법. 그러니까 아주 조금이라도… 혹시라도 내 걱정한다면… 그럴 필요 없다구."

"천우야……."

"그, 그럼 나 이제 갈게. 신보혁~ 이 자식! 넌 항상 나보다 위야~ 서럽게시리. 나 간다!"

그렇게 휙 뒤돌아서 크게 한 손을 휘휘 흔들어 보이며 어두운 골목으로 사라지는 천우. 영원히 사라져 버릴 것만 같아서 미치도록 불안했다. 하지만 이 순간에도 난 보혁이를 원망하지 않았다. 오히려 보혁이의 키스가 기분 좋았던 내 자신을 원망하면서 천우한테 또 한 번의 깊은 상처를 준 것 같아 미치도록 서글펐다. 펑펑 쏟아져 내리는 눈물을 주체하지 못해 그대로 주저앉아 버리고 말았다. 난 또 한 번 씻을 수 없는 상처를 천우한테 준 거야. 모든 게 다 나 같은 하찮은 인간 때문에… 착한 천우만 상처 입고 있는 거야. 난 역시 천우의 곁에 머무를 자격이 없어. 주저앉은 나를 보혁이가 천천히 일으켜 준다. 눈물 범벅이 된 내 손을 가만히 잡더니 왼손 약지에 무언가 끼운다. 놀라서 보혁이를 바라봤다. 큐빅이 너무나 아름답게 빛나는 반지.

"보, 보혁아……."

"이거… 커플링이야."

가만히 내 손에 반지를 만지작거리더니 이내 다른 손으로 주머니에 작은 상자를 꺼낸다. 너무 놀라 흐르던 눈물이 순식간에 뚝 그쳐졌다. 멀뚱멀뚱 그 상자와 보혁이를 번갈아 보면서 이 상황이 어떠한 상황인지 몰라 너무 혼란스러웠다. 보혁이는 그 상자를 조심스럽게 내게 내밀었다. 어쩐지 보혁이가 잔인하단 생각이 들었다. 방금 저렇게 천우가 가버렸는데 바로 나한테 이러는 건… 어쩐지 보혁이답지 않아 마음이 편치'않다. 깜짝 놀라 받아 든 상자. 열어보니 역시 내 약지에 끼워진 반지와 같은 반지가 있다. 다만 남자용이라 반지가 더 굵고 크다는 점, 그것만 달랐다. 난 멍하게 보혁이를 바라보고 어떻게 해야 할지 망설이고 있는데 보혁이가 새초롬한 입을 열었다.

"천우랑 너……."

"저기, 보혁아. 방금 천우가……."

"알아. 그러니까 들어."

"응?"

"이거… 천우랑 니 반지야."

"0_0? 뭐? 그게 무슨……."

"그런 말 못 들어봤어? 여자 쪽도 남자 쪽도 자신의 친한 친구일 때는 친한 친구로서 커플링을 해준다는 말."

"보혁아."

"지금 가서 천우에게 끼워줘."

"그, 그렇다면 보, 보혁이 너……."

"키스의 의미는 뭐냐고?"

황당함과 함께 붉어진 얼굴로 고개를 끄덕였다.

"마지막으로 널 좋아했던 마음 간직해 온 거 애써 버리려는 대가."

"0//0 보혁아."

"그 키스와 함께 너도 혹시라도 남아 있는 나에 대한 감정… 지워주길 바란다."

보혁이는 그 말이 끝남과 동시에 처음 보는 온화한 미소로 나를 바라보고 있었다. 가만히 돌아서서 혁이를 탄다.

"보, 보혁아……."

"^-^ 둘의 영원한 후원자가 되어줄게."

"보혁아……. ㅜㅜ"

그 어떤 말보다… 보혁이를 잡아야 한다는 생각보다… 마지막이라고 서글프게 말했던 보혁이에게 한마디만 조용히 할 수밖에 없었다.

"고, 고마워……."

이내 멀리 사라져 버리는 보혁이와 혁이의 뒷모습을 보면서 하염없이 눈물을 쏟아냈다. 보혁의 마지막 배려와 따뜻한 마음은 가슴에 담아두고, 천우에게 상처를 주지 않는 게… 그게 맞는 거라 판단했다. 어쩌면 진짜 사랑은 날 지켜주고 항상 함께해 왔던 천우인지도 몰라. 사랑하는 방식이 달라서 깨닫지 못했던 것뿐이야. 사랑받는 게 어색해서 피해 버린 천우인지도 몰라. 하지만 또… 이렇게 보혁이를 잡지 않고 고마운 마음에 돌려보내는 걸 보면… 난 보혁이를 더 사랑했는지 몰라. 유학을 가버린 보혁이에 대한 미련… 지우지 못한 채 평생 간직할 수도 있었는데… 그런 날 알기에 이렇게 깨끗이 정리해 주는 보혁이의 마음. 보혁아… 고마워. 너무 고마워. 보혁이가 건넨 반지 케이스를 꼬옥 쥐고 천우를 쫓아갈까 하던 마음을 고쳐 먹었다.

어느새 나는 집 안으로 들어와 씻고 가만히 침대에 누워 보혁이와 천우의 얼굴을 떠올리며 가만히 반지를 만지작거렸다. 베개를 자꾸만 적시는 내 눈물은 언제쯤 마를 수 있을까? 지훈이가 분위기가 이상한 나를 보고 궁금한 듯 물어왔다.

"무슨 일 있었냐?"

"아니… 아니야."

"내가 너 같은 바보로 보이냐? 무슨 일이야?"

"……."

내 침묵에 지훈이는 가까이 다가서 이내 내 눈물을 보더니 뒤돌아 선다.

"그래, 굳이 말하기 싫으면 하지 말고……."

"지훈아."

"왜?"

"내가 사랑하는 사람과 나를 너무 사랑해 주는 사람. 내가 사랑하는 사람이 날 좋아해 주는 사람에게 가라는 따뜻한 배려와 함께 선물을 건넸다면… 그랬다면 나 그 사람 말대로 들어줘야 하는 걸까?"

"글쎄……."

"나… 보혁이 잡지 않았어. 천우와 내 커플링을 건네주고 사라지는 보혁이를 잡지 않았어. 어쩌면 누구보다 잡아달라고 애원했을 보혁인데… 마지막 그 슬픈 미소가… 너무 마음에 걸려서 천우에게 가는 것조차 편치 않아."

"너 천우가 뭘로 보이냐?"

"나… 나 천우 좋아해. 물론 좋아해. 천우 곁에 다른 여자 있으면 당연히 질투나고 싫어. 하지만 보혁이가 손을 잡을 때와 천우가 손을 잡을 때는 느낌이 달라. 역시 사랑과 우정은… 그런 차이였어. 천우를 사랑하지만… 나 진심으로 천우를 사랑하지만 보혁이를 사랑하는 마음보다 아주 조금… 아주 조금 모자랐어."

"하긴… 사랑으로 둔갑한 우정이라면 천우 쪽에서도 상처가 될테니까."

"응. 그래서 나 돌아가지 않으려고 해. 아무에게도 가지 않으려고 해."

"무슨 말이야? 둘 다 포기하겠다는 거야?"

"응. 둘 다… 둘 다 놔줄래. 나 때문에 밀고 당기는 그런 힘겨운 상처. 더 깊게 파이도록 할 수 없어."

"…잘 생각해."

"처음부터 나 같은 애한테 그런 멋진 녀석들이 곁에 머문다는 건 정말 행운이었어. 행운은 행운으로 끝나는 거야."

애써 눈물을 가득 머금고 미소를 짓는 내게 지훈이는 잠시 망설이다 조심스럽게 입을 연다.

"내가 이래서… 이래서 말을 안 한 거야."

"뭘??"

"나도 그 자식들 같은 꼴 날까 봐… 한심하게 상처받을까 봐… 그래서 말 안 한 거다."

"무슨 말이야?"

"몰라도 된다. 자라~ 자는 동안엔 잊혀지겠지."

알 수 없는 말을 하더니 자신의 침대로 올라가 버리는 지훈. 어쩐지 마음이 저려왔지만, 눈물이 멈추지 않지만 내가 내린 결정에 후회없도록… 그렇게 살아야 하겠지.

✳

"수녀님~ 수녀님~ 누가 찾아왔어요~"

급하게 나를 찾는 목소리에 궁금한 듯 물었다.

"누가요? 찾아올 사람이 없는데……."

"아주 잘생긴 남자 분이 오셨던데요?"

"그래요?"

궁금함을 참지 못하고 성당 밖으로 한 걸음 한 걸음 내딛고 있는데 성당 안으로 들어오는 한 남자가 보였다. 큰 키에 호리호리하지만 균형 잡힌 몸매의 남자가 문밖의 햇빛에 눈부셔서 희미한 형체만 드러내고 있었다.

"아~ 바로 저분이세요. 그럼 전 나가 있을게요."

마리아 수녀가 밖으로 나갔다. 나를 찾아왔다는 그 남자는 까만 머리에 새하얀 얼굴이 어딘가 너무나 익숙한… 눈물에 가려진 그 형체가 너무나 익숙한… 7년이 지난 지금에도 너무나 또렷하게 기억나는 그의 이름.

"천우야……."

"^–^ 잘 지냈어?"

"처, 천우야."

"수녀복… 잘 어울리네."

"아… 고, 고마워."

어색한 침묵이 성당 안을 가득 메우고 있었다. 내가 아무렇지 않은 듯 쌩긋 웃어 보이며 천우에게 질문을 하기 시작했다.

"애들은 다 잘 지내?"

"응. 신규랑 교련이… 결혼했어. 몰랐지?"

"아… 으응. 그렇구나."

"강유랑 진주도 조만간 결혼식 올릴 것 같아."

"그렇구나. 참 잘됐네. 강유는 첫사랑이 이뤄지는구나. ^^"

"그래, 모두 행복해 보여. 지훈 녀석도 너희 아버지 일 도와서 열심히 생활하고 있고. 여전히 여자한텐 관심없더라."

"그렇구나."

마른침을 한 번 꿀꺽 삼키고 용기를 내서 다시 입을 열었다.

"보혁… 이는?"

어렵사리 말을 꺼낸 게 더욱 무안해질 정도로 나를 뚫어져라 쳐다보는 천우. 하지만 이내 조심스럽게 대답을 해준다.

"뉴욕에 있어. 거기서 자기 아버지 기업 물려받을 공부를 하고 있지. 얼마 전에 약혼 기사가 났는데 보혁인 완강히 거부 중이야."

마음 한구석이 심하게 저려왔지만 이제는 내가 신경을 쓸 문제가 아니었다. 그저 7년 전의 첫사랑의 추억일 뿐. 애써 밝게 웃으며 마지막 질문을 내던졌다.

"그렇구나. 그럼 천우 넌?"

"나? 글쎄… 지금 아버지 회사에 들어가서 일해. 이것저것 많이 배우고 있는 단계지."

"그렇구나. 애인… 없어?"

"^-^ 애인… 있지."

뼛속까지 시린 느낌이다. 언제나 나만 바라봐 주던 천우 입에서 다른 여자가 있다는 말이 7년이 지난 지금도 이렇게 아플 줄은 몰랐다. 역시 추억일 뿐인가? 이번에도 애써 웃어 보여야만 했다.

"그렇구나."

"나 애인 데리러 왔어."

"뭐??"

"이별한 뒤에 스스로를 좀 더 성숙시켜서 사랑할 수밖에 없는 남자가 되어… 다시 그녀 앞에 설 거란 다짐 하나로 버텨왔어. 그래서 나 지금은 자신있어. 이제 등대지기 그만뒀거든."

"처, 천우야……."

보혁이에게 처음 고백하는 날보다 더 떨리는 마음. 미칠 듯 고동치는 심장 소리가 천우에게 들리진 않을까? 고요한 성당 안이 원망스러울 만큼 가슴이 크게 두근대고 있었다. 천우가 지금 무슨 말을 하는지 눈치없는 나도 알기에 새빨개진 얼굴을 숙이는 것 외엔 아무것도 할 수 없었다. 이어지는 천우의 음성에 놀란 토끼 눈으로 천우를 바라보았다.

"결혼하자, 소아랑."

행복한 눈물이 볼을 타고 흘러내렸다. 너무나 행복해서… 천우의 음성이 너무나 따뜻해서……. 수녀로 지내려고 들어왔던 이 성당. 조금의 미련없이 이 성당을 떠나고 싶다는 생각을 하게 해준 천우에게… 수없이 흐른 시간의 시련과 아픔 속에서도 한결같이 나만 바라봐 주고 나만 사랑해 주었던 천우에게… 자신보다 날 사랑하고 지켜준 천우에게… 아팠던 그 시간만큼 내가 몇 배로 사랑해 줄 거라고 용기 내어 말하고 싶다. 떨리는 마음과 떨리는 손, 그리고 멈추지 않는 눈물이 말을 막고 있지만 천우의 맑은 눈을 보고 입을 열어야 한다. 날 사랑해 줘서 너무 고맙다고… 앞으론 내가… 내가 널 더 사랑한다고… 꼭 그럴 거라고… 말해야 한다. 나를 끌어안은 천우의 손은 단 한 번도 나를 놓지 않았다. 이제는 내가 그 손을 꼭 붙들고 있을 거야.

사랑은 해바라기같이 하나만 바라볼 줄 알아야 하고
소리없이 피어나는 꽃들처럼 말없이 바라봐 줄 줄도 알아야 하며
소리 내어 울고 있지만 눈물을 흘리지 않는 새처럼
겉으로 내색하지 않을 줄 알아야 하며
잘 때도 항상 눈을 뜨고 있는 물고기처럼 언제 어디서든
사랑을 지켜볼 줄도 알아야 함을 깨닫게 해준 천우에게…
내가 가루가 되어 사라질 때까지
절대 너만 사랑할 거란 거…
이제는… 믿어줘.
가슴속의 수많은 말도 다 하지 못한 채 그저…
한 단어로밖에 표현할 수 없는 나를 용서해.
사랑해… 천우야.
영원히…….

변의

-강유 부디 아랑이가 아파하지 않기를…

천우랑 보혁이가 동시에 사랑하게 된 여자가 있다고 해서 당연
히 도희인 줄 알았다. 하지만 그런 나의 예감은 잔인하게 빗나갔
다.

여지껏 진주만 바라보던 나에게는 진주를 거들떠보지도 않는
천우가 한심스럽게만 느껴졌다. 아니, 어쩌면 그런 천우가 부러웠
다고 표현해야 맞는 것일지도 모르겠다. 하지만 이런 내 마음을
아는지 모르는지 진주는 끈임없이 천우만을 그리워했다. 그러니
까 그게… 진주와 가장 행복했던 순간들을 떠올려 보면…

진주를 닮은 환한 미소로 활짝 피어 있는 꽃잎에 물줄기가 촉촉하게 떨어지면서 미처 우산을 준비하지 못한 내 몸이 젖어가고 있다. 친구 녀석들과 어울려 놀다 보니 시간 가는 줄도 몰랐는데 구름 탓인 줄로만 알았던 어둠이 이미 깜깜한 밤임을 알려줬다. 천천히 걷던 내 발걸음은 차갑게 온몸을 적시는 빗방울의 재촉에 못 이겨 서둘러 집으로 향하고 있었다. 좁은 골목 가로등 불 아래 보이는 초록색 우리 집 대문. 반가운 마음에 조금 더 속력을 내본다. 하지만 내 발걸음은 대문을 향해 냅다 달리지 못하고 멈춰 서야 했다. 나보다 더 젖어 있는 아름다운 여인, 바로 내가 사랑하는 여인이 우리 집 대문 앞을 지키듯 서 있었기 때문에……

　"지, 진주야 여기서 뭐 해? 나 기다린 거야?"

　내 음성을 듣자 천천히 고개를 드는 진주. 그녀의 눈을 마주한 순간 심장이 덜컹하고 내려앉았다. 완벽히 젖어버린 그녀의 모습은 중학생이라고 생각하기 어려울 정도로 굉장히 섹시한 매력을 내뿜고 있었고 그보다 내 심장이 미치도록 뛰어야 했던 건 빗물보다 더 차가운 눈물이 흘러내리고 있었다는 것이었다. 빗물에 의해 눈물을 구분하지 못할 뻔했으나, 미소만 지을 줄 알던 진주이기에… 저런 슬픈 표정은 거의 본 적이 없기에 하늘보다 더 서글프게 울고 있다는 것을 금방 눈치 챌 수 있었다.

　"진주야, 너… 우는 거야?"

　걱정이 되어서 그녀에게로 성큼 다가가자 진주는 다짜고짜 내 품에 와락 안겨 버린다.

"오빠… 흑… 강유 오빠……."

내 품에 안겨 우는 진주의 모습. 가슴이 찢겨져 나가는 것처럼 마냥 안타깝기만 하다. 그녀의 눈물을 보고 있자니 이 세상 모든 불행을 내가 안은 것만 같은 그런 기분에 자꾸만 서글퍼진다. 이렇게 내 품에 안겨주는 건 너무나 고맙고, 기쁘지만 그런 감정은 잠시뿐 진주의 눈물이 무엇 때문인지 이미 눈치 채버린 나는 말없이 그녀의 머리칼을 흩어놓는 것 외엔 아무것도 할 수 없었다. 늘… 늘 그랬으니까. 그녀의 어깨에서 전해져 오는 작은 떨림이 내 심장 소리와 맞닿아 더욱 호흡하기 곤란하게 만들고 있었다.

잠시 그녀는 내 품에서 말없이 흐느끼더니 드디어 조심스럽게 그 작은 입술을 열었다.

"강유 오빠… 나… 나 사랑해?"

심장이 더 이상 내려앉을 곳도 없는데 다시 한 번 무너지듯 심장이 떨어져 나가는 기분이 드는 건 왜일까. 지금 사랑한다고 말하면 어쩐지 진주와 어떤 썸씽이 생겨나지 않을까? 하는 못난 기대가 머리 속을 가득 메웠을 쯤에 내 입은 무의식중에 열려 있었다.

"…응… 사랑해……."

진주는 촉촉한 눈망울로 잠시 내 눈을 뚫어지게 응시하더니 다시 내 품으로 자신의 몸을 쏙 맡겨 버린다. 그리곤 조심스럽게 말을 한다.

"그럼… 그럼 우리 사귈까, 오빠?"

아직도 진주에게는 천우밖에 없다는 걸 다 알고 있는데도 그녀의 한마디에 난 온 세상을 다 가져 버린 듯한 느낌이 들었다.

그날 이후 우린 연인 아닌 연인 사이가 되었지만 언제나 연락을 먼저 하는 것도, 보고 싶다고, 좋아한다고 말을 하는 것도 내 몫이었다. 그럴 때마다 진주는 '응… 그래' 라는 말로만 일관할 뿐 제대로 대꾸해 준 적은 단 한 번도 없었다. 하지만 그나마 이렇게 지내는 사이라도 내겐 더없는 기쁨이기에 이 행복함을 놓기 싫어 발버둥 치고 있었다. 천우의 그림자만 봐도 얼굴을 붉히는 진주의 모습은 내 심장을 댕강 오려내 버리고 있었지만 알고도 시작한 사랑이라서 내 자신만을 원망할 뿐 사랑하는 진주에게 미움을 심고 싶지는 않았다. 그렇게라도 지켜주고 싶었던 내 욕심은 얼마 가지 않아 다시 진주를 떠나보내야 했지만…….

처음부터 알고는 있었지만 천우를 잊기 위해 나를 이용하는 진주를 그런 모습까지 사랑하고 있는 나이기에 진주를 위해서 무언가 하고 싶었다. 천우가 좋아한다는 그 아이를 내 여자로 만들면 천우가 진주를 봐주진 않을까? 오직 진주만을 위해 그 아이에게 접근했다. 다른 의도는 결코 없었지. 엄청난 퀸카에 누가 봐도 섹시한 스타일, 완벽한 성격에 조각 같은 외모, 상냥한 미소까지 대단한 여자일 거라고 상상하며 기숙사로 쳐들어갔으나 눈을 씻고 찾아봐도 그런 여잔 존재하지 않았다.

그저 웬 어리버리한 바보같이 생긴 여자애 하나가 나를 보며 잔뜩 겁먹은 표정으로 국어를 덜 배웠는지 말만 더듬거리고 있었다. 설마 설마 했다. 천하의 신보혁과 완벽하신 성천우님께서… 이런 평범한 여자에게 빠져 허우적댄다는 게 도저히 믿겨지지 않았다. 하지만 콧대 선 여자보다 꼬시기가 쉬울 것 같아 내심 안심한 것도 사실이었다. 트레이드 마크인 미소로 그녀를 바라보며 연신 웃어대자 더욱 어리버리한 표정으로 나를 바라볼 뿐이다. 어리버리한 면이 있어서 쉽게 넘어올 거라 생각했는데 오히려 내 의도를 전혀 이해하지 못하는 저 답답한 성격 탓에 단단히 방어가 되는 듯했다. 이리저리 말발을 세워도 될 것 같지가 않다. 제길.

에라, 모르겠다. 술이라도 먹여보자. 취해서 뻗은 다음날 내가 책임진다고 하면 이 어리버리한 애가 어쩔 거야. 나쁜 생각으로 술을 한 잔 한 잔 먹이자 예상과는 달리 너무도 쉽게 취해서 술주정을 하기 시작했다. 보통 술주정을 받아주는 일은 웬만큼 속이 넓지 않고서야 힘든 일인데 아주 귀엽게도 술주정을 하고 있었다. 천우와 보혁이 사이에서 너무나 힘들어하며 눈물까지 찔끔 짜내는 그 아이를 보니 녀석들이 왜 그렇게 빠졌는지 조금은 알 것도 같았다. 점점 주정을 들으면 들을수록 어쩐지 내 처지와 닮은 구석이 있는 것 같다는 생각도 들었다.

　이런저런 생각이 든 난… 처음부터 의도적으로 접근해서 대충 잡아보려는 초심과는 달리 조금은 편한 마음으로 그녀에게 교제 신청을 했다. 술이 확 깨는 듯해 보이는 그녀의 표정, 정말 어리버리였다. 하지만 그게 너무너무 귀엽다. 특히 맑은 눈이 첫눈에 빨려 들어갈 것만 같은 그런 눈동자를 지니고 있다. 절대 싫다며 바락을 하는 것도 잠시 결국 녀석들 사이에서 자신도 힘들었는지 내 교제를 받아들인다. 그것이 내 인생의 최대 실수이자 최대 행운인 건지도…….

　아주 짧았지만 그녀와 함께한 시간이 진주를 오랫동안 그리던 내 마음보다 커질 줄은 몰랐다. 녀석들의 마음을 이제는 나도 확실히 이해할 수 있게 된 마당에… 서로 옛애인을 잊기 위해 시작한 계약적인 사귐. 옛애인을 잊어버린 건 나뿐이었다. 단 한 번도 날 진심으로 봐주지 않은 그 아이를 보면서 내가 두 녀석을 잊게 하기엔 이 아이의 마음에 천우와 보혁이가 너무 크게 차지하고 있었다.

　점점 이 아이에게로 빨려 들어가고 헤어 나올 수 없다고 느낄 때쯤에 정말로 이 애를 놔주어야 한다는 생각이 내 심장을 후벼 파고 있었다. 혹시나 그 애가 동정으로라도 나 때문에 미안해할까 봐 눈물이 나도 웃어야 했다. 슬퍼도 웃는 방법을 안다면서…

그런 방법을 배웠다면서…….

　과연 그런 방법이 세상에 존재할까? 한마디로 그것은 억지였다. 억지로 참는 것뿐이다. 항상 웃는 삐에로 같은 모습으로라도 친구로 남고 싶은 내 마음을 전하고 보혁이와 이별한 아픔을 천우로 채우길 빌며 물고기 편지를 건네주었는데 꽤나 감동받았나 보다. 질릴 만큼 본 아랑이의 눈물이지만 평생 봐도 질리지 않을 것만 같았다.

　갑자기 등장한, 그렇게 잊고 있었던 진주가 나타나면서 이제는 진주에게도 지켜보는 사랑이라는 걸 가르쳐 줘야겠다는 생각이 들었다. 서로 누군가를 미치도록 그리워해 본 경험이 있기에 이해하며 살아갈 것이라고 믿는다. 부디 아랑이가 억지로 맺어진 진주와 나 사이를 미안해하면 아파하지 않기를…….

-신규 **결혼하자, 이교련**

"신규야, 사과향 젤이 제일 냄새도 덜 나고 머리를 잘 세워준다? 그러니깐 사과향 젤 발라. 알았지?"

나에겐 하나뿐인 천사다. 내가 꽉 잡혀 살 정도로 당당함이 매력인 명희. 죽어도 우린 헤어지지 말자고 수십 번 다짐했다. 수십 번이 뭐람? 수천 번은 더 다짐한 것 같다.

어느 날 명희에게서 충격적인 고백을 들었다. 하늘이 무너지고 땅이 갈라져 용암이 솟구치듯 화가 나고 배신감에 눈물까지 흘렸지만 난 그 애를 잡을 수가 없었다. 정말 너무도 환하게 이별을 말했기에……

　"신규야, 우리 그냥 친구 할까? 사귄다고는 했지만 사실 우리 친구 같은 느낌이었잖아. 우린 분명 친구로도 훨씬 잘 어울릴 수 있을 거야. 그치그치~ 너도 그렇게 생각하지? 헤헤, 그럼 오늘부터 친구다."

　이별을 말하면서 저렇게 방긋방긋 웃을 수 있는 여자는 명희밖에 없을 것이다. 그렇게 말을 하는데 싫다고 말을 하면 어린애가 떼쓰는 것밖에 안 되는 것 같아서 얼떨결에 '그래'라고 대답해 버렸다. 한 번도 붙잡아 보지 못할 그 후회의 말을… 그렇게 쉽게 내뱉어 버렸다.

　그날 이후 혹시나 힘들어하는 나를 보면 명희가 죄책감에 시달릴까 봐 더 밝은 척 괜스레 개구쟁이가 되어갔다. 이 여자 저 여자 다 만나가면서 명희랑 사귈 땐 엄두도 못 내던 바람이라는 걸 마음 편히 피우고 나름대로 솔로의 생활을 마음껏 만끽하려는데 그렇게 바람을 피우다가도, 아니 다른 여자랑 옷깃만 스쳐도 질투를 하던 명희의 얼굴이 그렇게 떠올라서 그런 짓조차 마음 편하지만은 않았다.

　며칠을 친구로 지내자는 셈치고 전처럼 만나봤지만 명희의 태도는 전과 같을 거라던 말과는 달리 정말 날 똑바로 응시해 주지조차 않는다.

급기야 점점 연락이 끊기고 친구로라도 지내자던 명희를 그리워하며 방황을 하던 어느 날… 고등학교 입학 후로 알게 된 어리버리 룸메이트. 소아랑이 피투성이가 되어 천우와 내게 도움을 청하는데 그동안 부려먹은 게 미안해서 도와주기로 했다. 천우와 함께 달려간 곳은 학교 건물 옥상이었다. 그곳에서 여자 일진들에게 집단 구타를 당하면서도 당당히 쏘아붙이고 있는 한 여자 아이를 발견하게 되었다. 대단하다고 생각했지만 이내 그런 모습보다 더 놀란 건 그 아이의 얼굴이었다. 명희와 너무나도 닮은… 그 아이의 얼굴… 말투… 그리고 쏘아붙이는 표정까지… 너무도 닮은 그녀를 보고 그만 첫눈에 병신같이 명희를 그리워하며 마음을 뺏겨 버렸다. 그 아이에게서 명희를 보려고 했는지도 모른다. 처음엔 정말 그 애를 명희로만 사랑하고 있었던 것 같다.

하지만 점점 명희와는 다른 교련이의 매력에 푹 빠져 있던 어느 날, 교련이와의 약속을 목숨같이 여기고 겁없이 맞아만 주다가 그야말로 골로 갈 뻔했다. -_- 병원에서 의식을 차리고 보니 항상 내 곁을 지켜준 교련이가 가장 먼저 눈에 들어왔다. 그모습은 명희를 대신하는 모습이 아니었다. 내가 사랑하는… 그저 이교련이라는 여자일 뿐이었다.

그렇게 영원히 행복하게 지내는가 싶었는데 그토록 그리던 명희가 문병을 왔다. 아직도 이렇게 가슴이 저린 걸 보면 완전히 잊진 못했나 보다. 굳어가는 교련이 얼굴을 보면서 아직도 명희만을 멍하게 바라보던 내가 원망스럽고 저주스럽다.

결국 명희와 나를 남겨두고 어설픈 웃음으로 병실을 나가 버리는 교련이. 명희와 나 사이의 어색한 침묵이 교차된다. 이내 아무렇지도 않은 듯 밝게 웃으며 침묵을 깨뜨리는 명희.

"많이 아픈 거 아니지?"

나는 조심스럽게 끄덕였다. 명희의 음성과 교련이의 음성이 마음속으로 계속 비교되고 있었다.

"애인 이쁘더라."

"꼭 니 칭찬하는 것 같은데."

"하긴 날 좀 많이 닮긴 했더라. 깜짝 놀랐어."

"좋은 애야."

"그런 것 같아. 잘 어울려."

"너한테 그런 말 들으니깐 별로 달갑지 않은데."

"우린 친구잖아. 친구끼리 그런 말 하면 안 되는 건가?"

"글쎄, 친구라고 할 수 있나?"

"신규야, 무슨 말을 그렇게 섭섭하게 해?"

잔뜩 인상을 찌푸리는 명희의 얼굴을 보자 톡 쏘아붙이다가도 금세 측은한 마음이 든다.

"좋은 친구로 남을 거라던 니가 나한테 어떻게 했는지 생각해 봐. 친구란 건 핑계고 그냥 헤어지고 싶었던 거겠지. 걱정 마. 너에 대해서 아무런 미련도 없으니깐. 비슷한 여자를 사귄다고 해서 니가 그리운 건 절대 아니니까 착각도 하지 마."

상처받은 듯한 그녀의 얼굴을 애써 외면했다. 자꾸 명희와 마주하고 있는 게 교련이한테 미안하다는 생각이 든다. 흔들리진 않을까 걱정도 되고 내심 같이 있고 싶다는 생각이 그러면 안 된다는 걸 알면서도 들고 있었기에 애써 외면했다.

"그만 가줘. 너 때문에 교련이가 불편해서 병실에 있지 못하는 것 같아."

잠시 얼굴이 굳더니 이내 환하게 웃는 명희.

"그래, 알았어. 교련이라는 애랑 잘 사귀고 혹시라도 아프거나 힘들거나 내 생각이 날 때는 친구처럼 편하게 날 찾아."

순간 울컥하고 화가 치밀었다. 그래서 나도 모르게 냅다 소리를 질렀다.

"그놈의 친구! 친구! 친구! 그 말아먹을 친구란 단어 때문에 널 잊지도 못하고 친구라는 핑계로 맘에 담아두고 있었던 내 자신을 얼마나 원망했었는지 알아?!"

정말이지 억장이 무너지는 말이었다.

"니가 아무렇지도 않게 웃으면서 친구라고 말할 때마다 내 가슴이 얼마나 무너져 내렸는지 아냐고!! 또 넌 그 말을 하면서 아주 쉽게도 웃고 있잖아. 정말 지긋지긋해. 그 딴 친구라는 단어 너한테는 듣고 싶지않은 단어였다고!!"

아무 말도 잊지 못하는 명희의 눈에 처음 보는 눈물이 흘러내리고 있었다. 깜짝 놀라 그녀를 바라보자 서둘러 눈물을 닦아내더니 말을 잇는 명희.

"신규야, 난 겁이 났었어. 언젠가 니가 먼저 나한테 친구로 지내자고 할 것만 같아서… 누군가 그러는데 연인이 친구로 지내자고 할 때는 정말 영원하고 싶기 때문이래. 난 그 말을 믿고 싶었어. 내가 말한 친구의 의미는 평생 변함없는 그런 사이가 되어 소중한 추억들을 많이 만들자는 그런 뜻이었는데 너는 다른 뜻으로 받아들이고 한 번도 매달려 보지도 않고 아무렇지도 않은 듯 그래라고 대답했잖아. 나는 그 순간 니가 날 진심으로 사랑하고 있는 게 아니라고 생각했어."

우리 둘 다 오해 속에서 너무 오랜 시간을 지낸 것 같았다. 결국은 서로 너무 사랑하면서도 서로의 마음을 제대로 읽지 못해 오해로 끙끙 앓으면서 그 어느 쪽도 먼저 다가설 수 없었던 것이다. 하지만 이제 와서 그때로 돌이키기엔 너무나 늦어버린 현실. 나에겐 이미 명희를 대신하는 여자가 아니라 내가 죽도록 바라보고 사랑해야 할 교련이라는 아이가 있으니깐. 명희에게 마지막으로 조심스럽게 말했다.

"우린 추억 속의 친구가 될 수 있을 거야."

그렇게 명희와의 추억은 기억 너머로 덮어두고 교련이 앞에선 절대로 꺼내지 않으려 노력했다. 하지만 교련이는 틈만 나면 명희를 들먹거리며 질투를 표하곤 했었다. 그 모습이 오히려 더 귀여워 장난치곤 했지만 점점 교련이가 단순한 질투가 아닌 집착으로 느껴지는 것 같았다. 그래서 그만 불안해하는 교련이에게 덜컥 화를 내버린 적도 있었다.

"교련아, 세상에 한 명의 명희가 있고 수만 명의 교련이가 있다면 난 아무런 망설임 없어 그 흔한 너를 선택할 거야. 왠 줄 알아? 나한테 소중한 사람은 아무리 많이 있어도, 아무리 흔해 빠져도 너밖에 없으니깐. 결혼하자, 이교련……."

눈물을 흘리며 내 등짝을 패던 교련이와 행복하게 살 수 있길 모두가 기원해 줬으면 좋겠다.

-도희 죽을 만큼 아프도록 널…

아빠 회사 연회장에서 무언가 뽀로통해 있는 은빛깔의 머리를 한 소년을 보았다. 내 또래 같아 보이는 그 아이는 세상의 근심을 다 가진 듯 보였다.

한참을 망설이다가 그 애에게로 다가갔다. 최대한 밝게 웃으며 인사를 건네는 나를 쳐다보는 그 아이의 눈빛을 절대 잊을 수가 없다.

"안녕? ^-^ 은색 머리가 참 이쁘네~"

용기 내서 악수를 청했지만 멀뚱히 내 손만 바라보는 그 아이의 시선이 따갑고 민망하게 느껴졌다.

잠시 후 그 아이의 친구들로 보이는 몇 명의 소년들이 다가왔다. 그 친구들이 '신보혁'이라고 부르는 것을 듣고는 그 아이의 이름이 보혁이인 것을 알았다.

"보혁… 신보혁……."

가만히 중얼거리듯 그 아이의 이름을 불러보았다. 그 아이의 이름을 부른 것뿐인데 이렇게 심장이 두근거리다니…….

그날을 계기로 보혁이를 포함한 그의 친구들과도 죽마고우로 지낼 수 있게 되었다. 병으로 저주받은 나에게 내려진 마지막 행운 같았다. 좋아해도 좋아한다 말할 수 없고 사랑해도 사랑한다 말할 수 없을 때의 고통을 아는 사람이 얼마나 될까? 마음속에 꾹꾹 눌러둔 채 보혁이에 대한 내 마음은 접어왔다.

어느 날 우리 집 앞에서 기다리는 보혁이의 은빛 머리칼을 본 순간 미치도록 심장이 쿵쾅거리고 원래 심장이 약했던 나는 그러면 그럴수록 더욱 약해져만 갔다. 세상에서 가장 기쁜 말을 전해들었다. 보혁이가 나를 좋아한단다!! 내 남자 친구가 되어주겠단다!! 날아갈 듯 기쁜 맘에 보통 여자 아이들처럼 새침떼기인 척 놀려주고도 싶었지만 나한텐 그럴 수 있는 힘이 없다. 심장을 도려내는 아픔을 느끼며 그 아이에게 조심스럽게 거절의 말을 내뱉었다. 죽는 것보다… 죽음을 바로 코앞에 둔 것보다 더욱 괴로웠다.

거절을 했음에도 불구하고, 거절을 한 사람 마음이 더 아팠음에도 불구하고 보혁이의 마음이 좀처럼 식을 줄을 모른다. 이대로는 안 될 것 같아서, 이대로는 나 외에 아무도 사랑하지 못할 것 같아서 일부러 보란 듯이 이 남자 저 남자를 만나고 다녔다. 마음에도 없는 마음을 줘가면서… 수없이 바람을 피우는 나를 보면서 실망하고, 또 실망해서 돌아서기를 얼마나 간절히 바랬는지 모른다. 마음과 몸이 따로 행동했기 때문일까? 내 병세는 점점 악화되어 갔다.

하루도 내 병실을 떠나지 않는 보혁이… 대체 이런 못난 내가, 이런 약해 빠진 내가… 어디가 그렇게 좋은 건지. 일부러 병실에 많은 남자들을 들락거리게 하고 심지어 그의 가장 친한 친구인 천우, 강유 등에게도 마음을 열어주곤 했다.

휴… 드디어 나에게 지쳤나 보다. 병실에 오는 횟수가 줄어든다. 그리고 보혁이 얼굴에 점점 어둠이 드리워진다. 그런 보혁이를 보면서 미안하다고, 무지무지 좋아한다고 말하고 싶은데 그럴 수 없는 내 자신을 원망하는 것도 이젠 지친다.

며칠 내내 병실에 보이지 않는 보혁이. 미치도록 보고 싶다. 도저히 안 보고는 못살 것만 같았다. 그래서 절대 안 된다는 의사의 말을 뿌리치고 억지로 퇴원을 했다. 다시 돌아간 학교에서 많은 변화가 있었다. 고등학생이 되었다는 점, 낯선 방, 낯선 친구들, 낯선 선생님, 낯선 자리… 그리고… 보혁이 곁에 있는 그 낯선 여자애까지……. 질투가 나고 화가 치미는 이런 날 보면서 역시 나도 여자구나 하고 느끼면서도 보혁이를 정말로 놔주어야 한다는 생각에 자꾸만 서글퍼졌다. 이제 보혁이 옆에 있을 사람은 내가 아니다… 저 아이일 것이다… 처음 본 순간부터 알고 있었다. 더이상 보혁이 마음에 내가 들어가는 일은 없을 거라고 진심으로 축복하고 있었지만… 그래도 내 욕심엔 내가 살아 있을 때까지만… 보혁이가 내 눈앞에 있을 때까지만 나를 바라봐 주기를 바라고 있었는데…….

소아랑이라는 그 아이를 괴롭히면서 절대 쾌감 같은 걸 느끼려고 했던 건 아니다. 보혁이 옆에 있으려면 튼튼하고 강해야 하는데, 한없이 약해 보이는 이 아이가 난 맘에 들지 않았다. 차라리 당당하고 씩씩해 보이는 교련이라는 아이가 보혁이 곁을 지켜주길 바랬지만 애석하게도 교련이는 명희와 닮았다. 신규가 교련이를 그대로 둘 리 없다고 생각했다. 분명 교련이는 신규의 여자가 될 거라는 걸 난 알고 있었다. 보혁이나 다른 친구들에 관한 일이라면 아무것도 모르는 게 없는 나니까……. 내 예상은 정확했고 아주 빠른 시일 내에 교련이와 신규는 커플이 된 듯했다.

아무리 봐도 약해 보이는 소아랑. 더 이상 보혁이 곁에 약한 아이가 있으면 안 되는데……. 소아랑에게서 나의 모습을 찾은 걸까? 어쩌면 저렇게 나약하고 순하디순한 그런 아이에게 정을 주는지……. 어떻게든 둘을 떼어놓고 싶었다. 나에게 돌아오라고 울부

짖으며 매달려 보기도 하고 저런 아이에게 보혁이를 주느니 차라
리 마지막 내 모습을 지켜봐 달라고 하는 게 나을 것 같아서…….
하지만 매번 그 아이를 감싸는 보혁이의 눈빛은 내가 상상했던 것
보다 훨씬 그 이상이었다. 처음부터 인정하고 있었지만 이젠 그
아이를 받아들여야겠다는 생각에 마음을 추스리고 있었다.

　나날이 행복해하는 보혁이 모습을 보면서 나도 점점 안심을 하
고 있을 때쯤 갑자기 심한 통증이 밀려와 그대로 쓰러졌다. 눈을
떠보니 병원이었고 엄마와 아빠는 통곡을 하며 울고 계셨다. 세상
과 인연을 끝맺음할 때가 된 거라는 소리겠지……. 삼 개월 남았
단다. 그나마 지금은 약간 움직일 수 있겠지만 그 후로는 내 몸을
스스로 움직여 이동하기조차 힘들 거라고 한다. 긴 시간인지 짧은
시간인지 모르겠다. 어려서부터 언제 죽을지 모른 채 죽을 날만
기다리며 살아온 내게 정확한 시간을 알려준 건 어쩌면 행운인지
도 모른다. 죽음이 평화롭다고 했던가? 결코 그렇지 않았다. 공포
가 온몸을 엄습하고 있었으니까. 죽음이 임박해져 와 내 몸이 뻣
뻣하게 굳어가는 걸 느끼기 싫다. 단 한 번만이라도 자유롭게 나
는 저 새들처럼 창공을 가르며 높이 뛸 수만 있다면…….
　다음날 모든 추억을 다시 한 번 마음에 새기기 위해 학교를 찾
아갔다. 마지막으로 보혁이의 얼굴을 보기 위해서… 그 아이에게
보혁이를 잘 부탁한다는 말을 전해주고 싶었다. 미안하단 말과 함

께……. 그래서 옥상으로 와달라는 마지막 부탁을 하곤 먼저 옥상
으로 올라가 시원한 바람을 맞으며 마지막으로 너무나 사랑하는
보혁이에게 편지를 남겼다.

소아랑이 오면 대신 전해달라고 해야지. 오겠지… 오겠지… 꼭
올 거야. 하지만 내가 또 괴롭힐 줄 안 모양인지 소아랑은 끝내 모
습을 보이지 않았다. 나의 간절한 바람에도 불구하고 모습을 드러
내지 않은 아랑이를 더 이상 원망할 힘조차 남지 않았다. 옥상 난
간 위에 서서 따뜻한 바람과 세상이 모두 내 시야에 잡힐 때 정말
마지막이구나… 이게 끝이구나… 란 생각이 들었다. 아까부터 밀
려오던 통증도 다 사라지는 듯했다. 몸이 공중 위에 붕뜬 그 순간
부터…….

보혁아… 사랑해…….

사랑하는 보혁이에게…….

보혁아, 안녕? 나야, 도희. 내가 직접 전해주면 안 받을 것 같아서,
내가 얘기하자고 하면 또 피해 버릴 것 같아서 소아랑한테 전해달라고
했어.

우선 너한테도, 아랑이한테도 미안하다는 말을 하고 싶어. 본심은
그게 아닌데 다정해 보이는 너희 둘 모습에 질투가 났어. 난 너한테 그
렇게 질투만 하고 상처만 줬으면서 내가 당하니까 못 참아서 못되게 굴
었던 것… 용서해 줄래? 만약에 용서할 수 없다면 난 편히 눈감지 못할

거야.

　그 어떤 방법을 써도 니가 내 곁에 돌아올 수 없다는 걸 깨달았어. 날 보는 니 눈은 더 이상 내 것이 아님을 깨달은 지 오랜데… 바보같이 아니라고 부정하고 싶었어. 아랑이한테 이미 온 마음을 뺏겨 버린 거 다 알면서도… 그러면서도 인정하기 싫었어. 바보같이…… 자존심 다 버리고 매달려도… 독하게 굴어도… 나한테 올 수 없을 거라는 거 다 알면서도… 그러면서도……

　보혁아, 길지 않은 시간이었지만 니가 날 사랑해 준 시간을 소중히 생각하고 있었어. 내가 그렇게도 다른 남자들을 만나고 널 아프게 했던 건 자격지심이었는지 몰라. 내가 이렇게 잘났다~ 하고 광고하지 않으면 널 다른 여자한테 뺏길 것 같았어. 인기 많은 여자 친구 둬서 니가 날 자랑스럽게 생각하게 하고 싶었어. 그게 틀린 방법이라고 생각하면서도… 그러면 너한테 상처가 된다는 걸 알면서도… 널 어떻게든 내 안에 가둬두려고만 했던 것 같아. 정말 미안해. 나답지 않다, 그치? 헤헤.

　소아랑이랑 행복하게 잘 지내. 어차피 난 몸이 약해서 오래 살 운명이 아니었잖아. 나의 기억 아주 조금도 남겨두지 말고 그저 아랑이를 사랑하는 데만 집중했으면 좋겠어. 한평생 남자가 여자를 사랑하면서 후회없도록. 그 사랑이 부디 나이길 바랬던 욕심은 이제 버릴 테니까… 그러니까… 제발… 제발 행복한 사랑하길 바래…… 마지막으로 보혁아… 너무… 너무… 내 온 마음을 다 해서… 널… 사랑했어……

　　　　　　　　　죽을 만큼 아프도록 널 지켜볼 도희가……

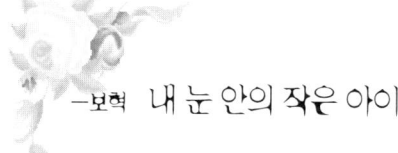

—보혁 내 눈 안의 작은 아이

　항상 형보다 아래 취급을 받아가며 형의 그림자에 질릴 대로 질
려 버린 난 점점 어둠의 자식처럼 말수가 줄어갔다. 한 번만이라
도 제대로 웃어볼 수 있다면… 단 한 번이라도 행복한 듯 웃어볼
수 있다면…….

　아버지와 형을 따라서 가게 된 대기업 회사의 연회장. 수많은
거물급 재벌들이 모여 내 또래나 되는 아이들과 함께 파티를 즐기
고 있었다. 그런데 그중 분홍색의 화려한 레이스가 달린 드레스를
입은 한 꼬마 아이가 나를 보며 환하게 웃는다. 나도 저렇게 환하

게 웃어볼 수 있었으면……

"안녕? ^-^ 은색 머리가 참 이뿌네~"

내 머리칼을 보며 방긋 웃는 그 아이의 눈이 굉장히 맑고 예뻐 보였다. 어색해서 아무 말 없이 멀뚱하게 쳐다보기만 하자 어느새 성큼 옆으로 다가와 내 얼굴을 빤히 들여다보는 아이.

"와~ ^-^ 너 되게 잘생겼구나? 안녕? 내 이름은 도희야, 진도희. 넌?"

멍하게 그녀만 바라보고 있는데 뒤에서 천우와 신규가 내 이름을 부르며 달려온다.

"보혁아, 왔구나?"

"어이, 신보혁~"

그렇게 두 녀석이 내 이름을 부르며 곁으로 다가온 덕에 도희라는 여자 아이도 내 이름을 알았을 것이다.

"아, 이름이 보혁이야? 그렇구나. ^^ 우리 멋진 친구 하자~"

그러면서 작고 아담한 손을 내 앞으로 내밀며 환하게 웃는 도희. 환하게 웃을 줄 아는 이 여자 아이. 만약 천사가 존재한다면 이 여자 아이처럼 생겼을 테지.

그날을 계기로 천우, 신규, 강유, 나, 천사 같은 도희까지 절친한 소꿉친구가 되었다. 나에게 처음으로 웃음이라는 걸 선물해 준 도희. 비록 어린 나이였지만 사랑이란 애틋한 감정을 느끼게 해주었다. 그 애를 위해서라면 뭐든지 해줄 수 있을 것만 같았다.

시간이 조금 지나서 나름대로 자아가 성립되었을 때쯤엔 도희에 대한 나의 욕심도 커져 갔다.

"보혁아, 이 시간에 어쩐 일이야, 우리 집 앞까지 다 오고?"

"나 너한테 할 말 있어."

조심스럽게 말을 꺼낸 나와는 달리 무척 환하게 웃으면서 대꾸하는 도희.

"할 말? 뭔데?^^"

"…우리… 사귀자."

미칠 듯이 심장이 쿵쾅거리고 있었다. 태어나서 처음으로 내뱉은 말… 조심스럽게 도희의 대답을 기다리는 동안 심장이 고장난 것 같았다. 그동안 도희랑 가깝게 지내왔기에 도희도 나를 좋아한다는 것쯤은 확신할 수 있었다. 하지만 내 말이 끝난 후 도희의 표정은 점점 어두어져 갔다. 하얗게 질려 버린 도희의 입에선 망설이듯 애매한 단어가 흘러나왔다.

"나도… 나도… 니가 좋아. 정말 좋아… 근데… 우린 친구잖아."

친구라는 친근한 한 단어가 내 마음을 시리도록 아프게 후벼 파고 있었다. 거절한 게 미안했던 탓일까? 도희의 맑은 눈에선 눈물이 흘러내렸다. 무안해서 어떤 말을 해야 할지 망설이고 있는데 도희의 가녀린 입이 다시 한 번 열렸다.

"너무 좋아하면… 사귀면 안 돼. 헤어지면 어떡해?"

그 말에 조금이나마 희망을 담고 다시 한 번 밀어붙이려 했지만 차분하게 마음을 가라앉히고 조심스레 말을 건넸다.

"그럼 헤어지지 않는 친구보다, 연인보다 더 좋은 관계를 유지하자……."

도희는 눈물을 머금은 채로 크게 고개를 끄덕였다. 나를 똑바로 바라보는 도희의 눈이 너무 예뻐서 살짝 끌어당겼다. 내 품에 안겨서 뭐가 그렇게 서러운지 펑펑 울어대는 도희의 마음을 아직은 이해할 수 없었다. 내 품에서 조심스럽게 떨어지더니 눈을 꼬옥 감고 양손을 기도하는 것처럼 모으더니 새침한 입술을 살짝 내밀며 내가 다가오길 기다리고 있었다.

첫키스…….

영화나 드라마에서 설명했던 것처럼 오랜지 향에 꽃잎이 휘날리는 그런 느낌은 없었다. 하지만 처음 느낀 이 기분 좋은 떨림은 평생 간직할 수 있을 것만 같았다.

그날 이후 소꿉친구라서 친했지만 도희와 나의 관계는 더욱 친밀해져만 갔다. 그리고 그런 기분 좋은 일들은 평생 계속될 것만 같았다. 나도 행복하게 웃는 법을 배워가고 있다고 생각했다. 하지만 그것은 착각이었다. 나를 두고 뻔히 다른 남자를 만나는 도희를 보면서 조금씩 실망을 하고 조금씩 아파해야만 했다.

하루는 내가 도희를 향해 심하게 화를 낸 적도 있었다.

"진도희 질투유발작전이라면 그만둬!"

내 한마디에 금세 정색을 하는 도희가 어색하게 웃으며 말을 했다.

"질투유발작전이라니~ 난 너밖에 없어."

그 애가 그 말을 할 때마다 너무나 사랑했기에 믿을 수밖에 없었다. 하지만 날이 갈수록 그 애의 바람기는 점점 심해져만 갔다. 내가 통제할 수 없을 정도로.

어느 날 도희 집 앞에서 천우와 도희가 끌어안고 있는 모습을 봤다. 밀려오는 사랑에 대한 분노와 우정에 대한 배신감… 하지만 어려서부터 천우도 도희를 좋아하는 마음을 알았기에 도희가 더 원망스러웠다.

고등학교 입학을 얼마 안 둔 어느 날 도희가 쓰러졌다는 소식을 듣고 부랴부랴 병원으로 달려갔다. 어려서부터 그렇게 허약했던 도희이기에 그렇게 심각하게 생각하진 않았지만 막상 하얗게 질린 얼굴로 침대 위에 누워 있는 도희를 보자 심장이 덜컥 내려앉는 기분이었다. 설마 내가 생각했던 것보다 심각한 건 아닐까? 순간 도희가 어쩌면 날 일부러 받아들이지 않은 건 아닐까 하고 생각했다. 자신이 아프고 연약하기에 날 받아줄 자신이 없었던 게 아닐까? 그렇게 생각하니 그동안 아팠던 마음이 사그라드는 듯했다.

 하지만 오랫동안 입원해 있을 때에도 도희의 바람은 멈출 줄을 몰랐다. 끊임없이 문병을 오는 낯선 남자들, 그리고 그들을 향한 도희의 미소. 애써 스스로를 위로하던 나는 도희에게 점점 지쳐 갔다. 맑게 웃는 도희가 마냥 좋았는데… 해맑게 웃는 도희가 너무 예뻤는데… 그렇게 나는 지쳐 가고 있었다.

 입학식 날 결석을 했던 나는 맨 끝 방으로 배정받았다는 기숙사로 가기 위해 일요일임에도 불구하고 오랜만에 집을 일찍 나서서 고등학교로 향했다. 그때 일진패들이 모여 내게 시비를 걸어 왔다. 안 그래도 도희 때문에 심난했던 마음에 욱해서 그 녀석들을 묵사발로 만들었다. 그러던 중 어떻게 알고 왔는지 천우와 신규 녀석이 이쪽을 향해 달려오고 있었다. 묵사발 낼 땐 정신이 없어서 항상 시비 거는 놈들인 줄 알고 신경을 쓰지 않는데 중학교 때부터 지독히 일진 가입을 권유하던 같은 학교 일진 선배들이었다. 이미 천우와 신규는 그 일진에 가입되어 있었기 때문에 연락을 받고 달려온 듯했다. 일이 복잡해질 것 같아서 먼저 자리를 떴다. 녀석들 숫자가 꽤 많았던 터라 내 상태도 온전하진 못했다.

 기숙사로 가기 전 양호실로 먼저 들어갔다. 일요일이라서 그런지 양호 선생님은 없었다. 오히려 더 잘됐다 싶어서 이것저것 약을 찾아 바르는데 누군가 나를 쳐다보는 시선이 느껴진다. 양호실 커튼 뒤로 살짝 비쳐진 그림자. 몰래 나를 훔쳐보고 있는 아주 조그마한 여자 아이. 이제 여자라면 정말 질색이었다. 하지만 몰래 훔쳐보는 그 아이의 눈빛이 도희만큼이나, 아니, 그 이상으로 반짝이고 있었다. 인정하기 싫어서 대뜸 그 아이에게로 다가가 커튼을 열어젖히며 한마디 내던졌다.

"뭘 봐?"

소스라치게 놀라는 그 아이의 눈빛은 오히려 날 당황하게 만들었다. 생각했던 것보다 훨씬 맑고 순수한 눈빛이 아픈 내 마음을 꿰뚫고 있는 것만 같아서… 무서워 떨고 있는 그 아이를 뒤로한 채 양호실을 빠져나왔다. 그 아이를 보니 다시 도희가 떠올라 바로 기숙사를 들어가려니 답답해서 아끼는 오토바이를 타고 거리를 질주했다.

한참 후에 기숙사를 들어가려고 방문을 휙 하고 열었는데 조그마한 인형 같은 무언가가 내 몸에 탁하고 부딪쳤다. 정말 인형인 줄로만 알았다. 눈물을 가득 머금고 연신 죄송합니다를 연발하는 그 아이는 양호실에서 봤던 그 작은 아이였다. 또다시 도희 생각이 머리 속을 가득 메우는 탓에 그 아이를 피해 침대 위에 가방을 던져 두고 가만히 누었다. 천우와 신규 녀석 짓궂게 그 아이에게 장난을 쳤는지 온몸이 공포로 뒤덮힌 듯 바들바들 떨며 어디론가 나가고 있었다.

다음날 귀찮지만 미적미적거리며 뒤늦게 교실로 향했는데 어째 분위기가 이상하다. 나를 보면 항상 그랬던 일이기에 익숙했지만 어쩐지 그것과는 다른 분위기였다. 책가방을 꼬옥 안은 채 금방이라도 울 것 같은 표정으로 뒤에 서서 바들바들 떨고 있는 그 작은 아이. 이유를 알 수 없었던 난 중학교 때부터 항상 고정되어 있는 그 자리에 털썩 앉았다. 그런데 자꾸만 뒤에 서 있는 그 작은 아이가 거슬렸다. 살짝뒤를 돌아봐 그 아이를 불러 세웠다.

"이봐."

내 음성을 들었는지 소스라치게 놀라며 나를 바라보는 그 작은 아이.

"나… 나 말이야?"

목소리에도 떨림이 가득했다.

"그래, 너. 뭐 때문에 그러고 서 있는 거야?"

내 물음에 식은땀까지 흘려가며 겨우겨우 말을 내뱉고 있는 그 아이.

"자… 자, 자리가… 어, 없어서……."

황당했다. 자리가 없다니. 바로 내 옆자리도 훤하게 비어 있거늘. 바보가 아닌 이상 비어 있는 자리를 보고도 왜 자리가 없다고 하는 걸까? 혹시 나 때문에 애들이 해코지한 건 아닐까? 한심한 지지배들. 제일 잘하는 짓 아니겠는가? 그러면 내가 좋아할 줄 아는 바보들. 어이가 없다.

"자리가 없다고?"

확인차 물어보자 가만히 고개를 끄덕이는 아이. 심하게 떨고 있는 걸로 보아 역시 한심한 집단들에게 괴롭힘을 당한 게 틀림없다. 그렇다고 저대로 세워둘 수는 없는 일이고 조심스럽게 앉으라고 그 아이에게 말을 건넸다.

"그래? 내 옆 자리 비어 있는 거 같은데 앉지 그래."

내 말에도 쭈뼛거리며 마냥 당황해하고 있는 그 아이. 귀엽기도 했지만 한편으론 한심스러웠다. 지나칠 정도로 순수한 게 매력일지도 모르지만 도희 때문에 여자란 지쳤으니깐.

"안 앉을 거냐?"

인상 쓰지도 않았는데 나를 보며 부들부들 떨고 있는 그 아이를 보자 마치 길 잃은 강아지 같다는 생각이 들었다. 내가 그렇게도 무서운가?

"너 내가 그렇게 무섭냐?"

그 한마디에 눈물을 흘리고 마는 그 아이를 보자 미안한 마음과 답답한 마음이 교차되고 있었다. 나도 모르게 그 아이 손을 잡고 교실을 빠져나와 그 누구도 태워준 적 없었던, 심지어 도희조차도 태워주지 않았던 소중한 형의 오토바이에 그 아이를 태우고 있는 힘껏 달렸다. 무서운지 내 허리를 꼭 끌어안고 소리를 지르며 울고 있는 그 아이. 어느 정도 달렸다 싶었을 때 오토바이를 멈췄다. 눈물이 번벅되어 있는 그 아이의 눈이 결코 도희에게 뒤지는 눈이 아니라는 걸 느낌과 동시에 측은한 마음이 들었다. 그때부터였는지도 모른다, 내가 그 아이를 그렇게 좋아하게 된 건……. 한심하게 짝이 없지만, 답답해 미칠 것 같지만 도희만큼 맑은 눈을 가졌으면서도 어쩐지 나만 봐줄 것만 같아서…….

안 그래도 학교 다니기 싫었는데 더 귀찮은 골칫거리가 생겼다. 전학생인지 뭔지 교련이라고 하는 여자 아이가 자꾸만 들러붙는다. 남들이 보면 예쁘다고 난리칠 법한 애지만 도희에게 지친 나는 더 이상 여자 따위 관심을 두지 않기로 했다.

어느 날은 정원에 앉아 한가롭게 담배를 피우고 있는데 마구 설교하려 땍땍거리는 교련이라는 아이. 매우 귀찮았고 짜증이 나려는 찰나 나를 몰래 훔쳐보고 있는 그 작은 아이를 살짝 보게 됐다. 저 맑은 눈이 너무 예뻐서 이대로 가다간 진짜 저 애를 좋아해 버릴지도 모른다는 생각에, 이미 나를 좋아하고 있던 그 애에게 더 깊어지기 전에 나에 대한 마음을 접게 하고 싶었다. 때마침 불건전한 이성교제가 어쩌고 하는 교련이에게 키스를 해버렸고 그 모습에 충격을 받았는지 어디론가 뛰쳐 가던 그 작은 아이. 그걸로 내 마음도, 그 아이 마음도 끝일 거라 생각했다. 하지만 그건 시작에 불가했다.

그 후로 며칠이 지난 어느 날, 피투성이로 달려와 내게 무언가 말하려는 듯 망설이는 그 작은 아이 소아랑. 하지만 이내 말을 꺼내지 못하고 어디론가 뛰쳐가 버린다. 피투성이가 된 아랑이가 걱정되는 내 마음이 싫어서 부정하려 애를 썼다.

한참을 고민한 후 뒤늦게 그 아이를 도와야겠다는 생각에 기숙사로 달려갔다. 하지만 내가 목격한 것은 천우에게 안겨 있는 그 아이. 물론 무언가 사정이 있을 거라 생각했지만 도희와 천우가 끌어안고 있던 예전의 그 모습이 떠올라 오해인 걸 알면서도 울컥 화가 났다. 두 사람의 모습을 보고 나도 모르게 마음이 아파서 기숙사를 뛰쳐나왔다. 하늘도 이런 내 마음을 아는지 요란하게 천둥번개까지 치며 비를 쏟았다.

오토바이에 걸터앉아 비에 흠뻑 젖고 있는데 언제 다가왔는지 조심스럽게 내게 우산을 씌어주는 소아랑. 그 작은 아이는 그게 쑥스러웠는지 얼굴을 홍당무보다 더 빨갛다. 나를 걱정하는 그 아이 음성에 천천히 기숙사로 향하다가 교문 앞에 다다랐을 때 문득 이 아이와 같이 있고 싶다는 생각을 했다. 그래서 나도 모르게 툭 내뱉은 한마디.

"…술 마실래?"

"뭐, 뭐??"

깜짝 놀라서 휘둥그레진 소아랑의 눈을 보고 아차 싶어 서둘러 말을 돌렸다.

"아, 미안. 들어가자."

그렇게 점점 그 아이에게 조금씩 매력을 느끼고 있었다.

도희가 돌아온 후로 그 아인 계속해서 시달림을 받고 있는 것 같았다. 그 아이가 아프면 아플수록, 도희가 괴롭히면 괴롭힐수록 점점 내 마음은 그 아이에게로 기울어져 갔다.

어느 날 그 아이가 내게로 다가와 날 좋아한다며 더듬거리고 고백했을 때 두 번 다시 느끼지 못할 거라고 생각했던 행복이 파도처럼 밀려왔다. 확신할 수 있었다. 나 역시 이미 도희보다 소아랑을 훨씬 더 사랑하고 있다는 걸…… 프로포즈는 남자가 하는 거라며 그 아이를 받아들이고 키스를 했다. 새빨개진 그 아이의 얼굴을 보니깐 왠지 더 기분이 좋았다. 그렇게 아무 문제 없이 연애를 하게 될 줄 알았다, 평생.

하지만 중간중간에 천우와의 오해들, 그리고 되풀이되는 화해. 힘겨웠지만 이미 내 마음은 모두 그 애의 것이기에 힘들어도 버틸수 있었다. 그 아이가 내 곁에서 항상 웃고 있는 한 세상에 행복은 내가 다 가진 것 같았으니깐.

어느 날 신규 녀석이 다쳐서 모두가 고생하던 터에 아랑이만이 나에게 힘이 되어주고 있었다. 그런데… 황당한 전화 한 통을 받게 되었다. 그것도 그 아이 앞에서…… 도희의 자살을 믿을 수가 없었다. 하늘이 무너지고 땅이 꺼지는 듯한 느낌. 어쩐지 이 모든 게 나 때문이라는 생각이 들었다. 몇 번이고 매달리던 도희. 아픈 몸으로 온갖 동정을 사려고 했던 도희. 절대 잊을 수 없을 거라 생각했는데 아랑이로 인해 한 치의 미련도 없이 깨끗이 잊혀졌던 그런 도희. 아랑이와 함께 도희의 죽음을 목격했을 때 내 눈에 보이는 건 아무것도 없었다.

도희가 원망스러웠고 내 자신도 원망스러웠다. 울고 있는 그 아이를 버려두고 미친 듯이 어디론가 달렸다. 갑자기 가슴이 답답해지면서 숨이 막혀왔다. 언젠가 소아랑이랑 단둘이 있을 때 한 번 나타났던 증상과 같았다. 그땐 대수롭지 않게 넘겼는데 이번에 도희 때문에 충격을 받은 탓일까? 심하게 고통이 밀려왔다.

결국 정신 차렸을 땐 두 번 다시 인연을 맺고 싶지 않던 병원이었고 의사로부터 충격적인 말을 들어야 했다. 신경성 악성뇌종양… 집안 갈등으로 인한 스트레스, 도희에 대한 상처, 아랑이와 힘들었던 갈등. 그 모든 게 병이 되어 나를 찾아오게 될 줄은 몰랐다.

다시 정신을 깨어보니 며칠 후였다. 의사의 말을 듣고 병원을 그대로 뛰쳐나와 버렸다. 행복할 만하면 항상 이런 식으로 꼬이는 내 인생이 더는 싫어서 견딜 수가 없었다. 죽고만 싶었다. 도희를 따라서가 아니라 이런 처참한 내 인생이 싫어서… 악성뇌종양이면 언젠가는 죽을 텐데… 그냥 이대로 도희를 따라 자살하는 거라고 그 아이에게 인식시킨 후에 편하게 삶을 마감하면 될 것 같다는 생각이 들었다.

기숙사로 돌아와 여전히 다정한 천우와 아랑일 보면서 내가 죽어도 저 둘이 영원히 행복할 수 있을 것만 같은 느낌이 나의 자살 충동을 증폭시켰다. 욕실로 들어가 옷을 입은 그대로 욕조에 몸을 담갔다. 차가운 느낌이네. 따뜻함이 필요했다. 피는 따뜻하겠지. 욕조가 피로 물들면 내 몸은 따뜻해지겠지. 머리맡 천장에 놓여 있던 면도칼을 집어 들어 동맥을 향해 그었다. 순식간에 피는 욕조 안을 가득 메웠고 정신이 혼미해질 때쯤 천우와 아랑이가 들어왔다. 제길, 조금 늦게 들어오지… 이러면 죽을 수가 없잖아…….

　　미칠 것만 같다는 표정으로 나를 보는 두 사람. 내가 더 미칠 것만 같았다. 소아랑을 행복하게 해주기 위해서 마음에도 없는 말을 조금 섞어 이별을 고했다. 아직 도희를 못 잊겠다고… 아직 도희를 사랑한다고… 사실은 미치도록 소아랑 너만 사랑한다고 말해야 했는데…

　　더는 행복을 지켜줄 수 없어서 거짓말을 해야만 하는 내 마음을 저 아이는 알까? 아는지 모르는지 눈물만 뚝뚝 흘리는 바보 같은 저 아이를 두고 가려니 죽고 싶었던 충동이 조금씩 사그라든다. 내가 이러는 게 정말 도희 때문이라고 믿는 건지 천우가 도희의 마지막 편지를 건네준다. 도희의 편지를 읽고 미친 듯이 미안한 마음이 솟구쳤지만 여전히 그래도 내가 사랑하는 건 소아랑이었다.

결국 나는 천우로 인해 병원으로 옮겨졌고 자살 시도는 실패했다. 다시 한 번 죽으려고 덤비는 건 정말 병신 같은 짓인 것 같고 나만 바라보면 눈물을 뚝뚝 흘리던 아랑이를 위해 행복하게 오래도록 살고 싶은 생각이 들었다. 그러기 위해선 우리 나라보다 미국으로 가서 진료를 받는 게 살아날 가망성이 있는 것으로 판단되었다. 결국 살아서 돌아오지 못할지도 모르기에 그렇게 거짓말을 하면서 이별을 하며 작은 그 아이의 손을 놓아주었다. 애써 밝게 웃으려는 그 아이의 모습이 가슴속에 새겨져 영원히 지워지지 않을 것만 같았다.

　3년 동안 독한 약과 주사를 맞으며 그 아이 생각 하나로 버텨왔다. 하지만 결과는 실패였다. 한 달 남은 마지막 내 인생을 멋지게 보내라는 의사의 마지막 말에 3년간 참아왔던 그 아이에 대한 그리움이 터져 버렸다. 마지막으로 한 번만 보고 싶다. 정말 미치도록 한 번만 보고 싶다. 집적 가서 소아랑이라고 불러보고 싶다. 손도 잡아보고 싶고, 작은 그 몸을 안아도 보고 싶고, 귀여운 그 입술을 다시 느껴도 보고 싶었다. 아마도 지금쯤이면 천우와 행복해할 그 아이인데… 더 이상 둘의 행복을 깨고 싶지 않은데… 마지막 내 욕심이 나를 심하게 뒤흔들고 있었다.

　결국 비행기에 몸을 실어 한국에 도착했을 땐 선뜻 그 누구에게도 연락을 할 수가 없었다. 결국 내가 간 곳은 그 아이가 날 몰래 자주 훔쳐보곤 하던 고등학교 때의 그 정원이었다. 하지만 우연일까, 필연일까? 그 아인 조금도 변하지 않는 그 모습 그대로 그 자리에 서 있었다. 미치도록 쿵쾅대는 심장은 당장에 아랑이를 끌어안아 버리라고 말하는 듯했다. 나를 보는 그 아이의 눈망울이 달빛에 심하게 흔들리는 순간 안아봐도 되냐며 인사치레 한마디 던지고 내 멋대로 꽉 끌어안아 버렸다.

공허한 듯 내 품에 안기어 떨고 있던 그 아이가 잠시 멈칫하던 게 느껴졌고 내 뒤통수로 그 누군가의 따가운 시선이 느껴졌다. 이제는 당당히 자기의 여자라며 소리치는 천우를 보면서 실망감, 안도감이 반반 교차하고 있었다.

그날 천우를 따라 녀석들에게 가서 인사를 하고 나를 보며 양아치라고 놀리던 지훈이의 여동생 새롬이를 보면서 얼마 남지 않은 생, 화를 낼 힘도, 그럴 여유도 없었다. 막연하게 참고 있는 내가 신기했는지 마냥 나를 보면서 불안의 눈길을 떨치지 못하는 소아랑. 그 아이의 얼굴을 보면서 과연 내가 잘 돌아온 건지… 이렇게 와서 괜히 마음 흔들어놓은 건 아닌지… 걱정이 안 된다면 그건 거짓말일 테다. 아무것도 모르는 그 아이는 나를 바라보는 눈빛이 여전히 맑기만 하지만 천우의 눈빛은 불안으로 떨고 있다. 나로 인해 둘이 불행해지는 걸 원치는 않는데.

굳게 결심을 하고 마지막으로 소아랑에게 해주고 싶은 게 있었다. 내 은빛 머리칼을 보곤 염색을 자주 하나 보다며 살짝 웃어 보이던 그녀에게 나만의 새로운 변화를 주고 싶었다.

점심을 같이 먹기 위해 아랑이 집에 갔는데 천우가 대문 앞에 서 있었다. 깜짝 놀랐지만 사실 그렇게 놀랄 일도 아니었다. 아랑이랑 천우는 에인 사이였으니까. 약간의 실망감이 마음에 자리하고 곧 그 아이가 대문을 열고 나오는 순간 다시 밝아짐을 느꼈다. 그 아이도 천우가 오는 걸 몰랐나 보다. 당황한 그 아이의 눈빛이 언제나 그대로란 생각에 문득 귀엽다는 생각을 했다.

어리버리한 표정으로 자신이 맛있는 걸 해주겠으니 집으로 들어가자는 소아랑. 천우도 나와 같은 마음이었을까? 그 아이가 사는 집에 들어간다고 생각하니 괜스레 긴장이 됐다. 지훈이와 한방 쓴다는 걸 알고 다소 충격받았지만 2칸밖에 되질 않는 작은 집에서 어쩔 수 없는 일인 것 같아 이해하기로 했다. 하지만 천우는 나보다 더 신경질적으로 날뛰고 있었다. 그래, 현재 애인이니까.

필연이라 믿고 싶다. 밥을 먹고 있는데 천우의 휴대폰이 울리더니 곧 나가봐야 한다는 천우. 이로써 소아랑과 둘이 남게 되면서 점점 심장이 빨리 뛰고 있었다. 그 아이가 천우를 배웅하러 나간 사이 난 서둘러 설거지를 했고 곧 집 안으로 들어온 그 아이가 깜짝 놀라 자신이 하겠다며 내 팔을 붙잡는데 욕심인지 꼭 신혼부부 같았다. 하지만 그런 행복한 생각을 하면 할수록 얼마 남지 않은 내 생이 안타깝게만 느껴졌다.

이내 이 아이를 남들에게 꿀린다는 생각이 들지 않도록 천사처럼 만들어주고 싶어 데리고 시내로 향했다. 어제 예약해 놓은 최고급 헤어숍으로 가서 예쁘게 머리 염색도 해주고 파마도 시켜줬더니 정말 눈부신 천사가 따로 없었다. 순수한 모습도 좋았지만 어느 정도 꾸며둔 그녀의 모습은 적어도 내 눈엔 연예인 저리 가라 할 만큼 아름다워 보였다.

그 애와 이런저런 이야기를 나누려고 커피숍에 들어갔다. 나에게 관심을 가져 주는 사람들 하나하나 고맙긴 하지만 지금은 이 아이와 있는 시간만으로도 부족하다. 하지만 그 아인 기어코 날 맘에 둔 아르바이트생이 있는 커피숍으로 이끈다. 거슬리게 이것저것 물어오는 아르바이트생. 답답한 마음에, 단둘이 있고 싶은 마음에 서둘러 차를 마셨다.

그리곤 아랑일 데리고 나와 영화관으로 향했다. 같이 영화도 보고, 저녁도 먹고, 어느새 헤어질 시간인 것 같아 아쉽기만 했다. 고맙게도 그녀의 얼굴에도 아쉽다고 쓰여 있는 것 같았다. 정말 마지막이다… 정말 마지막으로 부탁했다. 우리가 처음 데이트했던 그날처럼 놀이동산에 가보자고… 야간개장을 하니까 지금 가도 충분할 거란 생각에 그 아이를 이끌었다. 다행히도 즐거워한다. 자꾸만 안아주고 싶고 손을 꼭 잡고 싶다. 이제 두 번 다시 못하게 될 일들이니까……

아직도 천진난만하게 웃는 그녀… 잠시 휴식을 취하기 위해 벤치에 앉았는데 아랑이의 폰이 울린다. 내 눈치를 살피는 걸 보니 천우인가 보다. 더듬더듬 전화를 받더니 통화를 마치고 아무것도 아니라는 듯 환하게 웃어 보이는 그 아이… 느낄 수 있었다. 아직까지 날 그리워하고 있다는 사실을… 내가 사랑하는 것만큼이나 애타게 나를 부르고 있었다는 걸.

그녀의 집 앞까지 바래다주면서 마지막으로 내 삶을 정리하고 있었다. 한 걸음 한 걸음 그 아이의 집에 도착할수록 정말 이게 끝이구나 하는 생각에 잠시 멍해져 버렸고… 그녀와 내가 나누기 위해 오랫동안 간직해 온 커플링… 이 커플링을 같이 나눠 끼고 싶지만 그럴 수 없다. 내가 세상에 존재하지 않는다는 걸 알 때에는 또 한 번 이 아이의 가슴이 무너져 내릴 테니까.

헤어짐이 아쉬운 듯 그녀가 망설이는 모습을 보자 정말 미칠 것만 같았다. 이런 아이를 두고 떠나야 하다니… 이런 아이 곁에서 물러나야 하다니… 영원히 이별이라니…….

하지만 이내 냉정을 되찾고 마음을 가다듬었다. 천천히 그 아이에게 다가가 마지막 키스를 해주었다. 가장 행복한 순간이었다. 나는 알고 있었다, 천우가 골목 뒤에서 아랑이와 날 지켜보고 있다는 사실. 하지만 난 잔인하게도 내가 마지막으로 하고자 했던 일을 진행시키고 있었다.

키스를 한 후에야 아랑이도 천우가 있었다는 걸 눈치 챘는지 당황한다. 그 당황하는 모습까지도 기억하고 싶었다. 나한테 뺏길까 봐 노력하는 천우의 모습을 보면서 잠시 우정을 망각했다면 용서를 구해야겠지. 이내 아랑이에게 곰인형을 안겨주고 가버리는 천우. 그 뒷모습에 이 작은 아이는 또 울어버린다. 정말 눈물이 많은 소아랑. 눈물 한 방울까지도 모두 사랑하는데… 마지막… 마지막… 마지막이란 단어만이 머리 속을 가득 메우고 있었다. 점점 가슴이 답답해지고 숨 쉬기가 힘들어 옴을 느껴 서둘러 이 작은 아이에게 커플링을 불쑥 내밀었다. 깜짝 놀라 나를 보는 그 아이의 눈망울이 마음에 새겨질 것만 같았다. 자신과 내가 나눠 가질 커플링이라 굳게 믿는 아이. 사실 그게 맞지만 그렇게 될 수 없는 현실. 당황해하는 그녀에게 얼른 말을 이었다.

"이거… 천우랑 니 반지야."

나의 한마디에 휘둥그레진 눈이 더욱 놀란 토끼 눈마냥 변하는 아이. 사실 이거 우리 커플링이야… 라고 얼마나 외치고 싶었는지 모른다. 하지만 내 입에선 다른 말들이 흘러나오고…

"그런 말 못 들어봤어? 여자 쪽도 남자 쪽도 자신의 친한 친구일 때는 친한 친구로서 커플링을 해준다는 말."

"보혁아……."

그 아이의 가늘게 떨리는 음성이 나를 더욱 자극했다. 금방이라도 눈물이 떨어질 것만 같은 걸 간신히 참아내고 있었다. 이내 키스의 의미가 궁금하다고 물어오는 아이. 용기를 내어 사랑하니까… 널 사랑하니까… 라고 말하고 싶지만 그 말을 하면 안 된다… 내가 지켜줄 것도 아니면서 그 말을 해서는 안 된다… 내가 그 말을 하면 또 한평생 미치도록 나만 그리워할 아이니까.

"그 키스와 함께 너도 혹시라도 남아 있는 나에 대한 감정… 지워주길 바란다."

날 지워달라는 말을 하기가 이렇게 아프고, 아플 줄이야. 진짜로 누군가에게서 잊혀진다는 건 정말 서글픈 일이다. 너무 힘겨운 일인 것 같다. 영원히 든든한 후원자가 되어주겠다는 말에 이 아이 또 금방 눈물을 펑펑 쏟는다. 그리고 고맙다는 말을 하고 만다. 나한테 고맙단다. 이 아이… 방금 고맙다고 그런다. 도저히 그 아이의 뒷모습을 볼 자신이 없었다. 이 아이가 돌아서 집으로 들어가 버리면 두 번 다시 볼 수 없을 테니까. 그럴 테니까. 먼저 이 아이의 마지막 모습을 새기면서 돌아서야겠다. 펑펑 우는 그 아이의 모습을 잠시 멍하게 바라보며 살짝 미소를 지었다. 나 역시 금방이라도 눈물이 쏟아질 것만 같아 뒤돌아 그녀를 두고 걸었다. 다행이다. 그 작은 아이가 내 눈물을 보지 못해서. 마지막까지 가슴에 담고 꺼내지 못한 말… 천우가 대신하면서 아랑일 행복하게 해주겠지. 소아랑… 내 평생에 너보다 사랑한 여자는 없었어. 도희도 너에 비하면 사랑을 논할 가치도 없으니까. 미안해, 지켜주지 못해서… 강하지 못해서… 그리고 너무 사랑해서…….

천우에게 소아랑을 부탁하는 마지막 편지를 남긴 채… 그제야 편안하게 소아랑을 마음에 품고 세상과도 이별할 수 있었다. 이렇게…….

-천우 바보 같은 니가 좋아

항상 나보다 위였던 녀석. 뭐든지 나보다 한 단계 위였던 녀석. 라이벌 의식을 무섭게 불타오르게 할 법도 한데… 그 자식이 정말 무서운 건 그런 라이벌 의식조차 가질 수 없게 만들 만큼 그놈은 멋진 놈이라는 거다. 도희를 처음 본 순간 첫눈에 반했던 내 마음. 하지만 도희를 향한 그 녀석, 바로 신보혁의 마음. 도희 역시 그런 보혁이를 향해 예쁜 마음을 전해주고 있었다.

진심으로 그 둘이 예쁜 사랑을 키워 나갔으면 했지만 도희는 크면 클수록 보혁이를 밀어내고 있었다. 그때가 기회라고 생각했던 건 내 착각이고 실수였다. 잠시 내 마음을 받아준 것 같은 도희의 행동에 무척이나 기뻤지만 이내 그것은 진심이 아니라는 걸 깨달았다.

친동생처럼 지내는 진주가 나더러 자신이 크거든 신부로 맞이해 달랜다. 그땐 웃으며 그러겠노라고 장난스럽게 웃어넘겼지만 그게 나중에 덜미를 잡힐 줄이야. 아무 생각 없이 했던 내 말을 평생 동안 담아둘 작정이었나 보다. 줄기차게 나를 쫓아다니며 자신을 봐달라고 애원하는 진주. 어쩌면 그런 그 애의 모습에서 도희를 쉽게 잊었는지도 모른다. 아니, 보혁이가 도희를 마음에 두고 있기에 이길 수 없단 생각을 가지고 포기한 게 맞는 건가?

어쨌든 지금 내 마음에서 도희도, 진주도 생각하고 싶지 않았다. 여자들의 가식적인 눈을 너무 깨달은 지 오래니깐.

고등학교 입학을 하고 신규 녀석과 장난을 치면서 기숙사로 들어갔는데 2층 침대 위에 벌벌 떨고 있는 눈이 맑은 여자 아이가 내 시야에 포착되었다. 느낌이 굉장히 좋은 아이. 진주와 도희랑은 또 다른 매력을 가진 듯해 보였으나 많은 관심을 두지 않기로 했다. 신규 녀석 장난기가 발동해서 그 아이를 괴롭힐 땐 나도 웃으며 동참을 했었다. 알고 보니 눈물도 많고, 정도 많고, 한없이 어리버리한 그 아이. 자꾸만 지켜보게 된다. 자꾸만 신경 쓰인다. 바보 같은 저 아이가 자꾸 떠오른다.

하루는 비가 심하게 쏟아지던 날. 8시간 동안 그 비를 맞으며 보혁이를 기다리는 그 아이를 보고 나도 모르게 울컥 화가 치밀었

다. 그 여린 어깨를 마구 흔들며 소리를 쳤지만 그 아이의 눈빛은
오직 보혁이만을 그리고 있었다. 화가 나서 더 다그쳐 버렸는데
그 아이 왜 자신에게 그렇게 화를 내냐며 무엇 때문에 자신에게
그렇게 신경 쓰느냐고 묻는다.

"바보 같은 니가 좋아."

나도 모르게 바보 같은 니가 좋다고 말해 버렸다. 내가 살면서
저지른 가장 어리석은 짓이며 가장 행복한 순간이었다. 보혁이만
을 볼 걸 알면서도, 보혁이만 생각할 걸 알면서도 자꾸만 이 애만
큼은 내 품에 넣고 싶다는 생각을 했다. 하지만 그것은 내 욕심일
뿐 그저 지켜보는 것밖엔 아무것도 할 수 없는 내게 그녀는 작은
동정심이나마 생겼던 걸까? 나와 보혁이 사이에서 심하게 갈등하
고 있는 그 아이를 보면서 끝까지 밀어붙여 내 여자로 만들까 하
는 생각도 했지만 나에게로 오면 올수록 짙어지는 그 아이 눈에
담긴 보혁이의 모습. 더 이상 비참할 것도 없는데 왜 이렇게 마음
이 아픈 건지… 결국 그 아이를 놓아주겠다고 말을 하고 말았다.
용기 내서 보혁이에게 가라고 말했다.

잠시 망설이는 듯했지만 역시나 보혁이에게 달려가는 그 아이
뒷모습을 보면서 어쩌면 난 평생 저 아이의 뒷모습만 봐야 한다는
생각이 미치도록 내 심장에 비수를 꽂았다.

보혁으로 인해 마음 아파하는 아랑이를 볼 때마다 잊어야지 하
면서도 오히려 더 감싸 안게 된다. 결국 나는 깨달았다. 죽어도 이

아이를 잊을 수 없다는 걸. 충격적인 도희의 자살 사건 이후로 보혁이는 소아랑과 이별을 선언했다. 가슴 찢어질 듯한 공항의 이별 장면도 본인에겐 쓰라린 상처가 되었지만 그걸 지켜만 봐온 나에게도 만만치 않은 아픔이 되었다.

　3년이라는 세월이 흐를 때까지 아랑이의 눈빛은 예전 그대로였다. 보혁이의 은빛 머리칼을 그리워하는 그 아이의 눈동자. 잠시 내가 은색으로 염색을 하고 싶다는 충동을 수백 번 하게 하는 그 눈동자. 잊을 때도 된 것 같은데, 아니, 이젠 잊어야 하는데 왜 그렇게 미련하게 옛사랑을 그리워하는지.

　말이 3년이지 그 길다면 긴 세월 동안 한 사람만 그리워한다는 게 쉬운 일은 아닐 텐데. 답답하고 애가 타서 나도 그만 술김에 고백을 하고 키스를 해버렸다. 조금 놀란 듯한 그 아이의 얼굴 누구보다 자신만 바라봐 온 나를 잘 알기에 보혁이를 잊지 못했으면서도 나를 받아들인다. 그리고 할 수 없는 일을 하겠다며 나를 안심시킨다. 보혁이를 잊겠다는 그 할 수 없는 일…….

　다 알지만 잠시 내 곁에 머무는 것만으로도 미련하리만치 난 기뻤다. 내가 소아랑만 바라보듯, 진주도 나만을 바라보고 그 아이 마음은 누구보다도 잘 알지만 내 눈에도 소아랑밖에 담을 수 없었으니깐. 신비한 매력이 있는 걸까? 모두들 그 아이를 처음엔 인정하지 않지만 나중에 미치도록 좋아한다. 강유 녀석 슬퍼도 웃는 방법을 자기는 안다고 말도 안 되는 헛소리를 해댄다. 아직까지 진주를 좋아한다며 자기가 진주를 책임질 테니 소아랑을 행복하게 해달라고 부탁한다.

강유 눈에도 소아랑이 가득 차 있는데… 내가 보기엔 강유는 웃고 있는 게 아니라 울고 있는데… 하지만 내 욕심으로 그렇게 강유의 배려를 받으면서 진주를 부탁하고 아랑이 곁에 머문다.

잠시지만 매우 행복한 순간들이었다. 그 행복한 순간이 잠시라고 느껴진 것은 얼마 가지 않아 보혁이가 돌아왔기 때문이다. 어딘가 모르게 해쓱해진 보혁이의 얼굴. 그 은빛 머리칼만은 여전히 멋지게 빛나고 있었다. 보혁이를 보면서 심하게 흔들리는 그 아이. 알고는 있었지만 역시 배신감이 밀려오고 내가 물러날 때가 된 것만 같아서 또다시 마음이 갈기갈기 찢겨져 나간다. 이제 내 여자라고 보혁이에게 당당히 소리쳤지만 사실은 겁이 났다. 사실 내 여자를 뺏길 걸 알고 있으니까. 나 몰래 어설픈 거짓말을 하며 보혁이를 만나는 아랑이 마음을 그저 이해하려고 노력하고 있었다.

소아랑을 꼭 닮은 어리버리한 커다란 곰인형을 안고 아랑이 집 앞에서 한참을 기다리고 있을 때 혁이의 소리가 들려왔다. 순간 하늘비 어때? 하고 맑게 웃던 아랑이 얼굴이 스친다. 내 이름을 가장 쉬운 한자로 풀이해서 만들어준 내 오토바이 하늘비. 단순하지만 너무 마음에 든다. 이다음에 내가 자식을 낳으면 첫째는 하늘이 둘째는 비라고 지어 보일 거다.

그런 생각에 혼자 미소 짓고 있는데 보혁이와 아랑이가 나란히 서고 키스하는 걸 보고야 말았다. 알고 있었는데… 처음부터 인정하고 있었는데… 역시 이럴 때마다 내 마음만 아프다. 보혁이도 원망스러웠다. 나쁜 자식이라고 욕해주고 싶었지만 아랑이를 뺏어간 놈이기 전에 나의 가장 소중한 죽마고우니깐.

비참한 마음을 달래며 아랑이에게 주기 위해서 가지고 있던 어리버리한 곰인형을 건네주곤 나름대로 아무렇지 않은 척 다시 등대지기가 되겠다며 돌아선 내 눈가에 미련하게 왜 눈물이 고인 건지…….

그렇게 아랑이와는 이별을 한 것만 같았다. 연락이 오기를 기다려 봤지만, 몇 번이나 먼저 연락을 해보고 싶었지만 보혁이의 키스를 받고 행복해하던 아랑이 얼굴이 떠올라 차마 그럴 수가 없었다.

수녀가 되어버리겠다고 대학까지 포기하고 사라져 버린 아랑이를 7년 동안 또다시 그리워하며 아파하는 내 모습에 익숙해질 때쯤 보혁이가 7년 전 전해준 편지를 다시 꺼내 들었다. 색깔이 바래져 노랗게 변색됐지만 아직까지 글자만은 또렷하게 읽을 수 있었다.

To. 천상천하 나의 하나뿐인 야~ 여러 명 중의 한 명인 하늘비 주인 천우에게.

안녕? 첫 멘트가 나답지 않아 조금 웃겼냐? 나 때문에 웃는 모습은 한 번도 못 봤군. 나보다 더 잘난 놈이, 항상 나를 먼저 배려해 주던 놈이 이번에도 지 여자를 곱게 넘겨주려 한 거냐? 미련한 놈. 소아랑 너 가져라, 이렇게 쉽게 말할 수 있었다면 우리 둘 다 소아랑을 향하는 마음이 그렇게 간단했다면 서로를 적으로 조금이나마 의식하게 될 일 없었을 텐데…….

미리 말했어야 했어, 나 반병신이라고. 분위기 잡고 나 아프다고 말하는 게 도저히 안 어울릴 것 같아서 이렇게 편지를 남긴다. 니가 이 편지를 받아 들 때쯤이면 나 니 옆에 없다, 이놈아. 니 옆에뿐만 아니라 소아랑 옆에도 없다. 세상을 등지고 편지를 쓰는 거니깐 소중하게 간직을 못할망정 버리지는 말아라.

그래, 헛소리가 길었구나. 나 아프다고 그러니깐 소아랑을 잘 부탁한다고 쓰고 싶은데 너두 알다시피 내가 글재주가 없다. 편지 같은 거 써 본 적도 없고 같이 지내서 알겠지만 어버이날, 스승의날 학교에서 억지로 편지를 쓰라고 하면 볼펜 집어 던지고 밖으로 나가던 나였다. 알지? 당연히 알겠지. 너도 같이 뛰쳐나갔으니. 그러니깐 내가 이렇게 편지를 쓰는 건 기적이야. 기적을 일으킬 만큼 소원 하나 못 들어주겠냐? 벌받았나 봐. 소아랑 힘들게 해서… 하늘이 나는 소아랑 곁에 있으면 안 된대.

그동안 천우 네 마음 아프게 했던 거 이제 그만 하련다. 사실 하늘은 니 편을 들어주고 있었던 거야. 원망스럽군. 제길. 크크크. 채팅 용어로는 'ㅋㅋㅋ'라고 한다지? 얼마나 글을 안 썼으면 이런 유행어도 어색해서 크크크라고 쓰는지. 이런 나를 이해하길. 내 부탁 꼭 들어줄 거지? 소아랑 행복하게 해주고 무엇보다 그거로 인해서 너도 행복해야 하고 내가 죽었다는 사실은 절대로 소아랑에게 알리지 마라. 이순신 남깁니다.

주접스럽게 써야만 병신같이 정 많은 내 친구인 니가 안 울 것 같아서 나름대로 그렇게 썼는데… 왜 우냐? 이 병신아, 울지 말고 그 눈물 아껴서 소아랑 행복하게 해줘라.

느끼하지만 한마디 하고 마칠게. 흠흠. 이게 한마디는 아니고… 사랑한다… 친구야…….

은빛 카리스마 신보혁이가 바보 친구 천우에게 받치는 글.

7년이 지나 다시 읽는 녀석의 편지에도 또다시 눈물이 나려 한다. 녀석에게 미안해서 친구로서 아무것도 몰랐던 사실이 너무나 미안해서, 조금이나마 녀석을 원망하려고 했던 것까지도 너무나 미안해서 소아랑에게 가지 못했다. 7년이란 세월 동안 녀석에게 미안한 마음을 품고 살았으니깐 이 정도면 참회가 됐으려나? 이젠 달려가야지. 보혁이 니 말대로 나 소아랑 평생 지켜줄 거다. 그러니까 하늘나라에서 질투난다고 우리 결혼식날 은빛 빗방울을 떨어뜨리지 말길 바란다.

멋드러지게 정장을 차려입고 소아랑이 있을 성당으로 찾아가는 발걸음은 맨처음 기숙사를 들어갈 때 그 느낌이 난다. 처음처럼, 또 처음인 것처럼 그렇게 시작해 보자.

—지훈 평범한 멋진 킹카이고 싶다

"미안해. 우리 헤어지자."

하늘이 무너지는 것만 같았다. 내가 어떻게 얻은 사랑인데… 내가 어떻게 이루어낸 사랑인데… 여지껏 오직 한 사람만 바라봤는데… 이렇게 쉽게 이별을 당하다니. 누나를 원망했지만 그보다 더 원망스러운 건 누나를 뺏어간 보혁이의 형. 우습게도 누나가 좋아한 건 보혁이 형도 아니었다지. 어떻게 보혁이 형과 사귀면서 보혁이를 마음에 두고 있었는지.

여자란 존재는 절대 믿을 수 없는 거라고 다짐했다. 그 큰 배신감 후로 여자는 돌보다 더 못한 존재로 취급했다. 여자를 인간으로 보지도 않았다. 가끔 누나에 대한 그리움이 마음속에 새겨질 땐 미친 듯이 달렸다.

하루는 아빠 차를 몰고 누나 생각에 힘겨워 도로를 질주하는데 오토바이 한 대가 무서운 속도로 내 앞으로 다가온다. 미처 피할 겨를도 없었다. 그건 그쪽도 마찬가지였나 보다.

쾅―!

결국은 무척이나 심하게 부딪쳤으나 아빠 차는 무정할 만큼 상대에 비해 멀쩡했고 나 역시 아무런 부상이 없었다. 서둘러 정신을 차리고 내려서 상대를 확인했을 땐 소스라치게 놀라고 말았다. 상대는 다름 아닌 보혁이 형과 누나. 놀라고 있을 시간이 없다. 미친 듯이 빨리 뛰는 심장만큼 서둘러 둘을 병원으로 옮겼지만 끝내 숨을 거두었다. 죄책감에 시달려 몇 달을 거의 미친 듯이 살았다.

원래 사이가 안 좋던 부모님은 결국 이혼을 하셨고 아빠는 나같이 사고뭉치인 자식 못 키우겠다며 새롬이를 데려가겠다고 하셨다. 그렇게 동생과 헤어져 가끔 만날 때를 빼곤 난 거의 반미치광이었다.

그 아이를 만나기 전까지… 강유에게서 보혁이가 좋아한다는 여자를 만난다고 했을 때 처음엔 어떻게든 뺏어보려고 접근하려 시도했다. 하지만 그 애를 몇 번 마주했을 때 알 수 없는 기운이 느껴진다. 순수함으로 가득 찬 그 아이는 복수로 가득 찬 내가 들어가기엔 난 너무 더러운 세균이었으니까. 점점 그 애에게 정이 들고 남매가 되면서 애뜻함은 더해갔다. 하지만 난 정이 들면 들수록 더 냉정하고 무뚝뚝하게 대했다. 뒤늦게 두 번째 사랑을 찾았다고 생각했을 땐 이미 그 아이와 남매가 된 후였다. 보혁이랑 천우 사이에서 힘들어하는 그 애를 은근히 충고도 해주고 도와주면서 남매의 정을 넘어선 감정이 몇 번이나 마음에 새겨졌지만 철저하게 절제하는 내 스스로를 대견스럽게 여겼다.

이제는 누나도 잊고 소아랑 같은 그런 여자를 찾아나서야겠다. 이지훈도 이제는… 평범한 멋진 킹카이고 싶다.

아랑이의… 그 후

제12장 아랑이의⋯ 그 후

　보혁아, 정말 미안해. 널 두고 그렇게 미치도록 너만 보던 내가 이젠 날 미치도록 사랑해 준 천우 곁에 서서 행복을 찾아가려 해. 용서해 줄 수 있겠니? 이렇게 시간이 지나도 내 기억 속엔 너에 대한 기억들이 단 한 순간도 잊혀지질 않는데.

　넌 지금 나를 잊고 살아가고 있는 거니? 널 이렇게 애태우며 생각하고 마음 아파하는 일도 오늘이 마지막이야. 섭섭하지 않아? 너도 내가 천우 곁에 머무는 걸 허락한 거지? 그렇게 믿어도 되는 거지?

　나 이 시간이 지나고 나면 너에 대한 기억을 억지로라도 잊으려

할지도 몰라. 누군가에게 잊혀진다는 게 얼마나 서글프고 가슴 미어지는 일인지… 너는 아니? 그래도 널 가슴속에 담아둘 수가 없는 이유는 너에게 미안해서… 너무 미안해서……. 나 같은 바보를 알게 해서… 나 같은 어리버리한 여자애를 좋아해 준 게 너무나 고맙고 미안해서…….

제발 행복해지길 바래. 어느 곳에 있든 너의 그 찬란한 은빛 머리칼보다 마음의 빛이 더 밝아져서 슬픈 미소가 아니라 행복한 미소만 짓고 살아갈 수 있는 그런… 그런 남자가 되길 바래. 이런 말 부질없지만 널 너무 많이 사랑했어, 보혁아. 진심으로… 하지만… 이젠 널 지울게. 이제는 널 잊을게. 보혁아, 이젠… 안녕…….

"이로써 신랑 성천우 군과 신부 소아랑 양이 부부로 맺어졌습니다!!"

보혁이에 대한 마음을 정리하고 천우의 온화한 미소를 바라보는 사이 어느새 우리의 결혼식은 막바지에 이르러 있었다. 주례사의 말이 끝나기가 무섭게 사람들의 함성과 박수 소리에 결혼식이 끝났음을 실감했다. 그중에서도 유독 눈에 들어오는 건 변함없이 뾰족하게 세워진 삐대 머리 신규 녀석의 발악에 가까운 함성이었다.

"으하하하하!! 성천우, 진짜 축하한다!! 니가 이겼어, 임마~ 천하의 신보혁을 니가 이긴 거라구!!"

정말 눈치없는 놈이란 생각이 들지만 하루 이틀도 아니고 이젠 보혁이란 이름을 들을 때 가슴을 철렁이는 것도 웬만큼 익숙해져 버렸다. 이젠 보혁이란 이름에 나보다 더 얼굴색이 굳어지는 건 천우이다. 아직도 불안한 걸까. 이젠 천우와 나는 하늘이 맺어준 부부가 된 건데 말이야. 혹시나 하는 마음에 결혼식 내내 이곳저곳을 슬쩍 둘러보아도 보혁이의 은빛 머리칼은 보이질 않는구나. 벌써 몇 년의 세월 속에 묻혀진 보혁이의 기억이지만 아직까지 생생하게 남아 있는 여운은 천우의 배려로 모두 잊어가겠지. 나보다 아줌마가 먼저 되어버린 교련이의 환한 미소는 전보다 더 맑아진 것 같다.

"아랑아, 축하해~ 너 닮은 이쁜 아기 많이 낳고 행복하게 잘살아야 해~"

"고마워, 교련아. 너두 몸 관리 잘해~ 임신 3개월이라면서?"

"응, 고마워. 신혼여행 때 허니문 베이비 만들어 버려, 아랑아~ ㅋㅋㅋ"

"교, 교련아! >ㅁ<"

금세 붉어진 내 얼굴을 놀리려 드는 녀석이 있었으니 그놈은 다름 아닌 지훈이.

"싫다는 말은 안 하는군. 너 닮은 어리버리한 쑥맥 태어나면 곤란하니까 천우 같은 놈 하나 만들던지."

"지훈이 너까지 무슨 소릴 하는 거야!!"

모두들 뭐가 그렇게 좋은지 연신 깔깔대며 장난을 쳐대지만 유독 눈물을 뚝뚝 흘리고 있는 여자가 있었으니… 그 사람은 다름 아닌 지훈이의 동생 새롬이었다.

"새롬아, 울지 마. 분명 우리 천우보다 더 멋지고 좋은 너에게 어울리는 그런 남자 만날 수 있을 거야."

"언니한테 그런 말 듣고 싶지 않아!"

"미안해, 새롬아. 하지만 나도, 나도 천우를 놓을 수가 없어."

"그럼 한 가지 약속해, 아랑 언니."

"뭔데?"

"두 번 다시 천우 오빠 옆에서 보혁이 오빠 생각하지 않겠다고. 절대 그러지 않는다고 약속해."

잠깐이지만 침묵과 어색한 분위기가 우리 모두의 마음에 차가운 바람을 타고 있었다.

"약속할게. 약속해. 천우 말고는 다른 누구도 생각하지 못할 거야."

천우를 아직까지 짝사랑했었다는 사실은 누구보다 잘 알지만 이젠 나도 더 이상 천우를 이렇게 저렇게 휘둘리게 만들고 싶진 않으니까.

강유의 환한 미소만큼이나 행복한 결혼식을 마친 후 녀석들의 짓궂은 장난세례를 받으며 신혼여행을 떠나기 위해 공항으로 향했다. 차 뒤로 끌리는 깡통 소리와 차 곳곳에 매달린 풍선들이 바람에 날려서 떨어질 듯 말듯 위태로워 보인다. 오늘따라 유난히 말이 없는 천우의 손이 가만히 내 손을 붙잡는다. 약간 놀라 녀석을 바라보자 천우는 늘 그렇듯 온화한 눈빛으로 날 내려다보고 있다.

"아랑아."

"응?"

"우리… 행복해지자."

"아… 으응."

"꼭 행복해지자……."

진지한 천우의 음성과 눈빛 때문에 더 이상 천우의 눈과 마주하고 있다는 게 쉽지 않아 살짝 고개를 숙였다. 붉어진 내 볼을 살짝 쓰다듬으며 천우는 나지막이 음성을 퍼뜨렸다.

"널 사랑해서 저지른 모든 죄는 널 행복하게 만들어서 갚을 거야. 사랑은… 죄니까."

아직 결혼이 실감나지 않아 어리둥절하던 내 마음에 천우의 그 한마디는 새로운 인생의 시작을 보여주는것만 같았다.

"성천지～ 아빠 물건 손대면 안 돼～"

"웅, 엄마."

귀여운 8살박이 내 딸 천지. 지 아빠를 쏙 빼닮아 너무나 예쁘게 생겼다. 천우는 날 닮았다고 우겨대지만 난 아무리 생각해도 천우를 닮은 것 같다. 천우의 서재에서 뭘 하는지 천지는 좀처럼 나올 생각을 하지 않고 있었지만, 난 집안 구석구석 청소하느라 바빴기에 신경 쓸 겨를이 없었다. 천지는 어느새 노랗게 바래진 종이 한 장을 들고는 내 곁으로 달려와 환하게 웃고 있다.

"엄마, 천지가 얼마나 글씨 잘 읽는지 봐봐~"

"우리 천지, 엄마한테 그거 읽어주려고?"

"응, 아빠 사무실에서 찾은 건데 내가 읽어볼게."

"아빠 물건 함부로 손대면 안 된다고 했잖아~ 엄마한테 보여 줘 봐~ 어떤 건지 한번 보자."

"아니야, 천지가 읽어줄 거야~ 응?"

귀엽게 눈망울을 반짝이는 천지에게 두 손 두 발 다 들어버렸다.

"그래그래, 알았어. 그럼 읽어봐~"

열심히 설거지를 하며 귀여운 천지의 음성에 귀를 기울였다. 천지는 나름대로 또박또박 종이에 쓰여진 무언가를 읽어 내려가기 시작했다.

"천상천하 나의 하나뿐인 아~ 여러 명 중의 한 명인 하늘비 주인 천우에게. 안녕? 첫 멘트가 나답지 않아 조금 웃겼냐? 나 때문에 웃는 모습은 한 번도 못 봤군. 나보다 더 잘난 놈이, 항상 나를 먼저 배려해 주던 놈이 이번에도 지 여자를 곱게 넘겨주려 한 거냐? 미련한 놈. 소아랑 너 가져라. 이렇게 쉽게 말할 수 있었다면, 우리 둘 다 소아랑을 향하는 마음이 그렇게 간단했다면 서로를 적으로 조금이나마 의식하게 될 일 없었을 텐데."

8살짜리치곤 제법 정확한 발음에 감정까지 잘 잡고 읽는 걸 보고 감탄하고 있었지만 점점 내 마음은 알 수 없는 기분으로 쿵쾅거리고 있었다. 천지의 음성은 누군가의 음성으로 변한 것처럼 들리며 이어졌다.

"미리 말했어야 했어, 나 반병신이라고. 분위기 잡고 나 아프다고 말하는 게 도저히 안 어울릴 것 같아서 이렇게 편지를 남긴다. 니가 이 편지를 받아 들 때쯤이면 나 니 옆에 없다, 이놈아. 니 옆에뿐만 아니라 소아랑 옆에도 없다. 웅~ 근데 엄마… 자꾸 엄마 이름 나오는데 이 사람도 엄마 아나 봐~"

설거지하던 그릇을 그만 뚝 떨어뜨리는 바람에 쨍그랑 하는 찢어지는 소리가 귓가를 괴롭혔다.

쨍그랑!!

"어, 엄마! 엄마 왜 그래?"

"천지야… 그 편지 이리 줘봐."

난 서둘러 천지에게서 편지를 빼앗고 나머지 글귀를 읽어 나가기 시작했다.

세상을 등지고 편지를 쓰는 거니깐 소중하게 간직을 못할망정 버리지는 말아라.

그래, 헛소리가 길었구나. 나 아프다고 그러니깐 소아랑을 잘 부탁한다고 쓰고 싶은데 너두 알다시피 내가 글재주가 없다. 편지 같은 거 써본 적도 없고 같이 지내서 알겠지만 어버이날, 스승의날 학교에서 억지로 편지를 쓰라고 하면 볼펜 집어 던지고 밖으로 나가던 나였다. 알지? 당연히 알겠지. 너도 같이 뛰쳐나갔으니. 그러니깐 내가 이렇게 편지를 쓰는 건 기적이야. 기적을 일으킬 만큼 소원 하나 못 들어주겠냐? 벌받았나 봐. 소아랑 힘들게 해서… 하늘이 나는 소아랑 곁에 있으면 안 된대.

그동안 천우 네 마음 아프게 했던 거 이제 그만 하련다. 사실 하늘은 니 편을 들어주고 있었던 거야. 원망스럽군. 제길. 크크크. 채팅 용어로는 '크크크'라고 한다지? 얼마나 글을 안 썼으면 이런 유행어도 어색해서 크크크라고 쓰는지. 이런 나를 이해하길. 내 부탁 꼭 들어줄 거지? 소아랑 행복하게 해주고 무엇보다 그거로 인해서 너도 행복해야 하고 내가 죽었다는 사실은 절대로 소아랑에게 알리지 마라. 이순신 남깁니다.

주접스럽게 써야만 병신같이 정 많은 내 친구인 니가 안 울 것 같아서 나름대로 그렇게 썼는데… 왜 우냐? 이 병신아, 울지 말고 그 눈물 아껴서 소아랑 행복하게 해줘라.

느끼하지만 한마디 하고 마칠게. 흠흠, 이게 한마디는 아니고… 사랑한다… 친구야…….

은빛 카리스마 신보혁이가 바보 친구 천우에게 바치는 글.

신보혁이란 글씨가 눈에 들어오자마자 내 눈에선 역시나 흘릴 준비를 완벽히 갖추고 있었다. 그런 거였어? 일부러… 일부러 날 천우한테 보낸 거였어? 그때 그렇게도 마지막이라며 이것저것 데이트했던 게… 그게 정말로 마지막이었어?

그자리에 주저앉아 마구 눈물을 떨구자 어린 내 딸 천지는 당황하여 내 목을 끌어안는다.

"엄마, 왜 울어? 우잉! ㅠㅠ 엄마, 울지 마~ 엄마, 울지 마~"

"천지야… ㅠㅠ 천지야… 엄마 어떻게 하면 좋아? 엄마 어쩌면 좋으니? 엄마가 너무 바보야… 항상 그랬어… 항상 난 바보였어. 늘 아무것도 몰랐어. 늘 아무것도 모르다가 나중에서야 알아. 그리곤 미치도록 눈물 흘리는 것 외엔 아무것도 할 줄 몰라. 엄만 바보야 천지야…….."

"엄마가 왜 바보야. ㅠㅠ 우엥. 엄마, 울지 마~"

어린 딸에게 알아들을 수조차 없는 하소연을 하며 미치도록 눈물을 떨구고 노랗게 바래진 종이 위로 번진 눈물 덕에 편지가 조금 찢겨져 나가 버렸다. 보혁이의 소중한 마음이 담겨 있는 편지인데… 찢어지면 안 되는데…….

내 곁에서 울다 지친 천지는 어느새 새근새근 잠들어 버렸고 난 그 자리에 그대로 주저앉아 한 발자국도 움직이질 못했다. 초인종 소리에 번쩍 정신을 차렸지만 다리가 후들거려 좀처럼 움직일 수가 없었다. 계속해서 울려대는 초인종. 시계를 보니 벌써 천우가 올 시간이다. 그렇다면 내가 얼마나 주저앉아 멍한 상태로 시간을 보냈는지… 조심스럽게 흔들리는 다리는 손으로 부여잡고 문 쪽으로 걸어갔다. 현관문을 열자 꽃다발을 들고 환하게 웃고 있는 천우의 모습이 시야에 잡혔다.

"오늘 하루 종일 집에서 잘 있었어? 내가 우리 여보 주려고 사온 거야."

"…천우야."

"어라? 울려고 그러네~ 그렇게 감동했어? 미안미안~ 요즘 들어 이런 이벤트를 자주 못해줬지? 이젠 틈날 때마다 해줄게. 근데 천지는? 벌써 자? 우리 천지 줄 인형도 하나 사 왔는데~"

"…천우야……."

"응? 왜?"

아무것도 모른 채 날 보며 예쁘게 웃고 있는 천우를 보니까 차마 말이 쉽게 떨어지질 않는다. 급기야 말 대신 눈물이 먼저 떨어지고야 말았다.

"아랑아, 왜 그래?"

"흐… 흐흑… 이제 아무렇지 않은데… 잊혀졌다고 생각해서 어떤 모습이든 내 눈에 나타나도 흔들리지 않을 거라고 생각했는데… 그런데…….”

“…소아랑.”

“어째서 말 안 했어? 어째서… 어째서 말 안 한 거야? 말했으면 내가 너한테 안 올 것 같아서 그랬니? 그런 거야?”

앞뒤 구분없이 마구 한 말이었음에도 불구하고 천우의 얼굴은 이미 심하게 굳어져 모든 걸 다 눈치 챘다는 듯한 눈빛이었다.

“미안하다, 소아랑… 미안해.”

“미안? 이게 미안하다고 될 일이야? 어떻게 그럴 수가 있어? 어떻게 이런 걸 나한테 말 안 할 수가 있냐구!”

“말했으면… 말했으면 평생을 보혁이 그리워하면서 아파하고 울기만 했을 거 아냐! 그 모습을 내가 어떻게 봐? 내가 그 꼴을 어떻게 보고만 있냐구!!”

“그래도 이건 아니잖아. 그래도 이건 정말 아니잖아… 흑.”

“속은… 기분이야?”

“…흑…….”

“나한테 속아서 결혼한… 그런 기분이야?”

“천우야, 그런 게 아니라 적어도 이런 문제는…….”

“그래, 널 속인 거야. 부인하지 않겠어. 어쩌면 보혁이가 그랬다는 사실 알면 절대로 나한테 오지 않을 거라고 생각했으니까. 하지만 그런 죄책감 때문에 나도 너에게 바로 달려갈 순 없었어. 그 오랜 시간 동안 널 바라보면서도 보혁이에 대한 우정 때문에 내 욕심대로 널 다 가질 수는 없었다구. 넌 알기나 해? 정말 소중한 우정도, 미치도록 사랑하는 사람도 내 주변에서 맴돌며 힘들게만 할 때 선택의 갈림길에서 그 누구도 선택하지 못하고 미치도록 고민해야 하는 그런 기분… 니가 아냐구!!"

"천우야……."

"소아랑, 이제 제발 그만 해. 보혁이에 대한 기억 잊으라고 안해. 하지만 제발… 제발 그런 눈으로 보혁이를 생각하지 마. 그런 눈으로 보혁이를 생각하면 널 부탁하고 가버린 보혁이 맘이 편할 거 같아? 그럼 난 뭐야? 우정에 대한 약속도 지키지 못하고, 사랑하는 여자 하나도 제대로 바라보지 못하는 바보야?"

"천우 널 나무라는 게 아니야. 다만… 다만 보혁이가… 나도 모르는 사이 보혁이가… 혼자 아파하며 눈감았을 걸 생각하면 자꾸만… 자꾸만 가슴이 저려오는걸? 미안해. 시간이 모든 걸 해결해 줄 수는 없는 거야. 특히 그리움이라는 건 쌓이면 쌓일수록 더 생겨나는 거니까. 천우 니 곁에서 보혁이를 그리워하며 살진 않았어. 하지만 적어도 내게 전해진 보혁이에 대한 소식이 이런 식이길 바란 건 아니야. 절대… 아니란 말이야……."

심하게 떨리는 내 어깨를 천우는 조심스럽게 감싸 안았다. 내가 이렇게 천우 곁에서 행복이란 걸 마음껏 만끽하는 동안 보혁이는 죽음이라는 고통과 사랑에 대한 그리움에 아파하며 눈을 감았을 거야. 그런 줄도 모르고… 아무것도 모르고 행복하길 빌겠다는 어처구니없는 소원을 마음에 새겨놓은 채 한 번도 제대로 꺼내 보이지 못한… 미련한 이 마음을 하늘에 있는 보혁이에게 닿기를… 간절히… 간절히 바라고 있다.

일요일 아침부터 분주하게 움직이는 천우 덕에 일찍 눈을 떴다. 아직 다 떠지지 않은 눈을 느릿느릿 부비며 입을 열었다.

"천우야, 어디 가?"

"응. 너두 얼른 씻어. 같이 가야지."

"어디 가는데?"

"좋은 곳~ 얼른 씻기나 해."

조심스럽게 나를 일으키며 화장실로 떠미는 천우의 행동이 조금 의아했지만 기왕 화장실 안으로 들어왔으니 세안을 했다. 깨끗이 씻고 나와 로션을 바르고 있는데 화장대 거울에 비쳐 천우가 나를 바라보는 모습에 살짝 무안해진다.

"왜 그렇게 처다봐?"

"변한 게 없어… 하나도……."

"뭐가?"

"나이가 들어도 웃는 거, 눈 동그랗게 뜨는 거, 어리버리한 표정 짓는 거… 하나도 안 변했어."

"칭찬인지 욕인지 모르겠네~"

"다행이야, 변하지 않아서. 조금이라도 변하면 실망할지도 모르는데……."

"천우 너~ 내가 좀 더 늙어서 변하면 실망할 거란 소리야?"

"아니야. 그런 뜻이 아니야."

"아니긴 뭐가 아니얏! 미워!"

입술을 뿌루퉁하게 내밀고 거울에 비친 천우를 연신 쩨려보자 천우의 손이 살짝 내 어깨에 닿는다.

쿨쿨 자고 있는 천지를 옆집 아주머니께 부탁한다는 말을 남기고 서둘러 집에서 나와 차에 몸을 실었다. 아침부터 분주하게 움직였던 이유를 점점 눈치 채고…

"벌써 2시간도 넘게 달린 거 같은데… 대체 어딜 가는 거야?"

확실히 알아내기 위해 천우에게 질문을 내던졌다.

"니가… 원하는 곳."

"내가… 원하는 곳?"

"그래……."

"거기가 어딘데?"

나의 질문에도 불구하고 천우의 입은 굳게 다문 채 열릴 줄을 몰랐다.

또다시 2시간이 지나고 나서야 차는 한적하고 인적이 드문 바닷가에서 멈춰 섰다.

"여기가… 어딘데?"

천우는 내 쪽으로 천천히 바라보더니 약간 어둡고 쓸쓸한 표정을 짓는다.

"여기야."

"그러니까 여기가 어디냐구?"

"…보혁이… 보혁이가 있는 곳."

"…뭐??"

언뜻 예감은 하고 있었지만 막상 천우의 입으로 확인을 하자 심장이 덜컹하고 내려앉았다. 천우의 따뜻한 손이 내 손을 꼭 감싸쥐더니 바닷가 처로 최대한 가까이 다가간다. 철썩이는 파도 소리가 시원하게 귓가에 와 닿았지만 내 마음은 그저 얼어붙을 듯 차가워져 있었다. 그러는 사이 천우는 바다를 향해 조심스럽게 말을 하고 있었다.

"보혁아, 나 왔어. 요즘 자주 못 와서 미안하다. 오늘은 아랑이도 데려왔어. 평생 모르게 하고 싶었는데 알아버려서… 하지만 너도 실은 아랑이가 보고 싶었지? 보혁아, 봐~ 아랑이 변한 거 하나도 없어. 시간은 지났지만 니가 기억하던 그 모습 그대로… 내가 지켜주고 있었어. 조금이라도 변해 버리면, 나에게 맞춰 길들여져 버리면 니가 실망할까 봐 아랑이 모습 그대로를 지켜주고 있었어. 나… 이 정도면 너한테 멋진 친구냐? 남자들에게 우정보다 소중한 건 없다고 생각하는 사람들… 진정한 사랑이란 우정을 함께하는 것과 같음을 깨닫게 해준 보혁이 너인데… 보혁아, 사랑하는 내친구야, 차가운 바람이 되어 깊은 바닷물을 출렁거려도 내 마음에 바람만은 모두 막아주던 그런 친구야. 내가 잡고 있는 이 아랑이 손, 평생 지켜줄 수 있게 허락해 줘서… 고맙다…….”

팬스레 코끝이 찡해지면서 눈물이 났다. 바닷물이 이미 온통 은빛으로 보여졌기 때문이다. 천우가 천천히 내 쪽으로 고개를 돌리더니 조심스레 입을 열었다.

“아랑아, 내가 없다고 생각하고 보혁이한테 하고 싶은 말 다 해. 울고 싶은 만큼 다 울어버리고… 몇십 년을 품고 살아온 가슴 속에 답답한 응어리들 꺼내서 보혁이한테 보여줘. 그리고 보혁이가 품은 이 바다 안에 모두 던져 버려. 할 수 있지?”

대답에 앞서 눈물이 주르륵 흘러내려 버렸다. 천우는 천천히 내 손을 놓아주더니 살짝 옆으로 자리를 옮겨 조금 거리를 두고 날 바라보고 있다. 목이 메어 침을 깊게 삼키고 나서야 겨우 입을 열 수 있었다.

“보… 혁아, 보혁아… 들리니? 나야… 나… 나 아랑이야. 너한텐 미안하다는 말밖에 할 수가 없어. 너무 미안하다고… 나 혼자만 행복해서 미안하다고… 후회라는 건 아무리 빨리해도 늦는다고 일깨워 준 너인데… 분명 그 말을 가슴속에 담고 있었는데 항상 후회를 하는 바보 같은 날… 마지막까지 지켜주려 했던 거니? 보혁아… 언제나 될 듯 말듯 엇갈려 왔던 시간들… 그리고 다시 되돌릴 수도, 앞으로 다시 시작할 수도 없는 그 시간들… 추억이란 이름으로 가둬놓고 말겠지만, 이거 하나만은 알아줄래? 세상에 존재하고 있다는 것 자체가 슬프게 느껴질 때는 바로 보혁이 니가 그리울 때이고… 세상에 존재하고 있다는 것 자체가 행복하게 느껴질 때는 바로 천우가… 내 모든 걸 안고 지켜줄 때라는 거… 사랑이란 나눌 수 없는 거라고… 하나만 가능한 거라고 세상에 알려져 버렸지만 이미 내 사랑은 둘로 나누어져 있었다고… 다만 그 사랑의 종류가… 방식이… 다른 것뿐이라고… 세상을 등지고 돌아서는 그 순간까지도 사랑이란 끈을 놓지 못한 너에게… 눈물로 애써 동정을 구하려 노력하지만 그것조차 힘겨워질 땐 그냥 잊을게. 잠시만 잊을게. 곧 다시 생각이 나겠지만… 지켜봐 주겠니? 평생 너와 천우의 사랑 안에 행복의 눈물을 흘릴 나를……."

그 자리에 그대로 주저앉아 모래에 발을 묻어버리자 그제야 천우는 내 곁으로 다가와 세상의 모든 사랑을 대신해 안아주었다.

사랑은… 나를 숨 쉬게 한다.
숨을 쉬지 않으면 그를 볼 수 없을 테니까.

사랑은… 나를 숨 죽이게 한다.
숨을 죽이지 않으면 쉽게 들켜 버릴 테니까.

사랑은… 나를 숨 못 쉬게 한다.
숨 못 쉬도록 나를 조이고 있으니까.

사랑은… 나눌 수 있다.
나누지 않으면 하나로 만족할 수 없을 때 아파오니까.

사랑은… 나눌 수 없다.
나누면 사랑이 아파하니까.

사랑은… 사랑이라고 말할 때
가장 사랑하는 순간이다.

by 소아랑.

세간의 화제 속에 베스트 셀러에까지
오른 N세대 연애 소설!

한유머 N세대 연애 소설

『눈부처』

맑고 투명한 그녀 잔디.
그리고 그런 그녀 앞에 배다른 동생으로 인연을 맺고 나타난 이환.
어느 순간부터 서로의 눈빛을 마주하고픈 설레임이 찾아든다.
힘들고 시린 사랑을 하던 그들에게 서서히 다가오는 이별.

"나 여기 있어. 아무 데도 안 가. 언제까지나 네 옆에 있을 테니까,
그러니까 잔디야, 불안해하지마."
미칠 것 같아… 어쩌지? 너 없으면 이미 이렇게 아파지는 나인데……

오랜 시간 서로만 바라보는 것만으로 웃음 지을 수 있던 잔디와 환.
사랑하기에 그토록 깊은 눈동자로 마주할 수 있던 그들.
힘겹지만 시리도록 아름다운 그들만의 사랑이야기.
눈부처!!

● 한유머 지음

도서출판 **청어람**
부천시 원미구 심곡1동 350-1 남성빌딩 3층 우420-011　☎ 032-656-4452　FAX 032-656-4453

E-mail : eoram99@chol.com

세간의 화제 속에 베스트 셀러에까지 오른 N세대 연애 소설!

마실가는광뇨니 N세대 연애 소설

『키스를 먹이로 널 길들인다』

반드시 서로여야만 하는 사람들이 있다.
죽은 오빠에 대한 아픔을 지니고 있는 시아와 나쁜 과거를 많이 감싸 안고 있는 진혁이.
상처가 있는 두 사람이기에 서로를 치유해 주기 위해 만났고,
서로를 위로해 주기 위해 사랑에 빠졌다.
하지만 누군가를 다시 만나고 사랑하고 되기까지는 많은 어려움이 따르는 법.
"…사람은 태어나면서 모든 기억을 다 잊어버리고 태어난대.
난 다음 생에서 널 찾을 수 있을까?"
"찾을 수 있어. 너라면 난 반드시 열 번이고, 백 번이고 찾을 수 있어.
이곳에서 함께 있을 수 없다면 우리 저기 건너편으로 건너가자.
네 손만 있다면 난 어느 곳이든지 함께할 거야.
설령 그곳이 지옥이라 해도……."

● 마실가는광뇨니 지음

도서출판 **청어람**   E-mail : eoram99@chol.com
부천시 원미구 심곡1동 350-1 남성빌딩 3층 우420-011 ☎ 032-656-4452 FAX 032-656-4453

렌쥐 N세대 연애 소설

『301호 그 男子와 302호 그 女子』

[301호 그 男子] 처음 봤을 때 그 女子는 정말 내 스타일이 아니었습니다.

대책없이 버릇없는,
믿는 건 오직 자신의 잘나 빠진 얼굴뿐인,
확인된 바 없는 날라리 의대생 막가파 301호 그 男子 서지훈.
남들 눈엔 소위 말하는 바람둥이로 보일 수밖에 없지만
사실은 한 여자만 바라보는, 지고지순한 매력남 지훈을 사로잡은
그 女子와의 엽기적인 사랑이 시작된다.

[302호 그 女子] 처음 봤을 때 그 男子는 절 한없이 황당하게 했습니다.

대책없이 소심한,
가식적이고 어색한 미소와 바보같이 착해 빠진 엉뚱한 그 女子 박지민.
이사 간 원룸의 앞집에 살고 있는
잘생겼지만 성격이 한없이 더러운
그 男子와의 황당하고도 코믹한 사랑이 시작된다.

● 렌쥐 지음

도서출판 **청어람**
부천시 원미구 심곡1동 350-1 남성빌딩 3층 우420-011   ☎ 032-656-4452   FAX 032-656-4453
E-mail : eoram99@chol.com

누구나 한 번쯤 상상해 봤을 그런 꿈의 이야기!!

불유체 연애 소설

『한여름밤의 꿈』1~2

내성적인 성격의 노처녀 오세령.

그녀는 늘 고등학교 시절을 그리워하며 잦은 꿈을 꾼다.

항상 그녀의 꿈을 찾아오는 '신유성'.

그는 세령의 고등학교 시절을 가득 메우는 꿈의 남자이다.

그러던 어느 날 천 번의 꿈과 함께 세령은 과거 속으로 돌아가고

그곳에서 잊고 있었던 2학년 때의 짝 '지석원'과 다시 재회하게 되는데…

"…변하지 않는 게 있다면 좋겠다."

● 불유체 지음

도서출판 **청어람**
부천시 원미구 심곡1동 350-1 남성빌딩 3층 우420-011

E-mail : eoram99@chol.com
☎ 032-656-4452 FAX 032-656-4453